Collection dirigée par Glenn Tavennec

L'AUTEUR

Fraîchement diplômée en ingénierie informatique à l'université d'Indianapolis, Francesca Zappia craint parfois d'avoir elle aussi fantasmé ce décollage littéraire fulgurant. Elle passe le plus clair de son temps à écrire, à lire, à dessiner, à regarder des dessins animés japonais et à jouer (beaucoup trop) aux Pokémon. Certaines de ses histoires se finissent parfaitement bien, d'autres, en revanche, finissent plutôt en queue de poisson (voire de homard). Après *Je t'ai rêvé*, *Eliza et ses monstres* est son deuxième roman.

FRANCESCA ZAPPIA

ELIZA

ET SES MONSTRES

traduit de l'anglais (États-Unis) par
Fabienne Vidallet

roman

Titre original : ELIZA AND HER MONSTERS

ISBN 978-2-221-21543-2 ISSN 2258-2932
(édition originale : 978-0-06-229013-7, Greenwillow Books, HarperCollins)

Dépôt légal : janvier 2018
Loi n° 49-956 du 16 juillet 1949 sur les publications destinées à la jeunesse et aux jeunes adultes

À mes amis, en ligne et ailleurs,
Ainsi qu'à Jack et Norm.

« J'ai respiré un grand coup
et j'ai écouté mon vieux cœur fanfaron.
Je vis, je vis, je vis. »

Sylvia Plath, *La Cloche de détresse*

PROLOGUE

Eliza Mirk, c'est le genre de nom qu'on donne à une fille un peu flippante qui stalke son ex-petit ami des semaines après qu'il l'a quittée parce qu'elle refuse d'admettre qu'il la déteste. Eliza Mirk, c'est une méchante de deuxième zone qui possède un repaire secret dans les égouts. Eliza Mirk est un personnage de bande dessinée.

Sauf qu'Eliza Mirk, c'est moi. Je ne pense pas être suffisamment désespérée ou folle pour rester cramponnée à un ex-petit copain qui m'aurait larguée, pour rien au monde je ne m'approcherais d'un égout et, malheureusement, je ne vis pas dans une bande dessinée. Cela dit, ma vie ressemble un peu à une BD, c'est vrai.

Dans la journée, je vais au lycée. La nuit, j'endosse mon identité secrète et je deviens LadyConstellation, créatrice de l'un des comics les plus populaires sur Internet, *La Mer infernale*, et reine d'une fanbase. Mon superpouvoir, c'est d'être capable de dessiner pendant des heures sans voir passer le temps et en oubliant de manger. Je suis très forte pour disparaître sous mon déguisement, et excellente pour me faire remarquer sous ma véritable identité.

Pourquoi avoir choisi le nom de LadyConstellation ? vous demandez-vous.

Parce que, vous répondrai-je, la mythologie dont je m'inspire dans *La Mer infernale* vient d'un peuple qui a des étoiles dans le sang. Ces gens – les Nocturniens – dessinent des constellations. C'est le but de leur vie. Ils sentent instinctivement que c'est ce qu'ils doivent faire, de la même manière que je *sais* que je dois raconter leur histoire.

LadyConstellation est celle qui dessine cette histoire, qui trace des lignes entre les intrigues, les personnages et les lieux, de la même manière que les Nocturniens tissent des liens entre les étoiles. Elle est intrépide, comme les Nocturniens ; elle est mystérieuse et réservée, comme les Nocturniens ; et, comme eux, elle croit au mysticisme, au surnaturel et à l'inconnu.

LadyConstellation est l'héroïne qui l'emporte sur Eliza Mirk une fois par semaine et qui célèbre ça avec ses très nombreux fans. Elle est aimée de tous, même de la méchante de deuxième zone, parce que, sans elle, la méchante n'existerait pas.

Je suis LadyConstellation.

Je suis aussi Eliza Mirk.

C'est un paradoxe insoluble.

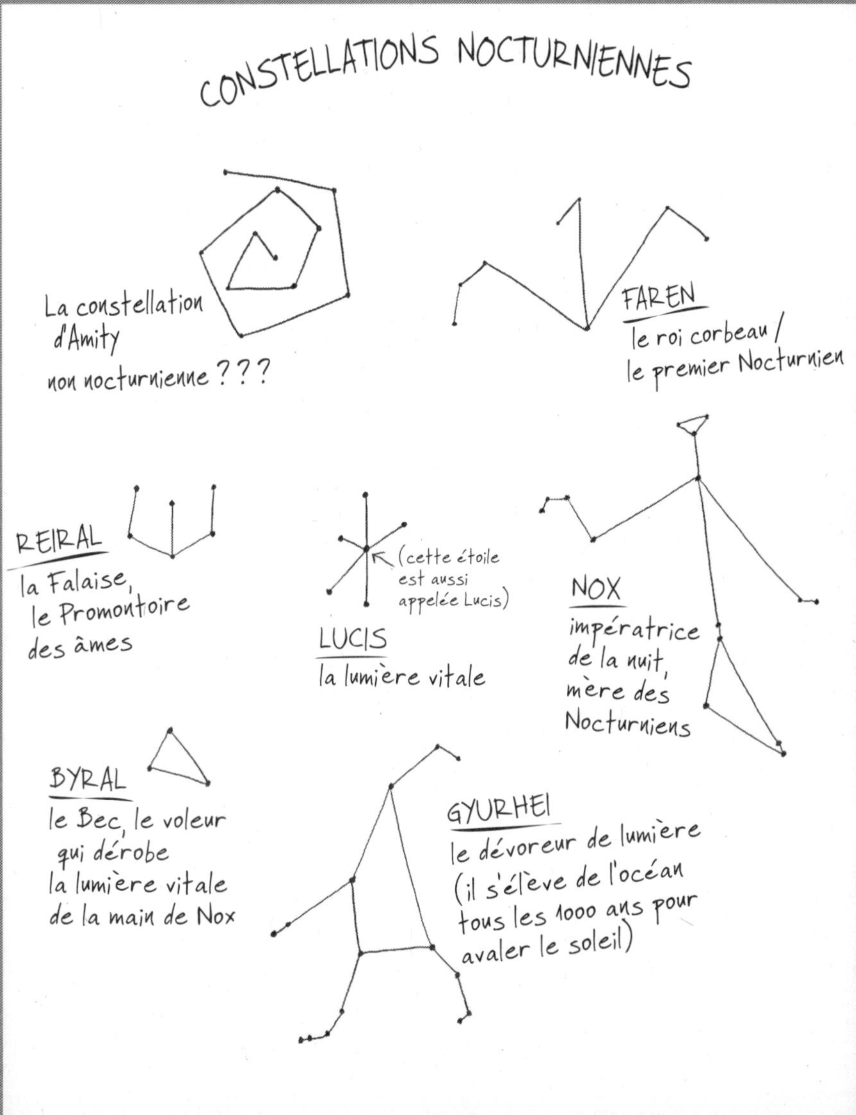
CONSTELLATIONS NOCTURNIENNES
La constellation d'Amity
non nocturnienne ???
FAREN
le roi corbeau / le premier Nocturnien
REIRAL
la Falaise, le Promontoire des âmes
(cette étoile est aussi appelée Lucis)
LUCIS
la lumière vitale
NOX
impératrice de la nuit, mère des Nocturniens
BYRAL
le Bec, le voleur qui dérobe la lumière vitale de la main de Nox
GYURHEI
le dévoreur de lumière (il s'élève de l'océan tous les 1000 ans pour avaler le soleil)

Masterminds :: Submind :: Webcomics

LA MEILLEURE CHOSE QUE VOUS LIREZ AUJOURD'HUI

Posté à 10 h 46 le 19-02-2014 par **Apocalypse_Cow**

> suivez le lien. lisez ça. vous me remercierez après.
>
> *http://merinfernale.blogspot.com/*

+503,830/-453 | 2 446 873 Commentaires | Répondre | Épingler

CHAPITRE 1

Le tout premier post de *La Mer infernale* est ouvert sur mon ordinateur quand je me dirige vers ce dernier de mon pas traînant du matin. Trois cents commentaires supplémentaires ont été postés pendant la nuit. Je ne sais plus ce qu'ils disent – je ne les ai pas lus depuis des mois. Je sais que certains proviennent de fans. Mais la plupart d'entre eux émanent de trolls. Je ne regarde pas le post pour les commentaires. Je le regarde parce qu'il sert à me rappeler quotidiennement que tout ça est bien réel. Que toute ma vie est bien réelle.

Mes débuts sont datés dans l'histoire.

Je lisse mes cheveux ébouriffés, je bâille et je me frotte les yeux pour effacer les dernières traces de sommeil. Quand je les rouvre, le post trône toujours joyeusement tout en haut du sous-forum des Masterminds consacré aux webcomics. On pourrait croire qu'après deux ans, il aurait dégringolé au classement. Ce n'est pas le cas.

Je me dépêche de fermer le navigateur pour ne pas transgresser mes propres règles. Je ne lis jamais les commentaires. Les commentaires font exploser les remparts mentaux, et en ce moment j'ai vraiment besoin qu'ils restent en place. J'ouvre Photoshop pour retrouver le dossier sur lequel j'ai travaillé la nuit dernière, une planche inachevée de *La Mer infernale*. Le dessin est terminé. J'ai seulement commencé à ajouter les couleurs, je n'ai pas fini et il manque toujours le texte. Mais je suis en avance. Cette semaine, je vais écrire un chapitre complet. Le minimum que je m'oblige à fournir est d'une page par semaine ; en général, j'en fais trois. J'ai toujours quelque chose à poster.

Je parcours la planche en cours, sautant de case en case pour vérifier les personnages et les décors. Dans ma tête, je choisis les couleurs, puis les sources de lumière et les ombres. Le texte. Le rythme de l'action me paraît bon, mais dans la case du bas, le nez d'Amity est de nouveau trop étroit. On le remarque toujours sur les gros plans de son visage et c'est toujours le nez qui cloche. Il faudra que je rectifie ça plus tard. Là, tout de suite, je n'ai pas le temps.

Comme s'il était d'accord avec moi, le réveil se met à sonner et me fait sursauter. Même quand je sais qu'il va retentir, même quand j'ai les yeux rivés sur lui, il me prend toujours par surprise. Je me précipite de l'autre côté de la chambre pour l'éteindre avant qu'il ne réveille Church et Sully dans la pièce voisine. Ces imbéciles de collégiens ont le droit de dormir une demi-heure de plus et ils se prennent pour des rois.

Quand je descends, ma mère m'a déjà préparé deux œufs durs et pressé des oranges. Je ne sais pas quand

Amity

elle a fait cuire les œufs. Certainement pas hier soir, et le soleil se lève à peine. Elle est assise face à l'îlot central de la cuisine, vêtue d'un jogging, ses cheveux sont ramenés en queue-de-cheval et elle lit un article « bien-être » sur sa tablette. Quelques mèches de cheveux s'échappent de sa coiffure et j'entends la douche couler au bout du couloir. Papa et elle sont déjà de retour de leur jogging matinal. Abominable.

— Bonjour, ma chérie ! (Je suis certaine que dans un autre univers, elle doit parler sur un ton normal, mais pas dans celui-ci.) J'ai préparé ton petit déjeuner. Tu te sens bien ? Tu as le teint grisâtre.

Je grommelle. Le matin est une invention diabolique. Et maman m'a dit que j'avais le teint « grisâtre » au moins une fois par semaine durant toute l'année écoulée. Je m'affale sur le tabouret en face de mon assiette et je commence à manger. Je devrais peut-être me mettre au café. Ça m'aiderait peut-être. Ou alors, ça me déprimerait sévère.

Sous le coude de ma mère, j'aperçois l'édition du jour du *Westcliff Star*. Je m'en saisis et le retourne. La une annonce : « Des souvenirs déposés sur le virage mortel de Wellhouse ». En dessous, je vois la photo du virage après le pont de Wellhouse : le bas-côté est décoré de gerbes de fleurs, de rubans et de jouets. Voilà à quoi ressemblent les nouvelles locales dans l'Indiana : ils n'ont rien à dire, donc ils remplissent leur page avec un article qui rappelle que ce virage tue plus de gens chaque année que les grands requins blancs. C'est typique de l'Indiana, ça aussi : comparer un virage à un requin.

Je termine mon premier œuf. Papa fait son apparition : il sent aussi fort qu'un paquet de chewing-gums à la menthe et il porte un jogging légèrement différent de celui qu'il a l'habitude de mettre quand il court avec maman, ce qui veut dire qu'il s'est habillé pour aller bosser.

— Bonjour, Crâne d'œuf ! (Il s'arrête derrière moi, pose les mains sur mes épaules et se penche pour embrasser le sommet de ma tête. Je râle en entendant mon surnom et mords dans mon deuxième œuf. Un goût de paradis.) Tu as bien dormi ?

Je hausse les épaules. Est-ce trop demander que personne ne m'adresse la parole le matin ? J'ai juste assez d'énergie pour avaler des œufs délicieux, pas pour articuler quoi que ce soit. Sans parler du fait que dans vingt minutes je dois être dans ma voiture, direction le lycée où je vais passer sept heures au milieu d'un brouhaha incessant, que je le veuille ou non.

Maman distrait papa avec son article qui vante apparemment les bénéfices du vélo. Je zappe leur conversation et me replonge dans le journal.

Le chauffeur du car de la fanfare du lycée de Westcliff s'est endormi au volant et a quitté la route dans le fameux virage l'été dernier alors qu'ils rentraient du concours régional. Je mâche. Avant ça, il y a eu un mec et son fils en hiver. Je bois une gorgée de jus d'orange. Et encore avant ça, une femme qui emmenait ses deux enfants à la crèche le matin. Une nouvelle bouchée, je mâche. Un groupe d'ados bourrés. Je finis mon œuf. Une fille qui a dérapé sur une plaque de verglas. Je finis mon jus d'orange. Ils devraient installer une rambarde pour empêcher les gens de quitter le virage et de dévaler la colline pour finir dans la rivière, mais non. Si ce virage n'existait pas, il n'y aurait plus de nouvelles.

— N'oublie pas que tes frères ont leur premier match de football cet après-midi, annonce ma mère quand je me lève pour aller déposer mon assiette et mon verre dans l'évier. Ils sont très excités et c'est important que nous soyons tous là pour les soutenir. D'accord ?

Je déteste quand elle dit « D'accord ? » comme ça. Comme si elle s'attendait à ce que je m'énerve sur elle avant même qu'elle ait terminé sa phrase. Elle est toujours prête à se disputer.

— Ouais, réponds-je, au top de mes capacités.

Je remonte dans ma chambre pour prendre mon sac à dos, mon carnet de croquis et mes chaussures. Je sautille un peu sur place pour essayer d'irriguer davantage mon cerveau. J'ai mangé mes œufs. Mon niveau d'énergie a augmenté. Je suis prête pour la bataille.

Je résiste à l'envie de retourner à mon ordinateur, d'ouvrir le navigateur et de checker les forums sur *La Mer infernale*. Mais je ne lis pas les commentaires et je ne checke jamais les forums avant de partir au lycée. Cet ordinateur est mon trou de lapin ; Internet est mon pays des merveilles.

Je ne suis autorisée à y tomber que lorsque je peux me permettre de m'y perdre.

Amity était née deux fois. La première fois, comme tout le monde, et elle ne s'en souvenait pas. Elle ne perdait pas trop de temps à se poser des questions métaphysiques parce qu'elle avait appris, des années auparavant, que rien de bon ne pouvait en sortir. La deuxième fois – elle l'appelait parfois « le jour de la renaissance » quand elle était de bonne humeur –, elle s'en souvenait avec une clarté spectaculaire et garderait ce souvenir en mémoire pour le reste de sa vie.

Sa deuxième naissance eut lieu le jour où le Gardien la prit pour hôte.

CHAPITRE 2

Certaines personnes ont dit que *La Mer infernale* était un phénomène. Des articles çà et là. Quelques critiques. Les fans.

Je ne peux pas utiliser ce terme, parce que c'est moi qui l'ai créée. C'est mon histoire – c'est celle qui m'intéresse le plus, et il se trouve que beaucoup de gens l'aiment –, mais je ne peux pas dire que c'est un phénomène parce que ce serait prétentieux et narcissique de ma part et que ça me dérange de raisonner comme ça.

Est-il vraiment étrange que cette reconnaissance me donne la nausée ?

Il y a plein de choses concernant *La Mer infernale* qui me donnent la nausée.

L'histoire est à la fois très facile et très difficile à expliquer. Je n'ai jamais tenté de le faire, mais j'imagine que si je le devais, je finirais par vomir sur les chaussures de quelqu'un. Expliquer quelque chose sur Internet, c'est simple. Il suffit de poster un lien du genre : « Va lire ça. » On clique. On lit la page d'intro. Si on aime, on continue à lire. Si ce n'est pas le cas, eh bien au moins je n'ai pas besoin de dire quoi que ce soit.

Si je devais expliquer l'histoire sans avoir les dessins sous la main, j'imagine que ça ressemblerait à un truc du genre :

« Sur une planète lointaine, appelée Orcus, une fille et un garçon combattent l'un contre l'autre au cours d'une longue guerre entre les autochtones et les colons débarqués de la Terre. Cette fille et ce garçon sont les hôtes d'entités parasites dont la seule faiblesse est l'autre. Il y a plein d'océans habités par des tonnes de monstres. Il se passe plein de trucs. Et les couleurs sont jolies. »

Il y a une raison pour laquelle je suis dessinatrice et pas écrivain.

Il y a trois ans que j'ai commencé à poster *La Mer infernale* sur Internet, mais elle s'est vraiment mise à cartonner lorsque la première planche a été relayée sur le site de Masterminds. Les gens l'ont vue. Ils ont commencé à lire.

Et ça les a intéressés.

C'est ça le plus étrange. Ça a plu à des gens qui n'étaient pas moi. Ils se sont intéressés à Amity, à Damien et au destin d'Orcus. C'était important pour eux de savoir que les monstres marins avaient des noms. Ils voulaient que je poste les pages en temps et en heure et ils avaient envie qu'elles soient belles. Ils se sont même intéressés à moi, à qui j'étais, même s'ils n'ont jamais rien trouvé en dehors de mon pseudo. Les fans n'ont jamais trouvé ni les trolls, ni les articles, ni les critiques. C'est peut-être l'anonymat de la créatrice qui a fabriqué le phénomène. En tout cas, ça m'a permis de continuer à travailler sans avoir la nausée. Je reçois des mails d'agents et d'éditeurs qui veulent publier *La Mer infernale*, mais je les efface aussitôt ; l'édition traditionnelle est une chose gigantesque et terrifiante que je combats avec un bâton de temps en temps afin de ne pas me laisser submerger par l'idée qu'une machine monstrueuse pourrait maltraiter mon bébé.

Je n'ai pas créé *La Mer infernale* pour qu'elle devienne un phénomène – je l'ai imaginée parce que c'était l'histoire que j'avais envie de raconter. Et je continue à la raconter parce qu'il y a quelque chose en moi, quelque chose de froissé autour de mon cœur qui me dit que je dois le faire. Je suis sur terre pour créer, pour moi et pour mes fans. Cette histoire, précisément. Elle est à moi et il est de mon devoir de la faire connaître au monde.

Est-ce que ça fait de moi quelqu'un de prétentieux ?

Je m'en fous.

C'est la vérité, c'est tout.

FORUMS DE *LA MER INFERNALE*

PROFIL UTILISATEUR

LadyConstellation **

Admin

ÂGE : 00

LIEU DE RÉSIDENCE : île Nocturne

CENTRES D'INTÉRÊT : Chevaucher des monstres marins, dessiner des constellations, explorer des palais horlogers

Abonnés : 2 340 228 | Abonnement : 0 | Posts : 5 009

MISES À JOUR

Voir les dernières mises à jour

14 octobre 2016

> N'oubliez pas que les nouveaux T-shirts de *La Mer infernale* seront en vente cette semaine ! Il y aura Amity, Dallas, Damien et les corbeaux de l'effroi et plein de monstres marins. Allez y jeter un œil ! merinfernale.com/boutique

15 octobre 2016

> Waouh, vous avez littéralement dévoré les T-shirts. Un réassort est en cours ! (Et n'oubliez pas le prochain recueil !)

17 octobre 2016

> Je pense que vous allez adorer les pages que je vais poster ce soir.
>
> ...

18 octobre 2016

> Hé hé hé, je vous avais dit que vous les aimeriez. :-D

19 octobre 2016

> Oui, je sais, je suis diabolique.

19 octobre 2016

> Vous avez tellement aimé les T-shirts qu'il y en aura d'autres cette semaine ! Ils sont tout frais tout chauds !

20 octobre 2016

> Ce soir c'est *Dog Days* ! Il me tarde ! J'espère vous voir nombreux sur le chat.

Quand on lui demandait à quoi ressemblait une renaissance, Amity se contentait de répondre : « C'est douloureux. » Une créature d'énergie pure s'était installée en elle et avait réorganisé sa structure génétique. Comment cela aurait-il pu être autrement que douloureux ? Mais le peuple de l'île Nocturne était tenace et très spirituel, et le Gardien était l'un de leurs grands gardiens. Elle finit donc par changer sa réponse en : « Instructif. »

CHAPITRE 3

Aujourd'hui, les cours sont une punition encore plus que les autres jours.

J'en ai juste rien à faire. Debout devant mon casier en ce beau matin d'octobre, je contemple le couloir. Une banderole de bienvenue en décore l'entrée, rappelant aux élèves d'acheter des tickets pour le match de football américain de vendredi soir. Quelqu'un a accroché cette banderole. Quelqu'un a même *fabriqué* cette banderole. Quelqu'un l'a peinte et tout et tout. Les élèves qui me croisent portent des tenues adaptées à ce jour particulier de la semaine de bienvenue, qui est le jour des hippies. Je suis cernée de toutes parts de symboles *peace & love* et de *tie and dye*. C'est tellement l'esprit de l'école.

Déjà que j'ai du mal à faire mes devoirs tous les soirs ; comment les autres font-ils pour rassembler suffisamment de volonté pour s'intéresser à ce genre de chose ? Les élèves qui s'amusent le plus et qui portent les costumes les plus ridicules sont en terminale, comme moi. Comment ? Pourquoi ? Ce sont des questions que je suis en droit de me poser : j'ai l'impression que quelqu'un a raconté une blague dont j'ai loupé la chute et qu'à présent tout le monde rit dans mon dos.

Debout devant dans mon casier, dans mon jean distendu et mon sweat-shirt trop grand, je compte les minutes qui me séparent du premier cours de la matinée – l'appel. Un groupe de garçons qui portent des bandanas tie and dye et des lunettes aux verres roses sont massés devant le casier à côté du mien ; l'un d'entre eux l'ouvre tellement brutalement que la porte me percute pile entre les omoplates. Le coupable commence à s'excuser, puis il se rend compte qu'il s'agit de moi et sa voix se transforme en un reniflement méprisant mal dissimulé. Je leur tourne le dos et les ignore jusqu'à ce qu'ils partent. Un des mecs met la capuche de son sweat-shirt sur sa tête et commence à imiter une créature des cavernes, le dos voûté et les mains resserrées comme des griffes. Les autres garçons éclatent de rire comme si j'avais disparu de leur vue. Je remonte ma propre capuche.

Je ne comprends pas cet endroit, mais je n'ai plus que sept mois à le subir – sept mois avant le bac, avant la fac. Et si j'en crois de nombreuses sources tout à fait respectables parmi la fanbase de *La Mer infernale*, la fac est tellement plus appréciable que le lycée que c'en est risible.

Je voudrais déjà y être, dans cet endroit où on se moque du lycée. Là où je ne serai pas obligée de fréquenter des gens si je n'en ai pas envie, et où tout le monde se fichera de mes fringues ou de la tête que j'ai.

Lorsque enfin les garçons disparaissent au bout du couloir et que plus personne ne me prête attention, je me tourne vers mon casier.

Quand j'étais en seconde, je l'avais tapissé de dessins des *Enfants d'Hypnos*, ma série préférée. Quelques esquisses de *La Mer infernale* se cachaient dans un coin, mais ils dataient d'avant que ça devienne quelque chose. À présent, mon casier est vide et ne contient que mes affaires de cours. Je range mes manuels de maths et d'histoire dans mon sac à dos puis je glisse mon carnet de croquis sous mon bras. Je mets le sac à dos sur mes épaules et ma dignité de côté.

Et je me rends à l'appel.

— Eliza, peux-tu venir me voir deux secondes, s'il te plaît ?

Mme Grier a la désagréable habitude d'attraper le premier élève qui franchit sa porte quand elle a besoin de quelque chose, et aujourd'hui la malchanceuse, c'est moi. Elle me fixe d'un air radieux, la joie de vivre incarnée : pour preuve, elle porte une robe d'été jaune et des boucles d'oreilles en forme de banane.

Je me dégage gentiment pour ne pas donner l'impression que je ne veux pas qu'elle me touche. Mme Grier ne me dérange pas. La plupart du temps, je l'apprécie même. J'aimerais bien l'avoir vraiment en tant que prof et pas juste pour l'appel parce qu'elle ne m'oblige jamais à parler si je n'en ai pas envie et qu'elle considère qu'à partir du moment où on est présent, on mérite une bonne note à l'oral.

— Un nouvel élève est arrivé aujourd'hui, dit-elle avec un grand sourire tout en s'écartant.

Derrière elle j'aperçois un garçon un peu plus grand que moi, à la carrure de joueur de football américain, qui porte un jean et un T-shirt aux couleurs du lycée. Il vient d'arriver et il est déjà dans l'esprit du bahut. Il passe la main dans ses cheveux bruns courts et me jette un regard, impassible, comme s'il ne me voyait pas vraiment. Mon estomac se noue. C'est exactement le genre de personne que j'évite – j'aime être invisible, pas qu'on me regarde comme si je l'étais réellement.

— Voici Wallace, fait Mme Grier. Je me disais que tu pourrais le renseigner un peu sur le lycée et l'aider avec l'emploi du temps avant le début des cours.

Je hausse les épaules. Il n'est pas question de lui dire non. Quand on refuse quelque chose, en général on suscite plus de problèmes qu'on n'en résout. Mme Grier sourit.

— Génial ! Wallace, je te présente Eliza. Va t'asseoir à côté d'elle.

Wallace me suit jusqu'à ma place au fond de la classe. Il marche lentement, s'assied lentement et regarde autour de lui comme s'il était toujours endormi. Il me jette un nouveau coup d'œil et quand il voit que je ne dis rien, il sort son téléphone de sa poche et se met à lire ses textos.

De toute façon, je n'ai rien à lui dire. Ce lycée n'a rien de particulier – je suis certaine qu'il est assez malin pour tout comprendre tout seul.

Je m'assieds en tailleur et je positionne mon carnet entre mes jambes de manière que personne ne puisse voir ce que je fais, puis je commence à crayonner la prochaine planche de *La Mer infernale.* J'oublie Wallace. J'oublie Mme Grier. J'oublie le lycée.

Je ne suis plus là.

La journée se passe comme d'habitude : je disparais si bien que les profs oublient mon existence et je résiste à la tentation d'aller lire les commentaires des forums de *La Mer infernale* sur mon téléphone. Il paraît que les années lycée sont beaucoup plus faciles quand on a des amis à qui parler, mais mes amis à moi sont tous sur Internet. Avant, j'avais des amis en vrai. Du moins, je le croyais. Quand j'étais gamine, j'avais des copains à l'école et dans le voisinage, mais ce n'étaient pas de vrais amis. Personne ne m'invitait jamais à dormir ou à aller au cinéma. On m'a invitée à deux ou trois fêtes d'anniversaire, sans doute parce que ma mère avait harcelé les autres mères. J'étais une enfant bizarre, et je suis devenue une adolescente étrange. La seule différence, c'est que maintenant, ni mes camarades de classe ni moi-même ne nous berçons d'illusions : nous savons que nous ne sommes pas obligés d'interagir les uns avec les autres.

Mon père aime dire que c'est normal que je me trouve bizarre.

— Tu sais, Crâne d'œuf, il faut que tu me croies quand je te dis que les ados de ton âge pensent tous la même chose.

Il a peut-être raison. Tout ce que je sais, c'est que l'année dernière Casey Miller m'a vue marcher derrière elle dans le couloir et qu'elle a littéralement couiné de peur avant de s'éloigner en courant. Elle s'est mollement excusée un peu après, bien sûr, mais le couloir était bondé parce que c'était l'intercours – et puis, qui a peur d'un autre élève ? Une semaine avant ça, je suis arrivée en retard au gymnase parce que j'avais des règles particulièrement douloureuses et, à cause de moi, toute la classe a dû se taper dix minutes de step : depuis, on me regarde comme si j'étais une meurtrière. Quelques mois avant, encore, Manny Rodriguez avait proposé à ses copains du club de natation de me passer devant à la cafète et ils ont refusé parce qu'ils ont eu peur que je convoque un démon pour me venger.

Est-ce que je ressemble vraiment à ça ? Est-ce que j'ai l'air d'appartenir à un culte satanique ? à une secte religieuse ? Est-ce que je suis bizarre au point de pouvoir être la coupable dans un épisode de série télé ?

Mes parents se demandent pourquoi je n'ai pas plus d'amis et la réponse est simple : je ne veux pas être amie avec ces gens-là. Même ceux qui sont sympas me trouvent bizarre ; je le vois bien à leur expression quand ils se retrouvent en binôme avec moi en classe. Je suis le genre de personne qu'on espère ne pas avoir dans son équipe. Non pas que je sois une mauvaise élève, ni une feignante, mais parce que je m'habille comme une SDF et que je ne parle jamais. Quand j'étais toute petite, c'était mignon. Maintenant, c'est étrange.

J'aurais dû changer.

Je devrais avoir envie d'être sociable.

Je devrais désirer des amis qui verraient le monde avec mes yeux et le toucheraient avec mes mains.

Mais je ne veux pas être amie avec des gens qui ont décrété que j'étais trop bizarre pour avoir le droit de vivre. S'ils savaient vraiment qui je suis et ce que j'ai créé, alors peut-être me trouveraient-ils moins étrange. Peut-être qu'ils me trouveraient juste excentrique. Mais la seule personne que je peux être à l'école, c'est Eliza

Mirk, et Eliza Mirk n'est qu'une note de bas de page dans la vie des autres. Et dans la mienne.

Quand la dernière heure de cours arrive à son terme, j'ai dessiné une planche complète de *La Mer infernale* et il ne me reste plus qu'à l'encrer, mais mon esprit est obnubilé par la planche inachevée qui m'attend chez moi. Je poste toujours de nouvelles planches le vendredi soir, comme s'il s'agissait d'une série télé ou d'un match de quelque chose. Mes lecteurs aiment la constance. Et j'aime en faire preuve.

Je balance les manuels dont je n'ai pas besoin dans mon casier et file au parking en rasant les murs, me faisant la plus petite possible jusqu'à avoir l'impression de ne plus exister. La plupart des élèves sont déjà dans leurs voitures et le parking est bondé. Je quitte le lycée par la porte principale tout en cherchant mes clés dans mon sac.

Wallace est assis sur l'un des bancs devant le lycée, son téléphone dans une main, les yeux rivés à l'écran comme s'il attendait un message. Son autre main tient un stylo, comme s'il voulait écrire quelque chose sur la feuille de papier posée sur le classeur qu'il tient sur ses genoux. Il a toujours l'air endormi. Peut-être qu'il a besoin que quelqu'un le raccompagne chez lui. Ou peut-être qu'il est malin et qu'il a déjà compris qu'il valait mieux attendre que le parking soit vide avant de partir. Je l'observe un moment. Je pourrais lui proposer de le ramener chez lui, mais ce serait bizarre. Eliza Mirk ne propose jamais ce genre de chose, et personne ne le lui demande jamais.

Quand il lève les yeux vers moi, je tourne les talons pour aller me réfugier dans ma voiture.

CHAPITRE 4

Apocalypse_Cow : tu travailles sur la prochaine planche en ce moment ?

MirkerLurker : Non – je viens d'en finir une. Je suis dans ma bagnole et je vais voir le match de foot de mes frères. J'ai que mon carnet de croquis avec moi.

emmersmacks : C'est con

emmersmacks : T'as reçu mon colis au fait ?

MirkerLurker : Non ! Tu m'en as encore envoyé un ? T'aurais pas dû, Em !

emmersmacks : : D : D : D j'adore vous envoyer des trucs !! et puis dans celui-là il y a des trucs qui déchirent

Apocalypse_Cow : il y a toujours des trucs géniaux dans tes colis

Apocalypse_Cow : mais il est où le MIEN ???

emmersmacks : Calme-toi t'en auras un aussi, idiot

emmersmacks : E, tu seras là pour le live de Dog Days pas vrai

MirkerLurker : Ben ouais. Le jour où je raterai Dog Days sera le jour où je mangerai mon pied droit.

Apocalypse_Cow :*fait une capture d'écran*

Apocalypse_Cow : retenons qu'aujourd'hui Eliza a dit que si elle ratait Dog Days, elle mangerait son pied droit.

emmersmacks : Masterminds adorerait ça

emmersmacks : La créatrice de La Mer infernale mange son propre pied à cause d'une série télé pour ados

Apocalypse_Cow : une série pour ados complètement débile.

MirkerLurker : Une série pour ados complètement débile ? Absolument. Hautement divertissante ? Absolument aussi.

emmersmacks : Amen

— Tu envoies encore des textos à ton petit copain ?

Sully se blottit contre moi et pose le menton sur mon épaule. En l'entendant, Church détourne son attention de la vitre et se penche vers moi de l'autre côté. Je repose brutalement mon téléphone, écran caché, sur le carnet de croquis posé en équilibre sur mes genoux.

— Arrêtez de lire par-dessus mon épaule, je rétorque sèchement. Et ce n'est pas mon petit ami. C'est juste Max et Emmy.

— Oh, c'est juste Max et Emmy, répète Sully en mimant des guillemets avec ses mains. Bien sûr.

Church renifle et imite des guillemets à son tour.

— Arrêtez de vous disputer, fait maman depuis le siège passager.

Papa émet un petit bruit approbateur.

On se gare dans le parking devant le gymnase où Sully et Church jouent au football en salle. La demi-heure de trajet est passée rapidement grâce à Max et Emmy, mais je ne rallume pas mon téléphone avant que les deux cauchemars qui me servent de frères soient descendus de la voiture. Puis je suis mes parents, le nez sur l'écran.

Apocalypse_Cow : non mais, sérieux, Dog Days c'est vraiment tout pourri

emmersmacks : Le pire du pire, c'est la saison 2 quand Heather est sortie avec Ben

Apocalypse_Cow : Heather s'est mise avec Jason dans la saison 2, pas avec Ben

emmersmacks : dit le mec qui ne regarde pas Dog Days

Apocalypse_Cow :...

emmersmacks : Nous venons d'assister à la chute des puissants

Je ricane. Papa me jette un coup d'œil par-dessus son épaule.

— Qu'est-ce qui te fait rire, Crâne d'œuf ?

J'éteins mon téléphone et le repose contre mon carnet de croquis. L'agacement vient partiellement voiler ma bonne humeur, comme de petites taches noires dans la lumière.

— Rien.

Une fois certaine que mes parents ont de nouveau détourné le regard, je garde mon téléphone allumé sur mes genoux et lève les yeux. Ce gymnase ressemble davantage à un entrepôt qu'à un gymnase. Une immense pièce vide avec des murs déplaçables qui la divisent en différents courts. Volley-ball, basket-ball, tennis.

L'endroit est gigantesque. Au centre, il y a un terrain de foot avec des gradins. Je prends une photo et la poste sur le chat.

MirkerLurker : Cet endroit est un enfer.

emmersmacks : Ma sœur traîne dans un gymnase du même genre

emmersmacks : Quand j'en vois un, ça me donne envie d'aller prendre une douche

Apocalypse_Cow : trop de détails, ems. désolé pour toi, e.

MirkerLurker : je vais mourir ici. Merci de m'enterrer avec mes œuvres.

Apocalypse_Cow : on chantera en ton honneur. On fera le deuil de ton potentiel. Il faudra prévenir les fans, évidemment. Comme je suis l'administrateur principal des forums de LMI, je prendrai cette responsabilité.

emmersmacks : depuis quand tu t'es baptisé administrateur principal

emmersmacks : Tu glandes rien à part bannir les trolls

◆◆◆

— Oh, regarde, Eliza.

La main de ma mère se pose sur mon épaule. Je lève les yeux : elle est en train de lire une affiche placardée près de l'entrée du gymnase. Papa et les garçons sont déjà partis en direction du terrain de foot où les équipes s'échauffent.

— Les leçons de tennis commencent bientôt. Je pense que tu adorerais le tennis – c'est un sport individuel et ça permet de faire de l'exercice.

— Non, je réponds avant de reporter mon attention sur mon téléphone.

Elle laisse tomber direct.

Ça a été un lent processus. Quand j'étais petite et que je n'avais pas mon mot à dire, mes parents m'ont inscrite à tous les sports qui existent sur terre. Le base-ball pour enfants. Le football. Le basket-ball. Le volley-ball. J'ai tout détesté parce que je n'avais pas – je n'ai toujours pas – de coordination et que je n'aimais pas – je n'aime toujours pas – parler, du coup je jouais mal et mes coéquipiers n'avaient qu'une envie, se débarrasser de moi. La première fois que j'ai dit à mon père que je voulais arrêter le softball, il l'a très mal pris et ne m'a plus parlé pendant une semaine. Ma mère a essayé de me raisonner.

Ça me permettrait de m'endurcir, disait-elle. De me faire des amis. Ce serait un bon exercice physique.

J'ai refusé d'y retourner. Puis j'ai abandonné tous les autres sports. Chaque fois que j'en laissais tomber un, j'avais l'impression de me délester d'une pièce d'armure vieille et lourde. Church et Sully adoraient le sport et du coup mes parents ont progressivement relâché la pression, sans complètement renoncer pour autant.

Nous sommes à présent parvenus à un accord tacite : ils suggèrent quelque chose, je refuse, et on n'en parle plus.

Je suis ma mère jusqu'au terrain de foot et je m'installe à côté d'elle en bas des gradins. Papa est derrière la ligne de touche, son *clipboard* de coach à la main, et il s'adresse à un groupe d'adolescents dégingandés de quatorze ans et moins qui portent tous un uniforme bleu ciel. Je sors crayons et gomme de ma poche et ouvre mon carnet de croquis.

— J'aimerais bien que tu ne te sentes pas obligée de trimbaler ce carnet partout, soupire ma mère. Pourquoi est-ce que tu ne peux pas regarder tes frères jouer ?

Je lève les yeux vers elle, puis vers le terrain avant de les reporter sur mon dessin. Ma réponse ne lui plairait pas, alors autant garder le silence.

Nous sommes de retour à la maison juste à temps pour l'épisode de *Dog Days*. Je passe par-dessus mon frère Church, qui est en nage, pour descendre de la voiture ; j'attrape une bouteille d'eau dans le frigo et je monte dans ma chambre quatre à quatre. J'allume le petit téléviseur posé derrière mon ordinateur et zappe jusqu'à tomber sur la bonne chaîne. Pile poil à temps pour le générique ! Je sors mon ordinateur de sa veille et me logue sur le site ; lamerinfernale.com n'est pas seulement le principal endroit où l'on peut lire les pages de la BD postées jusqu'à ce jour, c'est aussi le portail avec des liens vers les forums de fans les plus importants et vers une page de chat où, une fois par semaine, je fais mon apparition sous mon nom de plume pour regarder *Dog Days* avec les fans. C'est la seule occasion où LadyConstellation s'exprime en direct.

LadyConstellation : Je suis là ! Ne vous inquiétez pas, j'arrive !

moby 66 : hourra !

GirlWho : hourraaaaa !

hustonsproblem : On a eu peur que tu ne te pointes pas !

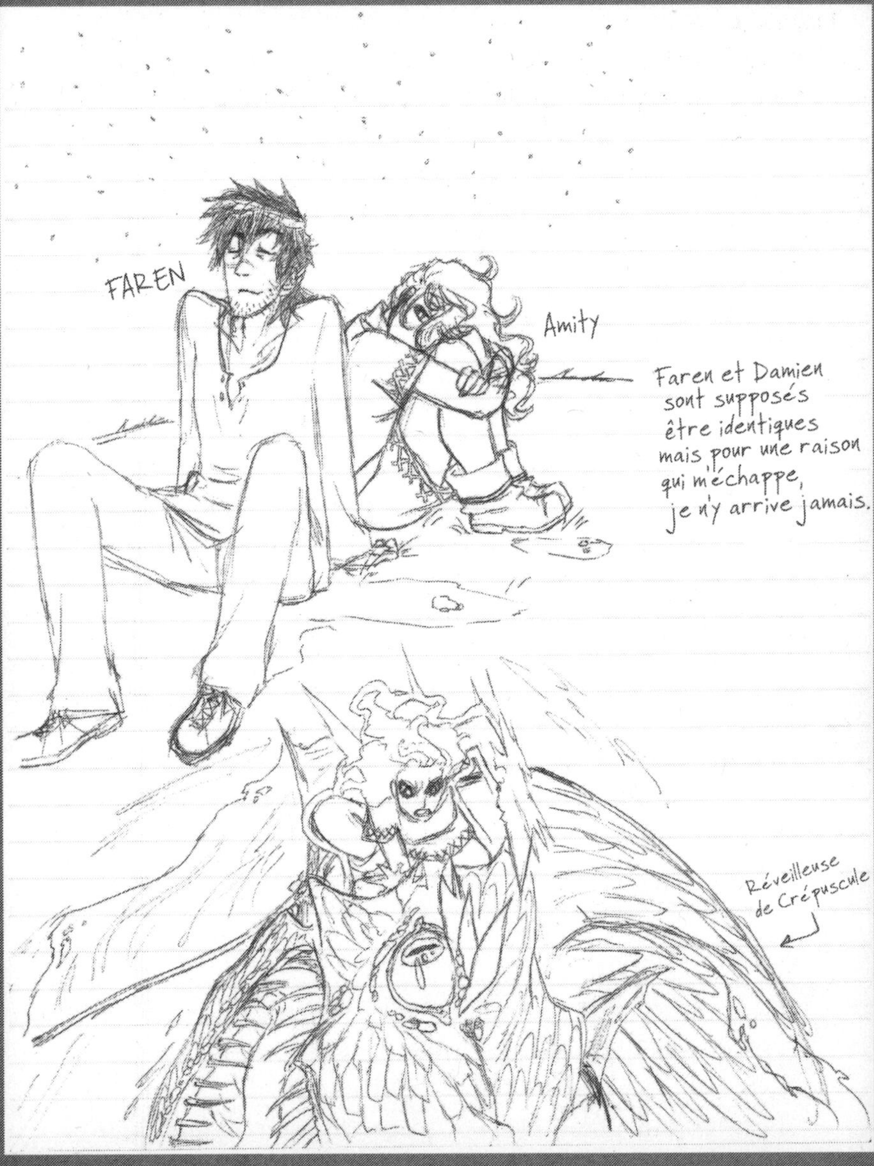
FAREN
Amity
Faren et Damien
sont supposés
être identiques
mais pour une raison
qui m'échappe,
je n'y arrive jamais.
Réveilleuse
de Crépuscule

Un flot de commentaires s'ensuit. En règle générale, il y a tellement de gens dans la chatroom que je ne réponds à personne. Je me contente de commenter l'épisode et de les laisser réagir. Ils conversent entre eux. L'intérêt, c'est que je sois là, que nous regardions la même chose, et que pour une fois personne ne parle de *La Mer infernale*.

J'adore cette bande dessinée autant qu'eux, probablement plus, mais même moi, j'ai parfois besoin de parler de quelque chose de simple.

Un chat privé apparaît sur l'écran de mon smartphone où je suis toujours loguée sous mon profil MirkerLurker.

Apocalypse_Cow : trop hâte de voir cet épisode ! Spencer va-t-il enfin découvrir que Jane est lesbienne et qu'elle sort avec son ex ?

Max ne l'admettra jamais en public, mais il adore *Dog Days* autant que nous. Seules Emmy et moi sommes au courant mais pour l'instant, Emmy est trop occupée à discuter avec les autres fans du chat principal.

Je réponds à Max par quelques émojis absurdes et me mets à commenter dans le chat principal les premières scènes de l'épisode, où Spencer découvre en effet que Jane a fait son coming-out et qu'elle sort avec son ex-petite amie, Jennifer. Je suis incapable de décider si c'est un twist sans intérêt ou si les scénaristes de la série prennent parti pour les droits des homosexuels. Je poste cette remarque sur le chat. Tout le monde adore.

Pendant la première coupure publicitaire, je scanne la planche que j'ai dessinée dans la journée et l'ouvre sous Photoshop pour commencer à l'encrer. Ma tablette graphique m'attend, tel un cheval de course piaffant de tout donner sur l'hippodrome, et son écran reproduit ce que je vois sur l'écran de mon ordinateur. J'enfile mon fidèle gant antitache – un vieux gant de laine dont le pouce, l'index et le majeur ont été coupés – sur ma main droite. Il m'évite de salir ma tablette graphique et permet à ma main de glisser à sa surface : rien ne gâche plus vite un dessin qu'un manque de fluidité.

L'encrage est la partie que je préfère, avant la colorisation. Cette opération nécessite une subtilité incomparable. Ce sont les lignes qui font qu'un dessin est bon ou mauvais. Et en bonus, dans cette planche, il y a des lignes fabuleuses : Amity et Damien sont en plein milieu de la Bataille des Sables où les Orciens et les Terriens s'affrontent pour contrôler la capitale des Terres Désertiques.

La Mer infernale met en scène de nombreux pouvoirs de type élémentaire, très manga, et la plupart des combats sont super graphiques. Surtout quand Amity et Damien sont impliqués, parce qu'ils se battent avec des cristaux et du brouillard. Des angles et des courbes. Un pur régal !

La coupure publicitaire se termine avant que j'aie le temps de faire quoi que ce soit. Je repose mon stylet et reviens au chat où de nouveaux arrivants se sont connectés.

LadyConstellation : J'espère que personne n'a fait de conneries en mon absence.

rainmaker : Définis le terme « connerie ».

Fire_Served_Cold : Connerie : nom commun. Définition : ce mec.

rainmaker : Cool.

Fire_Served_Cold : Je fais de mon mieux.

En dessous de ce rapide échange apparaissent une volée d'exclamations excitées : « rainmaker !! » et quelques « Les Anges sont parmi nous ! ».

Les Anges dont il est question sont un groupe de cinq fans dont les pseudos sont les noms des anges de *La Mer infernale*, les gardiens de la planète Orcus. Je n'ai jamais vraiment interagi avec rainmaker ni avec les autres Anges de la fanbase, mais je les ai aperçus dans les discussions. Pour tout dire, il est plutôt difficile de ne pas les remarquer. Ils sont presque aussi populaires que moi.

La bande-son de la série marque un crescendo. Je reporte mon attention sur l'écran juste à temps pour voir Jane découvrir qu'elle est enceinte de Spencer avant la coupure publicitaire suivante. Les scénaristes ont manifestement décidé d'écrire un épisode intense. Je reviens au chat principal.

LadyConstellation : Une autre grossesse ?! Dans cette série il y a déjà eu un bébé, un autre nourrisson a été abandonné pour être adopté et une des héroïnes a avorté ! Comment vont-ils aborder ce problème tout en restant réalistes et en présentant LA VRAIE VIE DES ADOS ?

rainmaker : Hahahahaha

La réponse a surgi immédiatement, et un étrange sentiment se déploie dans ma poitrine. Les autres rient aussi de mon commentaire, mais c'est la réponse de rainmaker qui provoque cette réaction chez moi. C'est l'auteur de fanfiction de *La Mer infernale* le plus lu. J'ai vu certains des trucs qu'il a écrits. Il est très drôle. Vraiment drôle de chez drôle. Du genre, je ne lui arriverais pas à la cheville si j'essayais.

Le voir donc exploser de rire à un de mes commentaires me donne l'impression d'avoir gagné à la loterie.

Puis il poursuit :

rainmaker : TWIST : c'est bien le bébé de Jennifer. Jane trompe Spencer depuis longtemps. Quand le bébé naîtra, elles l'appelleront Janifer et elles vivront une petite vie de lesbiennes paisibles en banlieue sans plus jamais penser à Spencer.

Je manque recracher de l'eau sur l'écran de mon ordinateur en lisant « Janifer ». Toutes les autres conversations du chat, toutes les autres voix s'effacent et mon regard ne saisit que les commentaires de rainmaker quand ils apparaissent.

Fire_Served_Cold : Attends, comment des lesbiennes peuvent-elles avoir un enfant biologique ensemble ?

rainmaker : Désolé mais personne n'a dit que c'était l'enfant biologique de Jennifer. Sang ≠ famille. J'ai raison ? Vous en pensez quoi les autres ?

LadyConstellation : Désolée, je suis toujours en train de digérer « Janifer ».

rainmaker : Ça t'a plu pas vrai ? ;-)

Oh non. Un smiley qui fait un clin d'œil. L'émoticône le plus provocant. Je me sens rougir et je me frotte les joues pour le dissimuler, même s'il n'y a personne pour le voir. Quel connard arrogant et sûr de lui ! Les garçons au lycée ne font jamais ça avec moi – je ne sais pas si c'est parce que je peux voir leurs visages, ou eux le mien, ou s'il y a une autre explication. Je n'éprouve ce genre de sentiment que pour des gens que je rencontre sur Internet, et pour être tout à fait sincère, rainmaker est le premier à susciter cet émoi depuis longtemps. J'ai l'impression que dans ce chat, il ne s'adresse qu'à moi. Comme deux personnes assises côte à côte sur un canapé au beau milieu d'une fête pleine de monde.

Ce qui crée un nouveau problème : est-ce que je réponds ?

Mes doigts sont suspendus au-dessus du clavier. Une pub pour un médicament contre l'acné fait son apparition sur l'écran de la télévision, suivie par une annonce pour la série qui suit *Dog Days.* Je tape :

LadyConstellation : Comme si tu ne le savais pas. ;-)

C'est une façon de botter en touche. Mais au moins moi aussi je lui ai envoyé un smiley qui fait un clin d'œil. Peut-être que c'est suffisamment audacieux pour dissimuler mon complet manque de repartie. C'est stupide parce que ce que j'aime avec Internet, en général, c'est précisément que ça donne le temps de réfléchir avant de parler. Sauf que mon cerveau ne fonctionne pas correctement, je ne suis pas sûre qu'il soit sage de flirter en public sous mon nom de plume, d'autant que je n'ai aucune idée de qui est rainmaker. Pour ce que j'en sais, ce pourrait aussi bien être un mec de quarante balais qui vit dans le sous-sol de la maison de ses parents, les doigts recouverts de résidus de Doritos et qui possède une collection de T-shirts *Star Wars* vintage qui ne recouvrent plus sa bedaine.

Je reviens à mon encrage. Lorsque je pose mes mains tremblantes sur l'écran de la tablette graphique, elles retrouvent toute leur assurance et les lignes surgissent avec facilité et audace. Ça m'occupe les mains pendant que je réfléchis à cet échange de clins d'œil virtuels.

Amity prend vie, avec son halo de cheveux blancs et ses prunelles orange vif. Elle se détache du blanc de l'arrière-plan, ligne après ligne. Je ne l'ai pas encore colorisée, mais je vois les couleurs en elle chaque fois que je la dessine. Je me suis toujours demandé ce que ça ferait d'être une personne dont les couleurs vibrent même quand elle reste immobile. D'être quelqu'un de si vivant que tous les autres vous remarquent. Ce ne sont ni les yeux, ni les cheveux, ni même la peau d'Amity qui provoquent ça. C'est juste *elle*.

Je garde pour plus tard la masse de cristaux orange acérés qui poussent le long du bras droit d'Amity – ce bras qu'elle brandit, prête à l'abattre sur ses ennemis. L'épisode a repris.

Rainmaker n'a rien dit d'autre. Je lâche un commentaire sur la série de temps en temps, mais je reste surtout en retrait, je cesse de penser et me délecte des aventures de ce groupe de vingtenaires qui se font passer pour des ados, prennent des décisions incroyablement nazes et apprennent de leurs erreurs. Un troll vient parfois s'incruster dans le chat avec des messages en majuscules ou des chapelets d'émoticônes, Forges_of_Risht intervient alors pour les bloquer.

Un message de Max surgit sur l'écran de mon smartphone.

Apocalypse_Cow : forges, au rapport avec son marteau de nettoyeur.

MirkerLurker : Excellent travail, soldat.

Apocalypse_Cow : tu vois, tu m'as embauché pour une raison.

MirkerLurker : Oui, pour qu'Emmy n'ait pas à se farcir ce sale boulot et qu'elle puisse se concentrer sur le site Internet.

Apocalypse_Cow : très drôle.

MirkerLurker : Non, vraiment, bon boulot. Personne ne brandit le marteau nettoyeur comme toi.

Max m'envoie d'autres émoticônes. Une femme qui danse la salsa. Du vernis à ongles. Un éclair. Il harcèle quotidiennement Emmy pour qu'elle intègre les emojis dans le chat de *La Mer infernale*, mais elle refuse, juste pour l'embêter.

Emmy dit quelque chose dans le chat qui suscite un flot ininterrompu de réponses si rapides que je ne peux pas scroller pour revenir au commentaire de départ.

Max et Emmy ne sont pas les deux seuls de mes amis à gérer les forums, mais ce sont les meilleurs. Et ce sont les seuls à connaître ma véritable identité. Avant que Max devienne mon videur, avant même qu'il partage ce lien vers *La Mer infernale* sur Masterminds qui a attiré les fans, il était théoricien du complot sur le forum des *Enfants d'Hypnos.* Quant à Emmy, avant d'assurer le design de lamerinfernale.com, les forums et la boutique où je vends mes objets dérivés, elle était la pierre angulaire du forum des *Enfants d'Hypnos,* une gamine de onze ans avec suffisamment d'enthousiasme pour alimenter en énergie une petite ville.

S'ils n'étaient pas tombés sur mon fan art, rien de tout ça ne serait arrivé. Ils ont trouvé chacun à leur tour le défunt fil que j'avais posté vers mes dessins sur les forums des *Enfants d'Hypnos,* et c'est dans ce fil de discussion que nous nous sommes taillé une petite place rien que pour nous.

J'ai donc des amis. Ils ont beau vivre à des centaines de kilomètres et n'être accessibles que par écran interposé, ce sont quand même mes amis. Ils ne se contentent pas d'être le ciment qui permet à *La Mer infernale* de vivre. Ils sont *mon* ciment.

Max et Emmy sont la raison d'être de tout ça.

Après sa deuxième naissance, elle avait senti la présence du Gardien assis dans son esprit, ses yeux rivés sur elle. Bien sûr, il la regardait depuis l'intérieur, avec ses yeux à elle, pourtant c'était l'impression que ça lui donnait : un charbon incandescent au creux de son cerveau. Parfois, il semblait s'accrocher à ses épaules, mais quand elle se retournait pour apercevoir son reflet, elle ne voyait rien. Elle ne savait pas s'il s'agissait d'hallucinations consécutives à sa renaissance, aussi avait-elle fini par s'habituer à cette sensation. Quoi qu'il en soit, elle ne le sentait plus. Et le Gardien ne lui avait pas adressé la parole depuis ce premier jour, quand il avait passé ce marché avec elle.

Son corps à elle en échange de son pouvoir à lui.

CHAPITRE 5

Dans les jours qui suivent, je termine deux planches supplémentaires. Je pourrais travailler plus vite – je peux faire une page par jour – mais dans ce cas, la qualité commencerait à se détériorer et c'est bien la dernière chose dont j'aie envie. La bande dessinée est déjà bien avancée et elle ne peut que s'améliorer, pas empirer. Je crayonne les planches au lycée, et je travaille dessus le plus possible au crayon avant de les transférer sur l'ordinateur. Je fais ça en classe, quand personne ne me regarde, ou pendant le déjeuner quand je suis assise toute seule dans la cour pleine de courants d'air derrière la cafétéria. Il fera bientôt trop froid pour que je continue à m'installer là : il faudra que je trouve une table à l'intérieur, ce qui risque de se révéler plutôt amusant si on considère que toutes les tables sont toujours prises.

Lorsque arrive le vendredi, le jour du match de football américain, tout le monde arbore les couleurs dorées du lycée : les maillots de foot, le maquillage et les rubans brillants attachés aux queues-de-cheval. Dans le couloir principal, cinq banderoles différentes encouragent l'équipe à « donner tout ce qu'elle a ». Alors que je me dirige vers la salle de classe pour la dernière heure de cours de la matinée, la troisième banderole se détache du mur quand je passe dessous. Le monde plonge soudain dans l'obscurité. Tandis que je me débats avec l'étendard, j'entends des ricanements dans le couloir derrière moi. La banderole finit par tomber sur le sol.

Travis Stone et Deshawn Johnson, les deux seuls élèves du lycée que je trouve effrayants même quand ils sont dans leurs bons jours, sont adossés contre les casiers et m'observent. Avec son jean trop large et sa boule à zéro, Travis Stone a tout du vautour. Quant à Deshawn Johnson, c'est un mec qui la moitié du temps est trop cool pour traîner avec Travis, et l'autre moitié pas cool du tout. Il y a dix ans, c'étaient deux gamins adorables qui jouaient avec moi à chat dans la cour de récré et ils m'auraient aidée à me dépatouiller avec ce bout de tissu au lieu de me regarder.

— Sympa, tes cheveux, fait Travis.

En passant la main dessus, je découvre qu'ils sont recouverts de paillettes. Mon expression provoque de nouveau l'hilarité de Travis et de Deshawn.

Dans les toilettes, mes tentatives pour ôter les paillettes se soldent par un échec cuisant. Je parviens seulement à remplir à lavabo de pellicules dorées et à susciter les regards bizarres des autres filles, comme si j'étais responsable de ce qui m'arrive. Tout espoir de bonheur et d'avenir radieux meurt sur fond de chasse d'eau.

Je sors du lycée à la fin de la journée pour découvrir un ciel maussade, une brise glaciale et une file de voitures qui se font concurrence pour quitter le parking.

Dans quelques heures, tout le monde sera de retour pour assister au match et s'entassera dans le stade qui se dresse derrière le lycée pour hurler son soutien à l'équipe dans la nuit glaciale. Des chars défileront autour du terrain, représentant chaque classe. Il y aura ensuite un moment de silence pour honorer la mémoire des membres de la fanfare qui sont morts dans le virage mortel de la route de Wellhouse l'été dernier. Tout cela sera suivi par les maillots de foot puis les festivités jusque tard dans la nuit.

Mon sac à dos sur les épaules, je me cramponne à deux mains à mon carnet de croquis. Il y a trop de voitures. Je parie qu'il n'y a pas de problème de parking de ce genre à la fac. Je suis sûre que la fac, c'est génial.

Je pivote et me retrouve face à Wallace, toujours assis sur le même banc. Il s'est installé là tous les jours de la semaine. J'ai découvert hier que son nom de famille est Warland, ce qui me paraît approprié pour quelqu'un de sa taille et de sa stature. Il est capable de semer la destruction partout où il passe.

Mais aujourd'hui, Wallace Warland n'est pas tout seul. Il est flanqué de Travis Stone et de Deshawn Johnson, mes bêtes noires pour l'éternité. Tomber sur mes deux amis oubliés de longue date une fois dans la journée, c'est déjà dur. Deux fois, c'est chercher les ennuis. Deshawn est debout à côté du banc, les bras croisés, tandis que Travis s'est affalé près de Wallace comme s'ils étaient amis d'enfance. Ce dernier se tient très raide, et ses mains dissimulent les feuilles sur lesquelles il a l'habitude d'écrire. Ses yeux fixent le trottoir quelque part à gauche des chaussures de Deshawn.

Wallace ne m'a pas l'air du genre à devenir pote avec Travis Stone, du moins pas le Travis Stone Gros Connard qu'il est devenu au lycée. La curiosité me pousse à m'avancer un peu, comme si je faisais semblant d'hésiter à me diriger vers ma voiture. Je sors le téléphone de ma poche et en contemple l'écran sans l'allumer.

— … T'as dû taper ça à l'ordinateur. Personne n'écrit aussi bien. C'est quoi déjà ?

Travis essaie de s'emparer de l'une des feuilles, mais Wallace l'en empêche en posant ses mains bien à plat dessus.

— Comment tu as appelé ça ? De la fan… fan…

— Fanfiction, intervient Deshawn.

Impossible. Impossible que Wallace Warland écrive de la fanfiction. De la fanfiction de quoi, d'abord ? Qu'est-ce que Wallace Warland peut bien aimer au point d'en écrire de la fanfiction ? Est-ce qu'il existe de la fanfiction sur les équipes sportives professionnelles ?

— Fais voir.

Travis tente de nouveau d'attraper la feuille, et les mains de Wallace se crispent dessus.

— Je pense que c'est pour ce truc sur Internet, constate Deshawn en jetant un coup d'œil aux feuilles. Ce truc sur la mer.

Je sens mes cheveux se hérisser sur ma nuque. Mon cœur se met à battre à toute allure. Ils ne sont pas en train de parler de *La Mer infernale* ?!

Wallace Warland ne peut *pas* écrire de la fanfiction sur *La Mer infernale.*

— Laissez-le tranquille.

Je me suis approchée d'eux avant de pouvoir m'en empêcher. Ma voix surgit d'une obscure réserve de courage planquée profondément en moi, un endroit que je garde pour les prises de parole en classe, ou quand je vais chez le dentiste toute seule. Mon visage se décompose et mes jambes se mettent à trembler. Mon cœur bat la chamade comme si j'avais couru plus d'un kilomètre.

Travis et Deshawn se tournent tous les deux vers moi en souriant – en réalité, Deshawn ne sourit pas vraiment, et tous les sourires de Travis ressemblent à des regards concupiscents. Et dire que je me rappelle que leurs sourires étaient sympas jadis. Wallace me dévisage, impassible. Se rend-il compte de la futilité de la chose ? Je peux peut-être lui donner quelques secondes d'avance pour fuir. La seule chose que je ne puisse pas faire, c'est de laisser un fan – et s'il n'est pas fan de *La Mer infernale*, il est clairement fan de quelque chose – se faire ridiculiser à cause de ses goûts. LadyConstellation ne le permettrait pas, et en cet instant précis, moi non plus.

Travis simule la surprise.

— Oh, dis donc, Murky la Glauque sait parler.

Nous sommes dans la même classe depuis le CE1. Il sait très bien que je parle, contrairement à certains autres camarades de classe, qui pensent vraiment que je suis muette.

— Laisse-le tranquille, Travis.

Ma voix est déjà trop faible pour ça. Ma réserve secrète de courage s'épuise.

— Pourquoi tu le défends, la Glauque ? Tu le kifferais pas, par hasard ?

Mon visage s'empourpre immédiatement. Je presse le bord de mon carnet contre mes cuisses. Je sais que c'est sa façon de faire taire les filles ou de les rendre tellement furieuses qu'elles en deviennent incapables d'argumenter de manière rationnelle. Il a commencé à faire ça au collège, quand je suis devenue tellement anormale que plus personne ne voulait me fréquenter. Si je parviens à répondre, je pourrai peut-être le battre à son propre jeu.

— Non. Ferme-la, dis-je sur un ton trop aigu. Je veux juste que tu... le laisses écrire ce qu'il veut. Quoi que ce soit, ça ne te regarde pas.

— Ça me regarde pas ? Je n'ai pas l'intention de le détester pour ça, la Glauque, je veux juste lire ce qu'il écrit ! C'est quoi ton problème ?

— Manifestement, il ne veut pas que tu le lises !

Wallace ne me quitte pas des yeux et je sens la chaleur gagner mes oreilles. Le temps d'en prendre conscience, Deshawn profite de ma distraction pour m'arracher mon carnet.

— Hé !

Je tends la main pour le récupérer, mais il recule et l'ouvre pour contempler les dessins. La brise glaciale s'engouffre entre les feuilles volantes qui s'agitent sans tomber du carnet.

— Waouh, c'est vachement bon. Trav, je pense qu'elle aussi, elle s'intéresse à la Mer machin.

Il referme le carnet d'un claquement sec et l'envoie voler par-dessus ma tête en direction de Travis, qui s'est levé. Je saute pour l'intercepter, sans succès. Travis l'attrape au vol et quelques feuilles s'échappent dans le processus. Il ouvre mon carnet.

— Oh, c'est pour ça que tu le défends. Vous aimez la même chose tous les deux !

— Rends-le-moi !

Personne n'est censé regarder ce qu'il y a dans ce carnet. C'est celui que j'apporte au lycée, donc il est moins compromettant que d'autres, mais il contient quand même des trucs de *La Mer infernale* – comme des pages inachevées de la BD – et il pourrait révéler des indices sur mon identité. De plus, la simple idée que les yeux débiles de Travis Stone se posent sur mes dessins me déplaît profondément. Je ne lui ai jamais permis de les voir, même quand nous étions amis, et il n'est pas question de commencer maintenant. Je me précipite vers lui pour récupérer mon carnet, mais il le lance à Deshawn.

Hors de question que je me retrouve à jouer à ce genre de jeu stupide. Pas en terminale. Je n'en ai *aucune* envie. Sauf que Deshawn est là, mon carnet à la main, feuilletant les pages, et qu'il ne bougera pas tant que je ne réagirai pas. Des larmes obscurcissent ma vision. *Génial.* Voilà que je me mets à pleurer maintenant. Ben tiens, aggravons la situation ! Je serre les poings et me dirige vers Deshawn. Dès que je suis suffisamment proche de lui, il éclate de rire et balance le carnet à Travis.

Je pivote de nouveau, prête à hurler de frustration, et je découvre que Wallace se tient entre moi et Travis, le carnet à la main. Il a dû l'attraper au vol. Je ne l'aurais jamais cru capable de bouger aussi vite. Travis a l'air à la fois stupéfait et vaguement impressionné. Wallace se retourne et le regarde de haut. Travis fait à peu près ma taille ; du coup, quand ils sont face à face, Wallace mesure une bonne demi-tête de plus que lui et il est beaucoup plus baraqué. On dirait un arbuste face à un chêne.

Wallace s'avance vers lui, le corps tendu, et Travis lève les deux mains en reculant.

— Yo. OK. Calme-toi, mec. Merde.

Il jette un regard en direction de Deshawn, fait un geste du menton vers le parking et ils détalent tous les deux. Sur leur chemin, Travis s'arrête pour ramasser un de mes dessins, qu'il plie et glisse dans sa poche sans me quitter des yeux.

Wallace se dirige déjà vers le trottoir pour ramasser mes autres dessins. Je m'occupe de ceux qui sont à côté de moi – Amity en train d'utiliser ses cristaux pour décoller, Damien environné par une nappe de brouillard et une volée de corbeaux terrifiants – et je m'essuie les yeux.

Wallace revient vers moi d'un pas lourd : il s'appuie sur mon carnet pour griffonner quelque chose sur une de ses feuilles. Il la glisse à l'intérieur avec tous les dessins qu'il a récupérés, puis il me le tend. Au lieu de me regarder comme si j'étais invisible, il ne me regarde pas du tout, ses yeux s'agitent de droite à gauche jusqu'à ce que je lui prenne le carnet des mains. Je manque le laisser tomber et le rattrape sur ma jambe.

Wallace reste là, immobile. Est-ce que je suis censée dire quelque chose ? Est-ce qu'il veut que je dise quelque chose ? Il se gratte l'arrière du crâne, puis laisse sa main retomber sur sa nuque et prend une profonde inspiration.

Je sors mon téléphone de ma poche, mais Emmy et Max ne sont certainement pas en ligne en ce moment. Emmy est en cours et Max au travail. Mes doigts restent en suspens au-dessus de l'écran. Je ne sais pas quoi faire.

Lui aussi a sorti son téléphone. Il ne fait pas attention à moi.

Je pivote et m'éloigne à toute allure avant qu'il lève les yeux. Je suis certaine qu'il finit par le faire, mais ça n'a aucune importance parce que j'ai déjà traversé la moitié du parking et je m'en fiche qu'il me trouve bizarre. Il est hors de question que je prenne de nouveau la parole devant lui. Quand j'atteins ma voiture, je plonge à l'intérieur et claque la portière derrière moi. Le parking est toujours trop bondé pour que je puisse partir. De toute façon il faudrait déjà que j'enlève mon sac à dos pour pouvoir conduire.

Je le pose sur le siège du passager, boucle ma ceinture de sécurité puis laisse retomber mon front sur le volant. Inspirer. Expirer. J'ai la tête qui tourne. Ce n'est pas bon signe. La chaleur qui a envahi mon visage s'est propagée dans tout l'habitacle, me faisant mariner dans une mixture dégueu de sueur et d'embarras. Pourquoi est-ce que Travis et Deshawn ont décidé de l'emmerder ? Pourquoi Wallace est-il incapable de se défendre tout seul ? Pourquoi diable écrit-il de la fanfiction ? Et se peut-il vraiment qu'il écrive sur *La Mer infernale* ?

Je lève la tête et jette un coup d'œil à mon carnet. S'il n'écrit pas de fanfiction sur *La Mer infernale*, il a quand même écrit quelque chose. Je tends le bras, j'ouvre le carnet et j'attrape la feuille qu'il a glissée à l'intérieur.

C'est une banale feuille à carreaux. Dessus, d'une écriture étonnamment précise et soignée, si on tient compte de la rapidité avec laquelle il a griffonné ces mots, je lis :

Merci.

Tes dessins sont très bons.

Si tu devais choisir, quelle serait ta réponse –
Mourir dans l'année ou vivre pour l'éternité ?
Aucun des deux. Une année, c'est trop court et l'éternité c'est trop long.
C'est tout l'intérêt de la question. Le choix est difficile.
Quel serait donc ton choix ?
Vivre pour l'éternité.
Je veux voir les étoiles mourir.

emmersmacks : Stop

emmersmacks : Attends

emmersmacks : Tu l'as défendu ?

MirkerLurker : Yep.

emmersmacks : … Je ne comprends pas où est le problème, E

emmersmacks : Est-ce qu'ils t'ont fait du mal ??

MirkerLurker : Non… pas vraiment. Ils m'ont juste pris mon carnet et ils ont joué avec.

MirkerLurker : OK, écoute, je sais que ça n'a pas l'air grave

MirkerLurker : Mais, genre, tu ne comprends pas de quelle façon il m'a regardée. Ça ressemblait à un truc du style « pourquoi t'es là, tu es plus moche que la merde que je chie après avoir mangé mexicain ».

15 h 19 (Apocalypse_Cow a rejoint la conversation)

Apocalypse_Cow : j'ai l'impression que j'arrive au mauvais moment. je m'en vais.

emmersmacks : E est en panique

Apocalypse_Cow : À cause de quoi ?

MirkerLurker : À cause de ce nouvel élève débile qui est peut-être ou peut-être pas un auteur de fanfiction de La Mer infernale et qui pense que je suis la lie de l'humanité.

emmersmacks : Pourquoi il penserait ça ?? Tu l'as défendu

MirkerLurker : J'en sais rien ! Probablement parce que je l'ai émasculé. Ou un truc du genre. Max, j'ai besoin des conseils de quelqu'un qui s'est déjà senti émasculé.

Apocalypse_Cow : pourquoi tu présumes que je me suis déjà senti émasculé ?

MirkerLurker : Parce que tu es le seul garçon ici.

Apocalypse_Cow : Si tu veux savoir si certains mecs se sentent émasculés quand une fille les défend devant un caïd, alors malheureusement je dois dire que oui, ça arrive.

Apocalypse_Cow : MAIS PAS MOI.

Apocalypse_Cow : QU'IL SOIT BIEN CLAIR QUE MAX CHOPRA NE S'EST JAMAIS SENTI ÉMASCULÉ.

Apocalypse_Cow : mais est-ce que ce mec t'a dit quelque chose ? pourquoi tu te sens si mal ?

MirkerLurker : Il n'a RIEN dit. C'est ça le problème !

MirkerLurker : Il s'est contenté de rester là sans même me regarder.

emmersmacks : Et toi, tu as dit quelque chose

MirkerLurker : ... Non.

emmersmacks : Eh bien

emmersmacks : E

emmersmacks : Il se peut que tu aies un problème

Apocalypse_Cow : tu te fais donner des leçons de comportement en société par une gamine de douze ans qui est déjà à la fac. quel effet ça te fait

emmersmacks : G quatorze ans, pas douze

emmersmacks : connard

Apocalypse_Cow : attends, il a laissé un petit mot dans ton carnet ? qui disait quoi ?

MirkerLurker : Merci et que les dessins étaient bons.

emmersmacks : OH MON DIEU

emmersmacks : C'EST POUR ÇA QU'IL A RIEN DIT

MirkerLurker : Pourquoi ?

emmersmacks : IL ETAIT TROP NERVEUX

emmersmacks : OOH TU LUI PLAIS, E

MirkerLurker : Ça m'étonnerait vraiment vraiment beaucoup.

MirkerLurker : Et je veux dire vraiment VRAIMENT.

MirkerLurker : Ce n'est pas vraiment le genre de mec qui s'intéresse à moi d'habitude.

Apocalypse_Cow : quel genre de mec s'intéresse à toi d'habitude ?

MirkerLurker : Le genre que j'invente dans ma tête.

Apocalypse_Cow : ouuuaaaaaaaaaaaah

Apocalypse_Cow : ouaaaaaaaaaaaaaaaaaaaaaaaaaaaah

Apocalypse_Cow : ouahhhhhhhhhhhhhhhhhhhhhhhhhhhhhhhhhhhhhhhh

Apocalypse_Cow : est-ce que tu veux que j'anticipe et que je remplisse ta maison de chats tout de suite ou tu préfères qu'on attende quelques années ?

MirkerLurker : Très drôle

MirkerLurker : Je dois m'asseoir à côté de ce mec en étude dirigée lundi matin. Qu'est-ce que je vais lui dire ?

emmersmacks : Qu'est-ce que tu lui dis d'habitude

MirkerLurker : Rien. Je pensais avoir été claire sur ce point-là.

emmersmacks : Eh bien continue comme ça

emmersmacks : S'il veut te parler il le fera

MirkerLurker : Comment se fait-il qu'une gamine de douze ans en sache plus sur les mecs que moi ?

emmersmacks : G QUATORZE ANS

CHAPITRE 6

Le lundi matin, je rentre dans la salle d'étude dirigée – après avoir dépassé des banderoles victorieuses qui proclament que les WILDCATS SONT LES CHAMPIONS – et Wallace est déjà installé sur le siège à côté du mien. Mais Mme Grier est là aussi et elle se rue sur moi dès que je franchis la porte. Aujourd'hui elle porte des boucles d'oreilles en forme de trèfle et une tunique verte avec un pantalon noir.

— Comment vas-tu ce matin, Eliza ? me demande-t-elle en souriant.

Il est sept heures du matin, comment peut-elle sourire ? J'attends qu'elle poursuive, mais elle me regarde comme si elle attendait vraiment que je réponde à sa question.

— Euh. Bien ? je marmonne. (Elle fronce les sourcils et se penche vers moi. Je hausse la voix.) Bien.

— Parfait ! Je voulais juste vérifier que tout se passait bien.

Comment ça, elle voulait vérifier ? Pourquoi ? Est-ce qu'elle a eu vent de l'incident de vendredi avec Travis et Deshawn ? Wallace ne lui a pas raconté ça, quand même ? Quand je vois qu'elle n'ajoute rien, je hausse les épaules et la contourne. C'est déjà suffisamment pénible de devoir affronter Wallace ; je ne veux pas avoir en plus à gérer des profs inquiets parce que certains élèves se font emmerder.

Je me glisse sur mon siège le plus silencieusement possible, mais Wallace lève quand même les yeux de l'écran de son téléphone. Puis il baisse de nouveau la tête, se gratte la nuque et détourne les yeux. Je garde mon sac à dos sur mes genoux, les yeux rivés sur les cheveux roux de Shelby Lewis. Puis, après quelques secondes d'angoisse paralysante, je sors mon téléphone à mon tour et relis la longue conversation que j'ai eue cette nuit avec Emmy et Max. J'aimerais bien leur écrire, mais Emmy dort et Max travaille. Ils ne me répondront pas, et quand ils le feront, je me serai déjà dépatouillée de cette situation.

Je me logue sur les forums de *La Mer infernale*. En règle générale, je ne lis pas les forums sur mon téléphone, mais bon, la situation est désespérée. Quelques personnes célèbres sont en ligne, dont rainmaker et Fire_Served_Cold – qui jouent au chat et à la souris dans les conversations des sujets généraux. Lorsque je rafraîchis la page, je constate que de nombreuses personnes les ont rejoints. Là où va rainmaker, les fans suivent.

Au bout de quelques minutes, je sens mes cheveux se hérisser sur ma nuque. Je garde les yeux sur l'écran de mon téléphone et fais semblant de ne pas remarquer que Mme Grier me dévisage depuis la porte.

La sonnerie retentit. Mme Grier ferme la porte et gagne son bureau pour faire l'appel. Obéissant au règlement intérieur, je range mon téléphone et fais mine d'être attentive à ce qui se passe – au lieu de penser à la prochaine fois où je pourrai sortir mon téléphone.

C'est alors que j'aperçois une feuille sur mon bureau qui n'était pas là tout à l'heure.

Dessus, d'une écriture si nette et si précise qu'on dirait que le message a été rédigé à l'ordinateur, est écrit :

Tu aimes La Mer infernale *?*

L'écriture est plus jolie et moins précipitée que vendredi. Je ne connais personne d'autre qui écrive de manière aussi nette. Je jette un coup d'œil à Wallace qui est penché sur son bureau, la tête légèrement tournée de côté afin de pouvoir se masser le haut de l'oreille droite. Ses cheveux se dressent sur l'arrière de son crâne là où il s'est gratté.

Cool. Il aime vraiment *La Mer infernale*. J'hésite entre me sentir flattée ou terrorisée. Vu que nous sommes très nombreux au lycée, il m'est arrivé de penser qu'au moins un des élèves devait être fan, mais j'ai toujours cru que je n'aurais jamais à leur parler. Jamais. Jamais de la vie. Pourquoi maintenant ? Je n'avais que sept mois à survivre et voilà qu'un truc pareil m'arrive. *Pourquoi maintenant, ô cruel univers ?*

Wallace se retourne et regarde *mon bureau*. Oh non, il attend une réponse. Génial. Bon, ça ne peut pas faire de mal, non ? Il ne sait pas qui je suis. Il sait juste que je dessine des trucs inspirés de *La Mer infernale*. C'est du fan art. Rien de plus. Et ce papier – ce papier est une fenêtre de chat. Je n'ai pas besoin de le regarder pendant que j'écris. Il suffit que je trace les mots et que je le lui rende.

Je sors un stylo. La mine reste suspendue au-dessus de la feuille. *Tu aimes* La Mer infernale ?

Oui. *La Mer infernale* est la chose que je préfère au monde. Je l'aime plus que les gens qui sont dans ma vie. Je l'aime plus que moi-même. Je l'aime plus que la nourriture, le sommeil et les douches chaudes. Je l'aime plus que la solitude. C'est tout pour moi.

J'écris *Oui.*

Puis je repousse brusquement la feuille vers lui.

Si Mme Grier observe mon petit manège depuis son bureau, elle n'en dit rien. Wallace redresse la feuille, contemple mon mot solitaire puis s'empare lentement de son crayon et commence à répondre soigneusement. Il est tellement lent. J'ai l'impression que les plaques tectoniques bougent plus vite que lui. Je détourne les yeux pendant qu'il écrit, jusqu'à ce que je sente le papier effleurer ma main.

Qui est ton personnage préféré ?

Mon préféré ? Ils sont tous mes préférés. Je les connais depuis tellement longtemps que même ceux que j'avais l'habitude de détester sont devenus mes préférés. Ils sont plus réels pour moi que la plupart des gens que je connais en vrai. Je les aime tous. Mais je suppose que j'en aime certains plus que d'autres. Et LadyConstellation adore demander à ses fans lesquels sont leurs préférés.

Je réponds *Izarian Silas.*

Quand il me rend la feuille, il a écrit : *Izzy est un bon choix. Le mien c'est Dallas. Il a le meilleur pouvoir de tous les Anges. Ton lieu préféré ?*

La planète Orcus est mon endroit préféré. Si je pouvais y vivre plutôt que sur la Terre, je le ferais sans hésiter.

Je construirais un vaisseau spatial et je survolerais les océans remplis de monstres. Je visiterais tous les endroits que je n'ai jamais vus que dans mon imagination. L'île Nocturne sombre et isolée où a grandi Amity ; le Grand Continent gigantesque et magnifique où les ancêtres des Terriens se sont installés ; la Ville Horloge, Risht, où Amity et Damien ont appris à être amis et découvert qu'ils étaient plus forts quand ils faisaient équipe.

J'écris *Risht.* À Risht, personne n'a peur des monstres. À Risht, les monstres sont un souvenir d'un âge oublié depuis longtemps, et les gens qui les ont vaincus sont révérés comme des dieux.

Il écrit plus vite. *Pareil. À cause du pouvoir de la fusion, du palais horloge et de la musique. Et aussi à cause de ce gâteau en forme de phénix géant avec des cornes qu'ils ont confectionné pour l'anniversaire de Rory. Je veux manger une statue de phénix moi aussi.*

Pas de question cette fois. Pendant plusieurs minutes, je contemple l'arrière du crâne de Shelby Lewis et ses barrettes en forme de papillon tout droit sorties des années 1990. La mine du stylo reste appuyée sur la feuille jusqu'à ce qu'une grosse tache bleue apparaisse à côté du mot *palais.*

Je finis par écrire : *Tu écrivais vraiment de la fanfiction de* LMI ?

Mais quand je pousse la feuille vers lui, la sonnerie retentit. J'attrape mon sac à dos et m'échappe en courant. Une fois parvenue sur le seuil, je n'hésite qu'un instant. Les cours n'ont même pas commencé, et j'ai déjà assassiné mon déodorant. Les cours n'ont même pas commencé, et voilà que ce nouvel élève est un fan de *La Mer infernale*. Le premier que je rencontre dans la vraie vie.

Je me précipite dans le couloir avant que Wallace puisse me rattraper.

◆◆◆

Entre la première et la deuxième heure de cours, j'envoie un message à Emmy et à Max, même s'ils ne le verront que plus tard.

> **MirkerLurker** : Des nouvelles du nouvel élève – il aime vraiment *La Mer infernale*, et maintenant il sait que moi aussi. Je ne sais pas quoi faire de cette information. J'attends vos conseils.

Quand arrive la quatrième heure de cours, ma température corporelle est redevenue normale. Heureusement. Juste à temps pour que j'aille déjeuner dans la cour. L'herbe est racornie et marron. Des feuilles mortes sont éparpillées sur le ciment par la brise froide. Lorsque je m'assieds à ma place habituelle, dans le coin, le banc me gèle les fesses à travers mon jean. J'ai l'impression qu'il fait trop froid pour un mois d'octobre dans l'Indiana, mais peut-être que je ne suis plus aussi bien acclimatée aux changements de température qu'avant. Je ne sors plus beaucoup.

Je suis prête à affronter le froid si c'est la condition pour qu'on me laisse en paix. Je jette un coup d'œil à mon téléphone et me rends compte qu'Emmy m'a répondu – probablement entre deux cours : IL EST AMOUREUX

DE TOI, E. Je lève les yeux au ciel, puis sors mon casque audio et mon carnet de mon sac. Je branche les écouteurs à mon téléphone pour écouter de la musique – Pendulum, évidemment, la seule musique qui soit à la hauteur des scènes d'action de *La Mer infernale* – et j'ouvre le carnet sur une page vierge. Je peux enfin dessiner sans qu'on m'interrompe. J'enfourne quelques frites et je commence à esquisser une idée.

La semaine précédente, je n'ai pas réussi à livrer un chapitre complet ; je n'ai dessiné que quatre planches, mais elles sont top. J'ai introduit les mécas géants à têtes d'animaux que les Haigans, les habitants du désert, utilisent pour se battre pendant la Bataille des Sables. J'adore les mécas mais ils sont super longs à dessiner, et si je les détaillais moins j'aurais l'impression de décevoir les artistes qui les dessinent si bien dans les mangas. La bataille va durer encore au moins deux chapitres, maximum quatre, ce qui signifie que je vais devoir faire beaucoup de cases avec des robots de combat géants.

Je veux me rouler dans les dessins de mécas très détaillés.

Je tends la main vers mon plateau-déjeuner pour attraper d'autres frites mais au lieu de ça, je touche une feuille de papier suspendue dans les airs.

Par réflexe, je referme brutalement mon carnet et j'arrache mes écouteurs. Wallace est debout devant moi, la même feuille que ce matin à la main. Mon cœur se met à battre la chamade et j'ai mal au cou d'avoir trop vite relevé la tête vers lui. Il est tétanisé, les yeux écarquillés, comme si je l'avais surpris au beau milieu de quelque

chose. Il recule un petit peu la feuille puis il me la tend de nouveau. Dans l'autre main, il tient son plateau-déjeuner.

Le seul bruit provient des feuilles qui dansent sur le sol et de « Propane Nightmares » qui continue à jouer à fond dans mes écouteurs.

J'attrape la feuille. La question que j'ai posée un peu plus tôt ce matin y figure – *Est-ce que tu écrivais vraiment de la fanfiction de* LMI ? – suivie de sa réponse – *Oui.* Puis dessous, au crayon cette fois-ci, une nouvelle question : *Est-ce que je peux m'asseoir ici ?*

Je suis de nouveau en nage. Merde. Et je me rends compte que je lui ai arraché la feuille des mains et qu'elle tremble parce que je tremble. Il ne s'imagine pas que nous sommes amis parce que j'ai dit à Travis et à Deshawn de le laisser tranquille, si ? Parce que ce n'est absolument pas le cas. Est-ce qu'il croit encore me devoir quelque chose ?

Avec le crayon qui me sert à dessiner, je réponds : *Tu parles ?*

Il récupère la feuille, lit ce que j'ai écrit puis la pose sur la moitié vide de son plateau pour répondre. Il me la rend.

Oui. Parfois. Est-ce que c'est bizarre ?

Bizarre ? Oui. Pas bien ? Ça dépend.

Tu peux t'asseoir.

Je déplace mon carnet, mon sac à dos et mon téléphone afin qu'il puisse poser son plateau en face du mien. Il a la carrure d'un joueur de football américain – il est obligé de plier ses jambes sous le petit banc de la table de pique-nique, les épaules voûtées de telle manière que ses coudes reposent sur la table – et il mange comme un joueur de football américain. Deux hamburgers, deux portions de frites, deux briquettes de lait, et un cône glacé. Son nez est un peu tordu, comme s'il avait été cassé, et il a les joues rouges à cause du froid.

Quand nos regards se croisent, il sourit un peu. Juste un peu. Il tient la feuille avec une de ses mains puissantes tandis que l'autre écrit soigneusement. Il bouge les lèvres en écrivant, comme s'il faisait résonner les mots en les couchant sur le papier.

Merci. Je sais que Mme Grier nous a déjà présentés, mais je m'appelle Wallace. J'écris de la fanfiction de La Mer infernale. *C'est difficile de se faire des amis quand on change de lycée au beau milieu de l'année de terminale.*

Probablement difficile aussi quand on ne parle pas, je réponds. *Je m'appelle Eliza.*

Il mange d'une main et écrit de l'autre.

Salut Eliza. Oui, il y a aussi le problème de la parole.

Tu écris quel genre de fanfiction ?

Il lève les yeux vers moi après avoir lu ma question, les repose sur la feuille puis répond. *Je suis en train de transposer la bande dessinée en prose. En roman.*

En roman ? J'y ai déjà pensé – et je le ferais si j'avais un quelconque talent pour écrire des choses longues –, mais les bandes dessinées ne peuvent pas être transposées parfaitement en roman. Jusqu'à présent, je n'ai pas réussi à faire mieux que de compiler toutes mes planches en un roman graphique que l'on peut acheter sur la boutique de *La Mer infernale.*

C'est une tâche colossale, je réponds. *La BD est très longue.*

Il esquisse de nouveau un petit sourire. Cette fois-ci il lui faut trois bonnes minutes pour répondre.

L'histoire principale pourrait certainement former une trilogie, à condition d'enlever l'intrigue secondaire. L'intrigue secondaire – tout le truc avec l'Alliance orcienne, les pirates de Damien, les Anges et les Rishtiens –, tout ça pourrait remplir deux ou trois préquels.

Je prends une profonde inspiration. *Et tu veux écrire tout ça ? Pour quelque chose que tu n'as même pas inventé ?*

Il hausse les épaules. *J'aime vraiment* La Mer infernale. *Je prends ça comme un défi.*

Je me mords la lèvre pour contenir la bouffée d'émotion qui bouillonne dans ma poitrine. Il ne sait même pas qu'il est en train de faire mon éloge. C'est bizarre. Et je suppose que c'est mal. Je devrais lui dire qui je suis. Mais si ça gâchait tout ? Je ne veux pas qu'il sache qui je suis parce que je ne suis pas celle-là tout le temps. En ce moment je ne suis pas LadyConstellation. Je ne peux pas l'être.

Quand il voit que je ne réponds pas, il pose délicatement le bout de ses doigts sur le rebord de la feuille et la reprend. Il rédige quelques mots avant de me la rendre.

J'ai besoin d'un bêta lecteur – tu voudrais bien le faire pour moi ? J'ai aperçu quelques-uns de tes dessins l'autre jour et tu m'as l'air de super bien connaître ce monde.

J'hésite avant de répondre.

Je ne suis pas vraiment une lectrice de fanfiction. Je ne suis pas sûre de pouvoir t'aider.

C'est la vérité ; j'essaie de me tenir à l'écart de la fanfiction parce que je ne veux pas être accidentellement influencée par l'histoire et me faire ensuite accuser de plagiat. J'aimerais bien voir une transposition en prose de la bande dessinée, mais je ne sais pas si Wallace est un bon écrivain et je n'ai pas envie de la lire, de me rendre compte que ce qu'il a écrit est très mauvais et de devoir faire semblant de bien aimer pour ne pas heurter sa sensibilité. Même si Wallace ne paraît pas être le genre de mec que l'on peut blesser facilement – ou du moins il ne le montre pas.

Il lit ma réponse, puis il lève un doigt et repose son deuxième hamburger pour attraper quelque chose dans son sac. Il en sort une feuille de papier imprimée recto verso. Puis il la glisse sous la feuille de notre conversation et me tend les deux ensemble.

Lis la première page. Si tu n'aimes pas, tu n'auras pas besoin de lire le reste.

Je ne pense pas qu'il comprenne que si j'en lis un bout ce sera difficile de ne pas lire le reste, mais je lui prends quand même la feuille des mains et je l'aplatis sur la table devant moi. Le vent soulève le coin. En haut de la page figure le titre : *La Mer infernale, transposition de la bande dessinée de LadyConstellation.*

Et sous le titre, de son écriture très nette :

Amity était née deux fois.

C'est mon histoire. C'est mon histoire en mots, quelque chose que je ne pourrais jamais faire.

Je n'ai pas besoin de lire toute la page. Je sais déjà que je veux lire le reste.

Wallace écrit :

C'est si mauvais que ça ?

— Non !

Le son de ma voix nous prend tous les deux par surprise dans le silence de la cour. Wallace s'immobilise, son cône glacé à moitié ouvert. Je m'empare de la feuille et j'écris :

Non, c'est vraiment bon ! Tu as écrit combien de pages ?

Juste un chapitre.

Tu es vraiment sûr que tu veux que je le lise ?

Je l'ai déjà tapé, donc ce n'est pas ma seule copie. Tu peux faire des commentaires dessus si tu veux.

Ce n'est pas vraiment ce que je lui demande, mais ce n'est pas grave. Il extirpe une liasse de feuilles dans son sac et me les tend. Elles sont recouvertes des deux côtés par son écriture et numérotées en haut à droite. Je les glisse dans mon carnet, l'endroit le plus sûr que je connaisse.

Je peux te les rendre demain. Est-ce que ça te va ?

Il lit ma réponse et acquiesce en souriant de nouveau.

Juste un petit peu.

CHAPITRE 7

Je n'ai jamais attaché une grande importance à mon apparence. Je ne parle pas des vêtements que je porte ni de mes pitoyables essais de coiffure, mais de mon corps. Je ne suis ni grande ni petite. Je n'ai pas d'acné dévorante ni de trait particulièrement disgracieux. Je ne suis pas grosse – ma mère affirme que mon IMC est probablement en dessous de ce qu'il devrait être, même si je ne comprends pas ce que ça veut dire. Les gens ne font pas de remarques sur mon apparence, mais je n'en ai jamais été aussi consciente que quand je suis à côté de Wallace.

À la fin du déjeuner, nous regagnons la cafétéria ensemble. Ses jambes sont plus longues que les miennes, toutefois il bouge si lentement que nous marchons à la même allure. Il fait preuve d'une lenteur vraiment inhabituelle ; beaucoup de personnes bougent lentement parce qu'ils errent, comme s'ils ne savaient pas où ils vont ou ne voulaient pas y aller. Wallace, lui, se déplace lentement à la manière de mes mécas géants : il y a tellement de masse à déplacer que ça lui prend du temps. Mais il sait exactement où il veut aller.

Nous marchons côte à côte et je suis très consciente de mes bras et de mes jambes et de tous les poils que j'ai sur le corps. J'aimerais qu'il y ait quelque chose de curieux dans mon apparence – je pourrais me concentrer entièrement sur ça, en supposant qu'il soit lui aussi concentré dessus, ce n'est hélas pas le cas.

Nous ne parlons pas. Wallace replie le papier sur lequel nous avons conversé et le range dans la poche de son jean avec son crayon. Nous suscitons quelques regards lorsque nous traversons la cafétéria pour vider nos plateaux dans la poubelle. J'imagine que les regards lui sont davantage destinés qu'à moi, en même temps, peut-être que l'effet nouveauté s'est déjà estompé. Quand il se retourne, je remarque pour la première fois les mots qu'il a écrits au feutre sur son sac à dos :

IL Y A DES MONSTRES DANS LA MER.

C'est une citation de *La Mer infernale* que les fans adorent. Dallas Rainer. Il a bien dit que Dallas était son personnage préféré, mais je trouve toujours ça intéressant de voir sur les photos que les fans m'envoient quelle citation ou quel dessin ils fixent sur leurs murs ou sur leurs vêtements – voire se font tatouer, parfois. Même si la plupart des gens le font parce qu'ils trouvent ça juste cool, quelquefois ça a du sens.

Je n'ai pas l'opportunité de dire au revoir à Wallace. Nous quittons la cafétéria, portés par le flot des autres élèves, nous nous retrouvons séparés dans un couloir, puis il disparaît.

◆◆◆

Je le revois plus tard, assis dehors sur son banc habituel. Aucune trace de Travis et Deshawn. J'hésite un instant à côté de la porte, puis me dirige lentement vers lui. Il a ses écouteurs vissés aux oreilles et il écrit quelque chose. Il est toujours en train d'écrire.

Je lui donne un petit coup sur l'épaule. Cette fois, c'est lui qui sursaute et arrache ses écouteurs. Je serre les poings autour des bretelles de mon sac à dos et les presse contre mon ventre pour les empêcher de trembler.

— Est-ce que… ? Est-ce que tu veux que je te dépose ?

Il secoue la tête et griffonne rapidement sur sa feuille de papier. *Ma sœur vient me chercher.*

— Ah. OK.

Évidemment qu'il n'a pas besoin de mon aide, ma question était idiote. J'ai bien vu qu'il était assis là toute la semaine dernière et qu'il a manifestement réussi à rentrer chez lui.

— Eh bien… à plus.

Je n'attends pas de voir s'il me répond. Je me précipite vers ma Nissan et m'enferme à l'intérieur. Et là, enfin, je souris.

Je n'ai jamais rencontré un vrai fan avant. Je n'y ai pas pensé jusqu'à maintenant et c'est une chose étrange. Tous ces gens qui aiment *La Mer infernale* – ce ne sont que des chiffres sur un écran. Des commentaires, des vues, des likes. Plus les chiffres sont élevés, moins ils me paraissent humains. C'est facile d'oublier que ce sont des gens comme Wallace. Comme moi. Trouver quelqu'un qui aime ce que je fais – qui l'adore – au point d'en faire son propre art et de me le faire lire à moi, en personne, au lieu de me l'envoyer poste restante ou par e-mail, c'est carrément surréaliste.

Mais il ignore que je suis moi. Il ne sait pas qu'il a donné sa transcription à LadyConstellation. Ce n'est pas bien du tout. Je trouve ça mal. Néanmoins je ne vais pas m'en servir pour lui causer du tort. Et puis, qu'est-ce que j'étais censée faire ? Peut-être que s'il avait su qui j'étais, il m'aurait obligée à le lire. Je n'ai jamais croisé de fan dans la vraie vie, je ne sais pas ce qu'ils feraient si je les rencontrais.

Je sais que si un jour je rencontrais Olivia Kane, l'auteur des *Enfants d'Hypnos*, je fondrais certainement en larmes avant de m'effondrer à ses pieds. Je doute fort que Wallace réagisse pareil, mais je n'ai pas envie de courir ce risque.

D'un autre côté, interagir avec Wallace serait beaucoup plus simple s'il connaissait mon identité. Je contrôlerais toutes les conversations. Toutes les rencontres. Toutes les actions et tous les mots qui passeraient entre nous. LadyConstellation est une déesse qui crée les courants de son propre monde. Eliza n'est qu'un petit poisson emporté par ces mêmes courants, incapable même de voir où ils mènent.

LadyConstellation devra patienter. Pour l'instant – avec Wallace, tout du moins – il faudra que je me contente d'être Eliza Mirk.

CHAPITRE 8

Deux choses m'attendent chez moi.

La première, c'est le colis d'Emmy, une petite boîte recouverte de cœurs et de paillettes.

La deuxième, c'est Davy. Quand je franchis la porte, son grand corps blanc se jette sur moi et me percute les jambes, me faisant vaciller. Il ne saute pas, mais reste là en agitant la queue, dans l'espoir d'une caresse. C'est évidemment ce que je fais : qui peut résister à l'envie de caresser son chien quand il vous le demande comme ça ?

Je me laisser tomber sur lui. Davy me soutient, langue pendante, en perdant ses poils, complètement adorable.

— Quelqu'un est de retour de la colo pour chiens ! s'exclame ma mère en surgissant derrière lui, avec la moue qu'elle fait quand elle parle bébé. Tu t'es bien amusé avec tes amis, hein, Davy – Dave ?

— Pas la peine de lui parler comme si c'était un enfant, je marmonne, le nez dans la fourrure de Davy.

— Qu'est-ce que tu as dit ?

Je me redresse.

— Rien.

— Il a passé une excellente semaine à se défouler avec ses congénères et le voici de retour à temps pour passer Halloween avec nous. Pas vrai, mon gars ? Oh, Eliza, il y a un colis pour toi. Je l'ai posé sur le plan de travail de la cuisine.

À la façon dont elle en parle, on pourrait penser qu'il contient une bombe. Elle ne pose des choses sur le comptoir de la cuisine que lorsqu'elle ne sait pas s'il faut les garder ou les jeter.

— C'est de la part d'Emmy, maman.

Elle fronce les sourcils.

— D'Emmy. Qu'est-ce que c'est ?

— Je ne sais pas encore.

Je relâche Davy ; il me suit dans la cuisine, maman sur les talons. J'attrape une paire de ciseaux et ouvre le carton.

À l'intérieur il y a un petit mot d'Emmy et une pile de goodies assortis que l'on peut s'attendre à recevoir de la part d'une gamine de quatorze ans qui est déjà à la fac : des crayons à papier qu'elle a probablement achetés en solde à la librairie du campus, ou qu'elle a obtenus auprès d'un étudiant en art en lui faisant les yeux doux ; un collage de différentes parties du corps masculin qu'elle a dû découper dans des magazines ou trouver sur Internet et qui, surprise, est anatomiquement correct ; et bien sûr quelques paquets de nouilles japonaises. Maman grimace en voyant la photo de l'homme. Je l'ignore et j'ouvre la lettre. Elle est écrite à la main ; Emmy adore faire des cœurs sur les *i*. Elle prétend que c'est ironique.

E !!!

J'espère que ce colis te plaît ! Tu avais dit que tu avais besoin de nouveaux crayons à papier, j'espère que tu n'en as pas déjà acheté. Je t'ai mis des nouilles, parce que je sais que parfois tu oublies de manger. Mais évidemment nous savons toutes les deux que le meilleur cadeau c'est Monsieur Supercorps. Oui, il a un nom. Je me suis inspirée de tout ce que tu m'as dit sur ton homme idéal depuis des années et je l'ai créé pour toi. C'est un chef-d'œuvre. Émerveille-toi devant lui. Que tes yeux se repaissent de ma fantastique création.

En parlant d'yeux… si les siens tombent, c'est parce que je n'ai plus de colle. Je fais des études de génie civil, je ne tiens pas un magasin de beaux-arts.

Gros bisous !

Emmy

Je contemple de nouveau Monsieur Supercorps. Une mâchoire carrée, des yeux saisissants, des muscles fins – en toute sincérité, je pense que tout le monde le trouverait séduisant. Je ne suis pas très exigeante quant au physique des mecs et je pense qu'il y a une blague dissimulée là-dedans. Je ris au cas où.

— Qu'est-ce que c'est que ça ? demande ma mère sur un ton dédaigneux.

— Rien, je réponds en rassemblant le contenu de la boîte. C'est une private joke.

— Est-ce qu'Emmy… ? Emmy est une fille, pas vrai ?

Ma mère me suit lorsque je quitte la cuisine en direction de l'escalier.

— Oui, Emmy est une fille. Est-ce que tu connais quelqu'un qui s'appelle Emmy et qui ne soit pas une fille ?

— Je ne sais pas, mais avec ces gens de l'Internet, je me disais qu'il valait mieux poser la question...

Je serre les dents pour ne pas répondre. Je ne pense plus qu'elle veuille me blesser – ça n'a probablement jamais été son intention – mais, chaque fois que nous avons cette conversation, l'une de nous deux se met en colère. Je gravis les marches quatre à quatre, Davy sur les talons, et j'emprunte le couloir direction ma chambre.

— Ça ne me plaît pas vraiment que ces gens aient notre adresse, commence ma mère.

— Ce sont mes amis. Je ne donne pas notre adresse à des gens qui ne sont pas mes amis.

Je pénètre dans ma chambre. Davy se faufile derrière moi, et je referme la porte que je verrouille derrière lui. Les pas de ma mère s'arrêtent de l'autre côté. Elle continue à me parler derrière la porte close.

— Tu devrais aller promener Davy ! crie-t-elle.

— Sully et Church le feront, je crie en retour. Ils adorent ça.

— Qu'est-ce que tu as comme devoirs à faire ?

— J'en sais rien. Des maths. De la physique.

— Tâche de les faire. Ta prof d'étude dirigée nous a téléphoné de nouveau, elle pense que tu ne travailles pas suffisamment...

— Je ne vois pas où est le problème, vu que je n'ai pas l'intention de postuler dans une université prestigieuse.

Elle ne répond pas, mais je sais ce qu'elle brûle de dire. Premièrement, que je devrais viser plus haut et ne pas me contenter d'une fac médiocre – or en ce moment, je n'ai pas envie d'apprendre, je veux juste dessiner. Et deuxièmement, même si je veux aller dans une fac moins cotée, il n'est pas si facile que ça d'y entrer et je pourrais perdre ma bourse, ou je ne sais quoi. Mais je me dis que ça ne doit pas être si difficile d'être prise, puisque tout le monde y va. De toute façon, je ne peux pas décrocher de bourse et j'ai décidé de me payer la fac avec l'argent que je gagne sur la vente des objets dérivés de *La Mer infernale*. Lorsque Emmy a créé le site Internet, elle a aussi mis en place une boutique où on peut acheter des objets officiels – des sacs, des carnets, des classeurs, des crayons, des T-shirts, des badges, des portefeuilles, des coques de téléphone, tout ce sur quoi on peut mettre des dessins et des logos de *La Mer infernale*. C'est grâce à ça que j'ai acheté mon ordinateur, la dernière version de Photoshop – et, plus important encore, ma tablette graphique.

Mes parents ne sont pas au courant de tout ce que je gagne. Ils savent que je me suis acheté du matériel, mais quand tout ça a débuté, ils m'ont aidée à ouvrir un compte en banque, ils m'ont donné le numéro de téléphone de leur comptable en me disant que si je voulais me faire un peu d'argent grâce à mon hobby, il fallait que j'apprenne à le gérer toute seul, que ce serait éducatif.

Ce n'est qu'au début de l'année que la bande dessinée a commencé à me rapporter et, dès que j'ai compris ce qui se produisait, j'ai rassemblé ma maigre réserve de courage et je suis allée à la banque ouvrir moi-même un deuxième compte, que mes parents ne peuvent pas voir sur Internet. Je transfère des fonds depuis mon autre compte de temps en temps, comme ça quand ma mère regarde, elle voit que j'ai des revenus, mais mon père et elle n'en connaissent pas le montant exact. Ils ne savent pas que je peux à la fois me payer la fac et gagner ma vie.

Je ne veux pas qu'ils le sachent. Je ne veux pas qu'ils s'ingèrent dans ma vie virtuelle autant qu'ils le font dans ma vie réelle.

Ma mère s'éloigne de la porte en tapant du pied. Je vais en entendre parler quand papa rentrera de… où qu'il soit aujourd'hui. Certainement à une réunion concernant un équipement sportif de haut niveau. Il me dira qu'il faut que je fasse mes devoirs parce que ça fera de moi une personne cultivée, quelle que soit l'option que je choisirai à la fac, puis il ajoutera que je devrais sortir promener Davy parce que c'est un bon exercice. « Un bon exercice » pour moi, c'est la pire expression du monde, avec « se lever » et « il n'y a plus d'œufs ».

Je laisse tomber mon sac à dos sur le sol, je pose le colis d'Emmy sur mon bureau – j'en sors Monsieur Supercorps pour l'accrocher au mur entre deux affiches de *La Mer infernale* – et me laisse tomber sur le lit avec mon carnet. Les livres rangés dans la bibliothèque qui me sert de tête de lit s'avachissent les uns sur les autres. Ce sont différentes éditions des quatre tomes de la série des *Enfants d'Hypnos*, série qui sera incomplète à jamais. Davy grimpe sur le lit à côté de moi.

Pendant une minute, je reste allongée sur le côté, le visage enfoui dans sa fourrure blanche. Le monde se réduit au bourdonnement tranquille de la chaudière et à l'odeur du shampooing traitant pour chien. Personne ne me regarde, personne ne me juge, personne ne pense même à moi. Je suis seule dans ma chambre. Davy soupire et pose la tête sur mon bras.

Au bout d'une minute, je m'assieds et attrape mon carnet. Les dessins qui sont tombés sur le trottoir l'autre jour en glissent, suivis par les feuilles de Wallace. Il m'a vraiment donné son roman pour que je le critique. Que je le commente. Et pourtant aujourd'hui c'était la première fois que nous parlions. Je ne connais pas beaucoup d'écrivains, mais je ne pense pas que ça se produise souvent. Peut-être qu'il était juste content d'avoir une autre fan de *La Mer infernale* à qui parler. Je tends les feuilles à Davy ; il les renifle et leur donne un petit coup de museau avant de poser sa tête sur ses pattes et de me regarder avec ses grands yeux sombres.

— C'est bon ? je demande. Je parie que oui.

Je feuillette les pages. Elles crissent de manière agréable et ne sont pas tout à fait plates parce que le stylo de Wallace a gondolé le papier. Je caresse les mots du bout du doigt sans les lire. Son écriture est tellement soignée et précise – je suppose que c'est l'un des avantages d'écrire lentement. Il a une dextérité telle qu'il pourrait être artiste.

Je contiens mon excitation.

Amity était née deux fois.

Je lis à toute allure, tournant les pages comme si c'était mon métier. Ce qui est en partie vrai. Bref. L'histoire progresse lentement mais de manière fluide, elle explore des parties de la narration qui ne surviendront que plus tard dans la bande dessinée. Je ne m'attendais pas à ce que Wallace soit capable de saisir correctement les émotions

– les sentiments d'Amity pour Faren, l'atmosphère de leur île natale, l'étendue de l'histoire –, sauf qu'il y parvient.

Il y a des dessins pour tout ça dans la bande dessinée, une ou deux planches complètes pour rendre l'ambiance et les lieux, mais il réussit à donner vie au tout avec des mots. Peut-être que c'est parce que je sais à quoi ça ressemble. C'est trop bon. C'est comme manger un gâteau auquel on ne pensait pas avoir droit.

J'ai conçu *La Mer infernale* parce que c'est l'histoire dont j'avais envie. Je voulais lire une histoire dans ce genre et je n'en trouvais pas, alors je l'ai créée. Et maintenant quelqu'un d'autre l'a recréée pour moi sous une autre forme – une forme que je ne maîtrise pas – et il m'autorise à la lire. Je vois enfin l'histoire que je voulais, et même si je sais exactement ce qui va se produire, et à quoi ressemblent tous ces endroits, et tous ces personnages, c'est de nouveau totalement neuf.

C'est plus que ce que je mérite. C'est parfait.

Un frisson me parcourt le dos. Je comprends trop tard que je suis en train de pleurer et quelques larmes tombent sur le papier. Je jure, repousse les feuilles et remonte le col de mon sweat-shirt pour m'essuyer les yeux. Davy pose la tête sur ma cuisse.

— Je vais bien, j'affirme d'une voix tremblante.

Je fais glisser ma manche sur la page pour effacer les larmes. Wallace les verra certainement demain.

Je pleure et je ris en même temps toute seule dans ma chambre. Merveilleux.

Wallace a lu dans mes pensées. Il a deviné ce à quoi je songe quand je dessine et l'a transcrit avec des mots. Je ne comprends pas comment il a fait, et je ne comprends pas comment cette chaîne d'événements s'est mise en branle. Mais Wallace Warland est un magicien. Il fait de la vraie magie. Avec des mots.

Il ne s'est pas contenté de lire dans mes pensées. Il connaît parfaitement le matériau original. Wallace sait que la constellation que Faren a dessinée au plafond de leur chambre s'appelle Gyurhei. Il connaît sa mythologie – ou presque. Je pourrais apporter une ou deux corrections, mais ce serait une honte de défigurer une écriture aussi soigneuse alors que je ne relève aucune autre erreur ; je le lui dirai donc de vive voix demain. Rien de tout ça – ni le nom ni la mythologie – n'apparaît explicitement dans la bande dessinée. C'est l'une des choses que j'ai dû expliquer quand on m'a posé la question sur le forum.

Et il en reste encore. Je tourne la dernière page.

C'est une citation du *Faust* de Marlowe :

« Le mot damnation ne me terrifie pas,

Parce que je confonds l'Enfer et le Paradis. »

Il se souvient. Un jour, je ne sais plus si c'était sur un des forums ou sur le chat, j'ai dit que *La Mer infernale* était un mélange de *Final Fantasy* et de la légende de Faust. La plupart des fans ne connaissaient même pas Faust ; ils savaient juste que c'était le nom de famille de Damien. C'était il y a une éternité. Au tout début du site Internet et des forums. Ce post est enterré depuis longtemps.

Mais Wallace s'en souvient.

CHAPITRE 9

Je passe dix bonnes minutes à esquisser de manière stylisée Orcus et ses trois lunes autour de la citation de Faust. Puis je dessine d'un côté une réveilleuse d'aurore serpentine qui surgit de l'océan et de l'autre un corbeau terrifiant aux ailes déployées. J'espère que Wallace ne le prendra pas mal.

J'attrape les cadeaux que je voulais envoyer à Max et à Emmy – un exemplaire du dernier roman graphique de *La Mer infernale* avec leurs bonbons préférés, un paquet de Twizzlers pour Max et un de Starburst pour Emmy – et emballe le tout. Max habite au Canada ; Emmy va à la fac en Californie. Les frais de port pour Max me coûtent un bras, mais ce n'est pas grave, je les ferai passer en frais professionnels.

Je m'attelle ensuite à terminer la planche en cours avant d'en commencer une autre. Je sais bien que les couleurs sont numérisées et que ce sont les mêmes que d'habitude, mais aujourd'hui elles me semblent plus lumineuses. Les traits sont plus sombres, plus forts. J'ai déjà dessiné les expressions des personnages en détail, et elles rendent mieux que jamais.

Ce soir, les forums grouillent d'activité. Rainmaker a posté un autre chapitre de sa dernière fanfiction de *La Mer infernale*, intitulée *Bleu auburn*. Je ne m'en rends compte que parce que quatre-vingt-dix pour cent des gens en ligne sont en train de lire son fil. Lui n'est visible nulle part. Je n'ai pas l'impression qu'il s'attarde pour savoir ce que les autres pensent de son œuvre. Un garçon comme je les aime.

J'ignore ce fil. La seule fanfiction que j'ai l'intention de lire est celle que Wallace m'a donnée. Il y a une forme de pureté à savoir qu'elle est excellente et que je suis la seule à avoir posé les yeux dessus – une pureté que je ne pourrai jamais obtenir d'un contenu publié en ligne. Ce n'est que pour moi. Du moins pour l'instant.

Je relis encore deux fois le chapitre qu'il a écrit avant de checker mes messages.

Emmy et Max m'ont donné des conseils. Pour dire les choses avec légèreté.

14 h 00 (emmersmacks a rejoint la conversation)

emmersmacks : Attends

emmersmacks : qu'est-ce qui s'est passé avec le Nouvel Élève

14 h 30

emmersmacks : Sérieusement

15 h 01

emmersmacks : E !!

15 h 33

emmersmacks : E, je te jure

15 h 59 (Apocalypse_Cow a rejoint la conversation)

Apocalypse_Cow : e a de nouveau des problèmes avec le nouvel élève ?

emmersmacks : Je pense

emmersmacks : Elle ne répond pas

emmersmacks : C'est vrai que je ne lui envoie des textos que toutes les DEMI-HEURES

emmersmacks : EEEEEEEE

Apocalypse_Cow : je ne pense pas que tes hurlements lui fassent regarder plus vite son téléphone.

Apocalypse_Cow : pourquoi tu as envoyé un texto à 14 h 30 ? Il n'était pas 11 h 30 chez toi ? Je pensais que tu avais cours d'architecture.

emmersmacks : J'ai laissé tomber

emmersmacks : L'architecture c'est con

Apocalypse_Cow : mais tu fais des études de génie civil...

emmersmacks : Et ?

Apocalypse_Cow : laisse tomber.

Apocalypse_Cow : ELIZA. QU'EST-CE QUI SE PASSE AVEC LE NOUVEL ÉLÈVE.

16 h 12

emmersmacks : laissez-moi mourir et pourrir dans mon dortoir

16 h 40

emmersmacks : aaaaaarghh

Apocalypse_Cow : *prépare les rites funéraires*

16 h 46 (MirkerLurker a rejoint la conversation)

MirkerLurker : Ouah, OK.

MirkerLurker : J'aurais dû checker mes messages plus tôt.

emmersmacks : -_-

MirkerLurker : J'ai reçu ton colis ! J'adore Monsieur Supercorps.

emmersmacks : NOUVEL ÉLÈVE

emmersmacks : MAINTENANT

MirkerLurker : Et si ça c'était hyper mal passé et que je n'avais pas envie d'en parler ? Et si j'avais découvert que c'est un serial killer ?

emmersmacks : Dis-moi au moins à quoi il ressemble

MirkerLurker : Je ne pense pas que Max ait envie d'entendre parler de ça.

Apocalypse_Cow : à dire la vérité, Emmy a éveillé mon intérêt et maintenant je veux savoir.

MirkerLurker : D'accord ! D'accord.

MirkerLurker : Brun, yeux marron. Plus grand que moi. Bâti comme un joueur de football américain.

Apocalypse_Cow : un joueur de foot américain écrit de la fanfiction ? Rappelle-moi dans quel monde nous vivons.

emmersmacks : Je suis certaine qu'il y a plein de joueurs de foot américain qui aiment lire de la fanfiction à l'occasion

emmersmacks : Continue, E

MirkerLurker : Il m'a trouvée dans la cour pendant le déjeuner et il s'est installé à côté de moi. Mais c'est bizarre – il ne parle pas beaucoup, alors on communique par écrit.

MirkerLurker : Il m'a montré ce truc sur lequel il travaille.

Je m'arrête. Je pourrais leur dire très précisément de quoi il s'agit, sauf que Wallace ne me l'a pas donné pour que j'en parle à la terre entière. Et surtout pas à Emmy et Max – je les adore, mais s'ils savent que quelqu'un est en train de transposer *La Mer infernale* en roman et s'ils apprennent que je trouve ça bon, ils voudront le lire aussi.

Je ne veux pas qu'ils le lisent. Non seulement ce serait agir dans le dos de Wallace, mais en plus ça gâcherait la petite bulle de bonheur dans laquelle je me trouve. C'est un secret entre Wallace et moi et ça me plaît. J'aime être la seule au courant.

emmersmacks : Quel truc

MirkerLurker : Une fanfiction. Je ne l'ai pas encore lue.

Apocalypse_Cow : il est sur les forums ? c'est quoi son pseudo ?

MirkerLurker : J'en sais rien. On n'en est pas à ce stade.

Je ne sais même pas si Wallace participe aux forums, même si je pense qu'il est difficile de les ignorer quand on est un fan de *La Mer infernale*. Peut-être que Wallace ne poste pas son œuvre sur Internet.

Davy pousse un gémissement. Je jette un coup d'œil sur le réveil ; c'est l'heure de dîner. Il a gagné la porte ; je le laisse sortir pour qu'il puisse courir vers la cuisine où maman est déjà en train de remplir sa gamelle. Church et Sully montent bruyamment l'escalier tandis que Davy descend ; je referme ma porte avant qu'ils puissent pénétrer de force dans ma chambre.

emmersmacks : Vous n'avez parlé que de ça ?? De fanfiction ??

emmersmacks : Ennuyeux

MirkerLurker : Tu as regardé trop d'épisodes de Dog Days.

MirkerLurker : Je suis certaine qu'on ne peut pas avoir subitement une relation hyper profonde avec quelqu'un qu'on vient juste de rencontrer.

Apocalypse_Cow : est-ce que tu veux dire par là que nous n'avons pas eu une relation hyper profonde tous les deux dès qu'on s'est rencontrés ?

Apocalypse_Cow : je suis blessé.

MirkerLurker : >.>

MirkerLurker : Je ne sais pas comment te dire ça, Max, mais…

Apocalypse_Cow : non. c'est trop tard. je suis en couple et heureux et aucune de vous ne me persuadera de la quitter.

MirkerLurker : Comment va Heather d'ailleurs ?

Apocalypse_Cow : elle vient de décrocher un job dans une agence de mannequins…

emmersmacks : -_-

Apocalypse_Cow : elle a une classe de sixième.

Apocalypse_Cow : mais elle pourrait être mannequin si elle voulait !

Oh, merci mon Dieu. Un changement de sujet.

MirkerLurker : Ça ne fait pas genre cinq ans que vous sortez ensemble ? Tu comptes l'épouser ?

Apocalypse_Cow : j'en sais rien

Apocalypse_Cow : si elle accepte.

emmersmacks : DEMANDE-LE-LUI !!

emmersmacks : Qu'est-ce que tu attends ???

Apocalypse_Cow : hum

MirkerLurker : laisse-le tranquille, Emmy. S'il ne veut pas lui demander pour l'instant, il n'a pas à le faire.

emmersmacks : Bouh

Apocalypse_Cow : merci, Eliza.

Apocalypse_Cow : revenons au gentleman avec qui tu as passé l'après-midi...

MirkerLurker : Nous avons juste déjeuné ensemble !

Apocalypse_Cow : ça c'est ce que tu as dit. Cependant, j'ai bien l'intention de connaître la vérité.

emmersmacks : Comment il s'appelle ??

MirkerLurker : Wallace.

Apocalypse_Cow : ...

emmersmacks : ...

Apocalypse_Cow : ...

emmersmacks : ...

Apocalypse_Cow : ...

emmersmacks : ...

MirkerLurker : C'est quoi le problème avec Wallace ?

Apocalypse_Cow : c'est, euh.

emmersmacks : C'est super débile

MirkerLurker : Wallace n'est pas un prénom débile !

Apocalypse_Cow : ça me fait penser à un personnage de dessin animé

emmersmacks : Il y a de gros fumeurs de joints sur le campus qui s'appellent Wallace

MirkerLurker : Et d'où tu connais le nom des gros fumeurs de joints du campus ?

emmersmacks : Parce qu'ils sont sympas

MirkerLurker : Me voilà donc inquiète à propos de tes relations avec les fumeurs de joints, mais je ne comprends pas très bien ce que tu veux que je fasse à propos du nom de Wallace.

Apocalypse_Cow : il ne se fait pas surnommer Wally ou un truc du genre ?

MirkerLurker : Il m'a dit qu'il s'appelait Wallace. Donc c'est comme ça que je vais l'appeler.

emmersmacks : Tu vas encore passer du temps avec lui

MirkerLurker : J'en sais rien. Probablement. Il faut que je lui rende ce qu'il m'a donné.

emmersmacks : T'as intérêt à nous tenir au courant

MirkerLurker : De quoi ?

Apocalypse_Cow : je suis d'accord avec e.

MirkerLurker : Au courant de quoi ?

emmersmacks : J'ai du travail, là

emmersmacks : Mais quand on se parlera demain t'as intérêt à avoir de BONNES NOUVELLES

MirkerLurker : DES BONNES NOUVELLES SUR QUOI ?!

CHAPITRE 10

Il y a un petit monstre dans mon cerveau qui contrôle le doute.

Le doute en lui-même est une chose stupide. Il n'a ni sentiments ni sensations, il est aveugle et traîne une longue chaîne bien lourde. Le monstre, en revanche, est intelligent. Il surveille tout et quand je suis totalement sûre de moi, il délivre le doute et le laisse courir en liberté. Et même quand je sais qu'il arrive, je ne peux pas le stopper.

Par exemple :

Je sais que, quand je rentrerai dans la salle d'étude dirigée et que je rendrai son chapitre à Wallace, il me remerciera – par écrit, évidemment – et qu'il me fera peut-être même un petit sourire, et que ça s'arrêtera certainement là.

Mais ce que je *ressens* là, alors que j'attends devant la porte, c'est qu'au moment où je lui rendrai ses feuilles, il me jettera un regard indifférent parce que dans l'intervalle il aura compris qu'il perd son temps avec moi. Il n'aurait pas dû me demander de lire son œuvre, parce que nous ne nous connaissons même pas. Hier, c'était un hasard extraordinaire, et un mauvais choix de sa part. Il le sait à présent. Bien sûr. Eliza Mirk n'est personne pour personne. On pourrait en faire la une du journal local tous les jours : *Eliza Mirk, personne pour personne.*

Je m'essuie le front avec la manche de mon sweat-shirt. Ces satanés sourcils transpirent et je ne peux même pas en parler à Emmy ou à Max. Quelques élèves pénètrent dans la pièce devant moi et je me faufile dans leur ombre.

Wallace n'est pas encore là. Je dépose les feuilles sur son siège et me roule en boule avec mon carnet de croquis. Je repasse sur les traits d'un vieux dessin, et je les rends trop sombres et trop épais. Wallace arrive une minute plus tard et s'empare des feuilles avant de s'affaler sur son siège. Il les feuillette et contemple le dessin que j'ai réalisé autour de la citation de Faust. Mon carnet m'échappe des mains et je le rattrape entre mes jambes.

Alors Wallace sort une feuille de papier vierge. Il écrit quelque chose dessus avant de la faire glisser sur mon bureau.

Le dessin est fabuleux. Mais tu n'as fait aucun commentaire ?

Je ferme mon carnet et je cesse de faire semblant. Mon écriture est tremblante.

J'en ai fait un seul, je ne voulais pas gâcher ta calligraphie. Gyurhei sort de l'océan pour avaler le soleil tous les mille ans et non tous les cent ans.

Quand il lit ma réponse, il enfouit le visage entre ses mains en secouant la tête. Je n'aurais pas dû le corriger. Pourquoi est-ce que je l'ai corrigé ?

Il me renvoie le papier.

Waouh. Tu as totalement raison.

Puis, en dessous :

Mes bêta lecteurs habituels ne s'en seraient jamais rendu compte.

Parce que tes bêta lecteurs habituels ne sont pas les créateurs de ce monde.

J'hésite une minute, puis j'écris : *J'ai trouvé ça très très bon.* Et je lui envoie brusquement la feuille avant que mes doigts ne soient pris de convulsions et ne déchirent le papier.

Merci ! Est-ce que tu te sens bien ? Tu es toute pâle.

Je vais bien – je suis toujours pâle.

Comme un rat noyé en jogging.

Mme Grier se lève et commence l'appel.

D'accord. On déjeune ensemble aujourd'hui ?

Il va faire trop froid pour aller dans la cour. Y a du vent.

Je suis prêt à me battre pour obtenir un siège à la cafétéria. Je suis très bon pour ce genre de chose.

Une fois que j'ai lu sa réponse, il pose volontairement son coude sur le bureau et fléchit le bras comme s'il faisait un étirement. Son biceps gonfle sous la manche de son T-shirt. Puis son coude glisse sur la table et il se rattrape de justesse, en jetant un petit coup d'œil autour de lui. Un rire m'échappe.

Mme Grier s'interrompt, elle nous regarde, ses boucles d'oreilles en forme d'oignon se balancent, mais elle ne dit rien. Elle ne gronde jamais les élèves en pareil cas.

Je pince les lèvres jusqu'à ce qu'elle reprenne l'appel. Puis j'écris :

J'ai pas mieux. Désolée.

Il sourit et répond :

On ne peut pas faire mieux que le génie.

◆◆◆

Wallace nous trouve effectivement une table pour le déjeuner, mais c'est parce qu'il est arrivé à la cafète de bonne heure, pas parce qu'il a frappé quelqu'un.

La table est tout au bout de la salle. Je prends mon plateau et le rejoins : il est assis, un sourire aux lèvres comme s'il était fier de ce qu'il vient de faire. Son déjeuner est le même que la veille : deux hamburgers, deux portions de frites, deux briquettes de lait. Un cône glacé. Un tas de feuilles est posé devant lui, surmonté par un petit mot.

Juste si tu en as envie.

Sur la première page je lis : *Chapitre 2.*

— Vraiment ?

Je me rends compte trop tard, de nouveau, que j'ai parlé à haute voix. Mais Wallace ne s'en formalise pas – il attrape un autre morceau de papier pour écrire.

Tu veux bien être ma bêta lectrice ?

Je n'ai pas de crayon sous la main.

— Oui. Absolument.

Je sais qu'à présent je parle trop bas. Quand il ne parle pas, j'ai l'impression que je ne devrais pas le faire non plus, comme si je gâchais quelque chose. J'attrape un stylo dans mon sac puis je tends la main vers sa feuille. Il me la passe, ravi.

Je suis désolée d'oublier d'écrire. On pourrait penser que je m'en souviendrais, vu le temps que je passe sur Internet.

Pas de problème. Tu peux parler si tu préfères.

Je ne sais pas.

Il m'adresse un petit sourire.

Donc tu es sur Internet. Tu fréquentes les forums de LMI ?

Oui. Parfois.

Ton pseudo ?

Je lui donne le seul que je peux lui donner, le seul autre que je possède.

MirkerLurker.

Laisse-moi deviner – tu ne postes pas souvent.

Pas si je peux l'éviter. Et toi ?

Tu lis de la fanfiction de LMI ?

Parfois.

Tu connais rainmaker ?

Tout le monde le connaît.

Bonjour.

Impossible. Je lève les yeux vers lui. Il a les yeux baissés sur ses frites sur lesquelles il est en train d'étaler du ketchup, comme s'il avait annoncé quelque chose sans importance. Impossible que le mec assis en face de moi soit *le* rainmaker. Le big boss de la fanfiction de *La Mer infernale*, la personne la plus populaire sur les forums après LadyConstellation, le berger qui veille sur un million de fans. Ça ne peut pas être le gars qui m'a envoyé le smiley clin d'œil de la semaine dernière.

J'écris :

TU TE FOUS DE MA GUEULE.

Et je lui mets le papier sous le nez.

Il s'en saisit avec précaution.

Je t'enverrai un message plus tard pour te le prouver.

Je te crois presque, tu sais, parce que personne ne peut affirmer être rainmaker. C'est pour ça que tu aimes autant Dallas ?

J'ai choisi ce pseudo parce que j'aime Dallas, et pas l'inverse.

Je jette un coup d'œil autour de moi. Il y a forcément un autre témoin de cette conversation. Quelqu'un doit entendre cette révélation spectaculaire, parce que ça n'arrive pas dans la vie de tous les jours.

Rainmaker ne fait pas irruption dans ton lycée comme ça pour te balancer une copie de la transposition romanesque de *La Mer infernale* sur les genoux.

Et pourtant c'est ce qui s'est produit. Et autour de nous, personne ne comprend ce qui vient de se passer. Personne, aux tables près de nous, ne sait qui nous sommes, ni ce que nous partageons.

Maintenant, il n'y a que nous.

Ici.

Wallace reprend la feuille et écrit :

Qu'est-ce que tu fais vendredi pour Halloween ?

Je serai certainement morte et enterrée parce que rainmaker fréquente le même lycée que moi et que je viens juste de l'apprendre.

Il pince les lèvres pour réprimer un sourire.

Non, en vrai.

Il veut vraiment changer de sujet ? D'accord, à sa guise.

Je serai probablement planquée dans ma chambre en train de regarder l'épisode d'Halloween de Dog Days.

Ça s'annonce VRAIMENT génial.

Pourquoi ? Qu'est-ce que tu fais ?

Une librairie que je fréquente avec mes amis organise une fête pour Halloween chaque année. On se déguise en personnage de LMI.

J'ai vu des tonnes de photos de cosplay de *La Mer infernale* sur Internet – et c'est assez génial, en effet. Mais je n'en ai jamais vu en vrai.

Laisse-moi deviner. Tu te déguises en Dallas.

Tu es très maligne. Bref, je me disais que si tu n'as rien d'autre à faire, tu voudrais peut-être m'accompagner. C'est dans une librairie et ce n'est pas une fête très animée. Les gens qui y vont sont tous un peu geek. Si tu n'en as pas envie, ce n'est pas grave.

Il veut que je l'accompagne à une fête. Je ne suis pas allée à une fête depuis que Kenny Smith, mon voisin, m'a invitée à son anniversaire quand nous avions huit ans. Quelqu'un m'avait poussée dans sa piscine et tout le monde s'était moqué de moi.

Est-ce que je peux y réfléchir ?

Oui, bien sûr.

Je n'irai pas. J'aime me dire que je pourrais y aller – j'aime prétendre être capable de faire des tas de choses –, mais mon cerveau, moi et le reste du monde savons très bien qu'au final je me dégonflerai et que je me barricaderai dans ma chambre avec une assiette de *pizza rolls* et mon abonnement Netflix.

Je me sens coupable de lui dire que je vais y réfléchir.

***Message privé sur le forum de* La Mer infernale**

14 h 54 28 octobre 2016

rainmaker : Salut, c'est Wallace. S'il te plaît, redis-moi que je t'ai stupéfiée. Tu as une expression trop top quand tu es surprise.

MirkerLurker : Ouah, on dirait que tu me dis des cochonneries.

rainmaker : C'est trop ?

MirkerLurker : mmmmmmmmm

rainmaker : C'est trop. Je le note.

FORUM DE *LA MER INFERNALE*

PROFIL UTILISATEUR

rainmaker *

Modérateur de fanfiction

ÂGE : Je ne le dirai pas.

LIEU : Non.

CENTRES D'INTÉRÊT : *LMI*. Écrire des trucs. Les feux de camp. Les pulls. Faire la grasse matinée. Les chiens.

Abonnés : 1 350 199 | Abonnements : 54 | Posts : 9 112.

[travaux uniques 144]

MISES À JOUR

Voir les mises à jour précédentes.

20 octobre 2016

> Le prochain chapitre de la fanfic *Bleu auburn* aura certainement un peu de retard. Je viens juste de changer de lycée. Autant vous dire que c'est drôle.

21 octobre 2016

> Merci à@joojooboogee pour mon nouvel avatar !
> #DallasRainerForever

23 octobre 2016

> Si les devoirs de maths étaient quelqu'un, je serais condamné à 25 ans de prison, voire à la perpétuité. #mathador

24 octobre 2016

> Il se peut qu'il y ait d'autres fans de *LMI* dans ce lycée. Merci mon Dieu je suis sauvé.

26 octobre 2016

> La vie aura ma peau aujourd'hui. Pas le temps d'écrire. Saloperie de maths. #mathador

27 octobre 2016

> Il y a effectivement une autre fan de *LMI* au lycée.
> En pour : c'est génial ; je ne suis plus tout seul ; elle est jolie.
> En contre : elle est jolie. #meeeeerde

28 octobre 2016

> Hééé ne parlons plus de la jolie fille, d'accord ? Elle doit certainement lire ces échanges.

CHAPITRE 11

Wallace pense que je suis jolie.

Wallace pense que je suis jolie ?

Est-ce qu'il a écrit ça parce qu'il savait que je le verrais plus tard ? Est-ce qu'il essaie de m'attirer dans un piège ? Il n'a pas l'air rusé, mais je ne sais pas, je ne suis pas dans la peau d'un adolescent.

Wallace pense que je suis jolie.

C'est louche.

Je porte un sweat-shirt deux fois trop grand et un jean que j'ai tellement mis qu'on ne distingue même plus la forme de mes jambes à l'intérieur. Mes cheveux ne sont pas mal, je suppose – enfin, quand ils ne sont pas recouverts de paillettes. Je ne me trouve pas moche, c'est juste que je ne pense jamais à mon apparence. Je ne vis pas vraiment dans le monde. Si j'avais mon mot à dire, je ne ressemblerais à rien du tout. Je ne serais qu'une conscience qui flotte librement et qui parvient quand même à dessiner. Je m'en fiche de ce à quoi je ressemble. Je ne veux pas m'y intéresser.

C'est bizarre qu'il en parle. Personne n'en parle. Je ne suis pas le genre de fille dont on remarque l'apparence.

Je voudrais vraiment discuter de tout ça avec Emmy et Max mais je ne le peux pas, parce que je ne veux pas qu'ils sachent que Wallace et rainmaker ne font qu'un. C'est exactement comme leur parler du roman, ça me paraît être une trahison. Je pourrais dire qu'il m'a dit ça en face, mais je sais qu'Emmy parcourt le fil des mises à jour des Anges au moins une fois par semaine et qu'elle verra la remarque sur la page de rainmaker. Pas besoin d'être un génie en ingénierie pour additionner deux et deux.

Mais Wallace m'a donné le chapitre 2 de *La Mer infernale,* donc il est sérieux. Il a investi du temps et de la réflexion là-dedans. *La Mer infernale* a de l'importance pour lui – il ne l'utiliserait pas pour blesser quelqu'un. Pas vrai ?

CHAPITRE 12

Le mercredi, Wallace et moi traînons ensemble au lycée comme si rien ne s'était passé. Et par « traîner » je veux dire qu'on se fait passer des petits mots pendant l'étude dirigée et qu'on déjeune ensemble. J'essaie de ne pas trop m'épancher sur le deuxième chapitre de sa novélisation. Quand je le dépasse, à la sortie des cours, alors qu'il est assis sur son banc comme d'habitude, il lève les yeux vers moi et agite la main pour me dire au revoir, et je ne ressens pas le besoin de courir me réfugier dans ma voiture.

Jeudi, c'est la même chose, mais quand je rentre chez moi et que je vérifie mes messages pour savoir si Emmy et Max ont reçu leurs colis, je découvre que Wallace m'a écrit.

14 h 47

rainmaker : Tu as réfléchi pour la fête d'Halloween ? : D

rainmaker : Si tu n'as pas de costume, tu peux toujours te fabriquer un panneau marqué « rôdeuse[1] ». Mes amis trouveront ça génial.

rainmaker : Au fait, ce sont tous des fans absolus de *LMI*. Je ne sais pas si je te l'ai dit.

rainmaker : Et je conduis, ne te fais pas de souci pour y aller.

Bon. Je suppose qu'il veut vraiment que je l'accompagne. Ça doit être bon signe. Je pensais qu'il était aussi silencieux et bizarre que moi, en fait pas du tout. Il n'est pas très sociable au lycée, mais il est beaucoup plus direct que je ne le serai jamais. Si j'invitais quelqu'un quelque part – ce qui ne risque pas d'arriver – et que la personne me répondait qu'elle va réfléchir, je me barricaderais dans ma chambre et je ne lui parlerais plus jamais.

Voici ce que je sais sur cette fête pour l'instant :

- Wallace veut que j'y aille ;
- les amis de Wallace seront là-bas ;
- il y aura du cosplay *Mer infernale* ;
- je vais rater l'épisode d'Halloween de *Dog Days* ;
- ce sera dans une librairie, ce qui n'est pas spécialement animé.

Tout ça n'a pas l'air complètement horrible. Et je suis certaine que si ça ne me plaît pas, je pourrai trouver une

1. « Rôdeuse » est la traduction de *lurker*, pseudonyme d'Eliza. (*N.d.T.*)

excuse pour partir. Mais ne pas faire le commentaire en live de *Dog Days* va me manquer.

Oups, j'allais oublier ! Je me lève de mon bureau, passe la tête par la porte de ma chambre et jette un coup d'œil par-dessus la rambarde du palier.

— Hé !

— Qu'est-ce qu'il y a, Crâne d'œuf ?

Papa sort de la cuisine, en coupe-vent et en short, et il lève les yeux vers le haut de l'escalier.

— Est-ce que je dois accompagner Church et Sully pour faire la tournée d'Halloween cette année ?

Papa fronce les sourcils.

— Tes frères font Halloween cette année ? Ils ne sont pas déjà trop vieux pour ça ?

Il pose la question sincèrement, parce qu'il ne s'en souvient vraiment pas. Il sait qu'ils sont dans la même classe et qu'ils ont moins de quatorze ans parce qu'ils jouent dans les équipes de moins de quatorze ans, mais pour lui, tout le reste est un détail. Sully a quatorze ans et Church treize ; ils ont onze mois de différence exactement et la plupart des gens les prennent pour des jumeaux.

— Ils sont trop vieux pour ça.

— Oh. Tu n'as qu'à demander à ta mère, alors.

— Elle est à la maison ?

— Non, elle a pris Davy pour aller faire son 10 000 mètres avec ses élèves de marathon.

— Quoi ? Davy ne peut pas courir dix kilomètres !

Il lève les mains en signe de reddition.

— Ils courent lentement et les élèves les plus lents s'occuperont de lui. Il ne lui arrivera rien.

Maman donne des cours aux gens qui veulent s'entraîner à courir des marathons – autant dire, à des fous. L'idée qu'ils embarquent mon vieux chien là-dedans me met mal à l'aise.

La porte d'entrée s'ouvre derrière mon père et Church et Sully font irruption en se bousculant sur le seuil. Ils manquent percuter papa, qui s'écarte juste avant qu'ils ne le heurtent.

— Salut les garçons, fait-il, aimable, un grand sourire aux lèvres avant de les suivre dans la cuisine. (Leur conversation flotte jusqu'à moi.) Comment s'est passée l'école aujourd'hui ?

— Macy Garrison a volé la calculatrice de Church et n'a accepté de la lui rendre que lorsqu'il a promis de lui offrir des bonbons pour la Saint-Valentin, répond Sully.

La porte du réfrigérateur claque contre le plan de travail et les étagères s'entrechoquent tandis qu'ils pillent le frigo.

— Je ne le ferai pas, affirme Church sur un ton plus bas.

— Est-ce que vous comptez faire la tournée d'Halloween ? demande papa.

Je descends quelques marches pour mieux espionner la conversation.

— Non, répond Sully. Halloween c'est pour les gosses.

— Je pensais que nous étions…, répond Church d'une voix qui s'éteint sur la fin.

— Eliza voulait savoir si elle devait vous accompagner.

— Eliza déteste faire des choses avec nous, affirme Sully.

Ce n'est pas vrai – je ne déteste pas faire des trucs avec eux, c'est juste qu'ils aiment faire des choses qui me déplaisent ou me mettent en colère. Comme lancer des balles ou se déplacer plus vite qu'en marchant.

Sully se met à hurler :

— Non, Eliza, tu n'as pas besoin de nous accompagner pour la tournée d'Halloween !

Je remonte furtivement l'escalier et j'entends Church marmonner :

— Je t'en prie, crève-moi les tympans.

Génial. Je n'ai même pas l'excuse de devoir accompagner mes frères. Je pourrais mentir, cela dit, et prétendre que je dois le faire… Wallace n'en saurait rien, pas vrai ? Il ne sait pas où j'habite, il ne sait pas quel âge ont mes frères, ni même si nous prenons Halloween au sérieux, ce qui n'est pas du tout le cas.

Mais je ne veux pas lui mentir. Je lui mens déjà à propos de LadyConstellation, même si c'est plus par omission qu'autre chose.

En règle générale, je n'éprouve aucun problème à mentir. Évidemment, les seules personnes à qui je mens sont mes parents et mes frères et il suffit que je leur dise que je me sens mal ou que j'ai trop de travail. C'est facile. Je n'ai pas d'amis au lycée qui me demandent de faire des choses. Enfin, pas jusqu'à maintenant.

Je retourne à mon ordinateur, m'assieds et gratte le bord de ma tablette graphique pendant un moment. Une page de *La Mer infernale* est toujours affichée sur l'écran – Amity y repousse une horde d'ennemis avec les cristaux orange du Gardien. Amity, elle, ne mentirait jamais pour se tirer d'affaire. Si elle ne veut pas faire quelque chose, elle le dit. Et si elle n'est pas sûre, elle le fait quand même, histoire de voir. C'est une fille taciturne et secrète, mais elle n'a pas peur de sortir et de passer à l'action.

Je ne suis pas du genre à prendre conseil auprès de mes personnages de fiction, mais vient un moment dans la vie de toute fille où on atteint un carrefour : une nuit toute seule en jogging avec sa série préférée ou une fête avec des gens en chair et en os, par exemple.

Je sais ce que je *devrais* faire.

Appelez ça la culpabilité, la voix de mes parents gravée de manière permanente dans mon esprit. *Qu'est-ce que tu as prévu de faire ce week-end, Eliza ? Tu sors avec quelqu'un ? Des amis du lycée ? Tu n'es pas invitée à des fêtes d'enfer ?* Des fêtes d'enfer. Il n'y a que mes parents pour employer cette expression et pourtant, ils ne sont pas si vieux que ça. J'ai le droit de refuser leurs idées de sport et d'exercice physique mais jusqu'à présent, je n'ai pas trouvé le truc pour esquiver leurs questions sur mes amis non existants et mon absence de vie sociale. Je dis « vie sociale » parce que tout ce qui se passe sur un ordinateur n'en fait pas partie pour eux. Si je leur disais que je vais passer Halloween sur un forum avec d'autres internautes, ils me demanderaient si je les connais vraiment et ensuite ils rôderaient devant ma porte en essayant de m'espionner toute la nuit.

Au moins, si je vais à cette fête, je ne les aurai plus sur le dos.

J'affiche le message de Wallace sur mon écran et je repousse le doute avec un tabouret de dompteur déjà bien amoché par des lions.

14 h 47

rainmaker : Tu as réfléchi pour la fête d'Halloween ? : D

rainmaker : Si tu n'as pas de costume, tu peux toujours te fabriquer un panneau marqué « rôdeuse ». Mes amis trouveront ça génial.

rainmaker : Au fait, ce sont tous des fans absolus de *LMI*. Je ne sais pas si je te l'ai dit.

rainmaker : Et je conduis, ne te fais pas de souci pour y aller.

15 h 11

MirkerLurker : D'accord, pas de problème. :-)

CHAPITRE 13

Je n'ai pas besoin de me faire un panneau proclamant « rôdeuse ».

L'année dernière, une fan de *La Mer infernale* s'est rendue à une convention déguisée en Kite Waters, l'un des personnages, et elle a posté des photos d'elle sur les forums. Quand j'ai dit – en tant que LadyConstellation, évidemment – que c'était le meilleur cosplay de Kite Waters que j'aie jamais vu, elle m'a envoyé le costume. Enfin, elle l'a envoyé à Emmy qui me l'a fait suivre. C'est une robe militaire de l'Alliance orcienne, blanche avec un ourlet vert, des boutons dorés et sans galons parce que Kite n'en a pas. Il y a même les bottes et le sabre noir (fabriqué avec du polystyrène ou un truc du genre).

La bonne nouvelle, c'est que comme le costume paraît très différent sur moi, Wallace ne devinera jamais d'où il vient. Il est beaucoup trop grand : j'ai beau fermer la ceinture au dernier cran, je flotte quand même dedans. Je m'enveloppe étroitement dans la veste et je sens mes côtes frotter contre le tissu. Je suppose que ça ira – de toute façon, il n'a pas été fabriqué pour moi.

Debout face au miroir, je me sens un peu ridicule d'être habillée comme l'un de mes propres personnages, même si ce n'est pas si mal. On dirait vraiment de vrais vêtements. La fille (ou plutôt, devrais-je dire, le génie de la couture) qui a fabriqué et porté cette tenue en premier vit sur une île – les Philippines, je crois – comme Kite, et donc ce costume était approprié, il lui donnait vraiment l'air du personnage, alors que sur moi c'est juste un déguisement.

— Ton petit ami est arrivé, hurle Sully du pied de l'escalier.

Un instant plus tard, j'entends la voix de papa.

— Eliza, ton ami est dans l'allée.

Quand je leur ai dit où j'allais, mes parents ont réagi comme si je leur avais annoncé que le marathon avait été avancé : ils étaient aux anges. Je les ai prévenus qu'ils n'avaient pas le droit de me poser des questions, et, par miracle, ils ont obéi. J'ai expliqué que j'allais à une fête avec quelqu'un du lycée. J'ai bien pris soin de ne pas dire « un garçon du lycée » mais Sully vient de rendre toutes mes précautions inutiles.

J'attrape le sabre noir, mon téléphone et les deux billets de vingt dollars tout neufs que j'ai retirés un peu plus tôt, et je sors de ma chambre. Papa et maman sont tous les deux devant la porte. Ils regardent dehors en se parlant à voix basse. Je descends l'escalier.

— Tu es censée être déguisée en quoi, au juste ?

Church se tient sur le seuil du salon en train de grignoter une barre de céréales. Il a l'air complètement dégingandé dans son short et son T-shirt de basket. Sully fait son apparition derrière lui, dans un uniforme identique, juste un peu plus grand.

— C'est un truc de ta BD ? demande Sully.

Mes parents se retournent. Super, tout le clan Mirk participe au festival « Foutons-nous de la gueule d'Eliza ». Puisque tout le monde m'a vue, je dévale les dernières marches, dépasse mes parents et ouvre la porte d'entrée à la volée.

— À plus, je marmonne. J'ai pris mon téléphone.

Je ferme la porte derrière moi et me dépêche de remonter l'allée. Wallace m'attend au bout dans une Taurus vert mousse, mais il fait sombre et je ne distingue pas son costume. Mon cœur bat trop vite dans ma poitrine et mon estomac fait des vagues comme la mer écumeuse d'Orcus. Je me glisse sur le siège du passager.

— Salut, dis-je en bouclant ma ceinture.

— Salut, répond-il.

Je me fige. Il a tourné le visage vers moi, mais il ne me regarde pas : ses yeux restent fixés sur le tableau de bord. Sa voix est beaucoup plus douce que ce à quoi je m'attendais. J'imaginais qu'elle était sonore, peut-être pour compenser tous ses silences, mais non. Elle est grave et douce comme une couverture polaire au milieu de l'hiver.

— Tu parles parfois ?

Il hoche la tête.

— Tout seul dans ma voiture ça va. Le lycée… c'est trop. Avec mes amis, oui, et parfois avec les inconnus. Tu ne trouves toujours pas ça cinglé ?

— Non, ce n'est pas cinglé.

Il me regarde droit dans les yeux et esquisse son petit sourire.

— Tu fais une Kite Waters fabuleuse.

Ma température corporelle augmente de quelques degrés. Heureusement que je me suis souvenue de mettre du déodorant.

— Merci, dis-je avant de le dévisager des pieds à la tête. Je croyais que tu te déguisais en Dallas ?

— C'est le cas. La perruque et l'écharpe sont dans le coffre. C'est trop dangereux de conduire avec.

— Ah. Tu as raison.

— Tu es prête ?

— Suffisamment.

— Tu viens d'où ?

Nous tournons au coin de la rue avant d'emprunter la longue route qui relie mon quartier au reste de la ville. Les phares de la voiture transpercent l'obscurité grandissante.

— De l'Illinois.

Sa voix s'élève juste au-dessus du murmure.

— Mes parents ont changé de job. (Un silence.) Et ma mère se plaît mieux ici. J'ai quelques amis aussi, alors ça va.

— Il faut de tout pour faire un monde, je suppose.

— Tu ne te plais pas ici ?

Je hausse les épaules.

— Peut-être, peut-être pas. Je ne suis jamais allée ailleurs, donc je ne sais pas si ça me plairait mieux, mais j'en ai marre de Westcliff. J'en ai marre de ce lycée. Et de l'absurdité de la vie dans une petite ville. Tout le monde sait tout sur tout le monde. Tu as lu le *Westcliff Star* ?

— Oui.

— C'est des trucs de ce genre qui m'énervent. Toutes les histoires qu'on y trouve – tu vois l'histoire du virage de Wellhouse qui a occupé les dernières semaines ? Eh bien, c'est toujours le même sujet à cette époque de l'année. Il se passe tellement rien qu'ils sont obligés de se concentrer sur cette route meurtrière. Ça me… perturbe.

— Comment ça ?

— Ils ne parlent que d'une ou deux choses. Ils devraient laisser les gens tranquilles.

Il me jette un coup d'œil. Me sourit.

— Tu as quelque chose à cacher ?

— Non, je rétorque sèchement. C'est juste une façon de parler, j'aimerais vivre dans un endroit où personne ne te remarque, qui que tu sois.

— Je comprends.

Nous gravissons une colline, traversons un bosquet et nous dirigeons vers le pont de Wellhouse. De l'autre côté, illuminé par les phares et le soleil couchant, j'aperçois le fameux virage : un coup de canif acéré dans la route à l'endroit où le sol disparaît.

Les fleurs et autres souvenirs que j'ai vus sur la photo du journal sont toujours là, certains sont vieux et fanés, d'autres récents. Il y a la barrière tordue en métal que l'on répare toujours après chaque accident. La pente raide mène à la rivière et certains disent qu'on trouve de vieux morceaux de voiture encastrés dans son lit.

Je me demande si la mort arrive vite pour ceux qui quittent la route ou si la chute leur semble durer des années.

Wallace ralentit tellement au niveau du virage qu'on dirait qu'il va s'arrêter. La plupart des automobilistes lèvent le pied à cet endroit, mais jamais autant. Et jamais avec une telle rigidité. Je jette un coup d'œil dans le vide. Même à pied, descendre cette pente est une très mauvaise idée. Je suis prête à parier que si on glisse, on se fait terriblement mal.

Le visage de Wallace reste pâle le temps que nous nous éloignions du virage mortel, mais je remarque à la lueur du réverbère suivant qu'il s'est ressaisi. Comme s'il ne s'était rien passé.

— Je parie qu'il n'y a pas ce genre d'endroit dans l'Illinois.

La librairie de livres d'occasion dont les amis de Wallace lui ont parlé s'appelle Murphy. J'en ai déjà entendu parler mais je n'y suis jamais allée ; après *Les Enfants d'Hypnos*, je n'ai pas lu grand-chose et j'ai commencé à acheter tous mes livres sur Internet. Wallace plaisante en disant que le nom exact de la librairie est La Loi de Murphy. Je prie pour que ce ne soit pas vrai, parce que beaucoup de choses pourraient mal tourner ce soir et j'aimerais autant que ce ne soit pas le cas.

C'est une petite boutique en brique, prise en sandwich entre deux autres petites boutiques en brique, avec une énorme enseigne qui proclame *Les Livres de Murphy* accrochée sur la grande baie vitrée. La devanture est éclairée et je vois des corps bouger à l'intérieur. L'étroit parking est rempli quand nous arrivons, et Wallace se gare dans la rue.

Avant d'entrer, il ouvre le coffre de sa voiture et utilise la lampe torche de son téléphone afin d'en sortir ce dont il a besoin, parce que celle du coffre ne fonctionne plus. Il attrape un tas de ce qui ressemble à des algues et une longue écharpe à rayures bleues et blanches. Il enroule l'écharpe autour de son cou à deux reprises, laissant un pan retomber sur sa poitrine et l'autre dans son dos. Puis il se met les algues sur la tête et les secoue un peu afin qu'elles retombent correctement sur son visage.

— De quoi j'ai l'air ?

Il écarte les bras. Sous l'écharpe, il porte une chemise usée et un pantalon sur lequel on a peint des rayures verticales bleu marine et vertes. Il n'est pas assez grand ni assez mince pour être Dallas, mais bon sang, ça lui va super bien.

— Waouh.

Il tourne sur lui-même pour que je puisse l'admirer sous toutes les coutures et l'écharpe bouge exactement comme elle le doit, autour de ses chevilles.

— Où tu as déniché ça ?

— Ma sœur l'a tricoté pour moi.

— C'est dommage que tu doives porter des chaussures, cela dit.

— Ouais, j'ai dû abandonner la métaphore pacifique des pieds nus de Dallas sur l'autel de la sécurité de mes voûtes plantaires.

— Tu es fabuleux.

— *Nous* sommes fabuleux.

J'attache le sabre autour de ma taille avant que nous pénétrions dans la librairie.

Si je devais choisir une fête à laquelle me rendre, ce serait celle-ci. Les murs sont recouverts de livres et des bibliothèques basses servent de séparateurs entre les différentes parties de la pièce. Une table sur laquelle sont disposés des rafraîchissements est dressée à côté du comptoir. Les notes de « Monster Mash » s'échappent des enceintes. Une nuée d'élèves de Poudlard en robe noire avec les écharpes correspondant à leur maison occupe quasiment la moitié de la boutique. Un couple de fées, un vampire et une sorcière discutent tranquillement contre le mur du fond. Une fille habillée en sushi est en train d'arranger les décorations en forme de citrouille à côté de la caisse.

— Je serais prête à tuer pour manger des sushis, dis-je.

Wallace sort son téléphone portable. Je reçois un texto.

Bon sang, moi aussi. On devrait aller en manger après.

Quitter une fête pour aller au restaurant japonais ? Avec plaisir.

Wallace me guide vers un coin sombre où le deuxième groupe le plus important en nombre s'est rassemblé. Je manque me faire un croche-patte à moi-même : ils sont tous habillés en personnages de *La Mer infernale.* Certains ont les cheveux blancs d'Amity ou le collier en argent de Damien. D'autres ont les blanches constellations nocturniennes tatouées sur leur visage ou sur leurs bras. Un grand nombre d'entre eux portent les cols hauts aux couleurs rouge, doré, noir des Rishtiens.

Lorsqu'ils nous aperçoivent, plusieurs se mettent à crier « Dallas ! » et « Kite ! » en guise de salut. Wallace sourit, ses oreilles s'empourprent et il s'empare de ma main pour me guider à travers la foule. Je le laisse faire. Sa paume est plus rugueuse que ce à quoi je m'attendais de la part d'un écrivain, mais tiède. Nous nous cramponnons l'un à l'autre avec maladresse et, une fois atteinte la table qui se dresse au milieu du groupe, Wallace me lâche la main.

Assis à la petite table se tiennent une jeune femme avec un petit enfant sur les genoux et un garçon de notre âge qui sourit à un écran d'ordinateur portable. La femme a des cheveux bruns un peu fous – c'est une perruque – et porte le costume du désert d'Imi, un des Anges, tandis que l'enfant, une petite fille, est habillée comme la fille d'Imi. Le garçon porte un polo de sport avec un col haut – censé sans aucun doute figurer le thermatrol, ce costume qui régule avec précision la température et que portent les Rishtiens – et une veste identique à celle des aéronautes rishtiens. De la nourriture qui vient du buffet jonche l'espace entre eux sur la table.

Le garçon et la femme lèvent les yeux en même temps et s'écrient :

— Wallace !

Le garçon fait tourner l'ordinateur dans notre direction et nous voyons deux filles en direct dans une vidéo.

Wallace recommence à textoter. Un autre message apparaît sur l'écran de mon téléphone ; cette fois, c'est un message groupé avec quatre numéros que je ne reconnais pas.

Salut les gars, écrit Wallace. *Je suis venu avec une amie.* (Il fait un pas de côté afin que je ne puisse plus me dissimuler derrière lui.) *Voici Eliza. Eliza, c'est mon ami Cole et sa cousine Megan.* (Il fait un geste en direction du garçon et de la jeune femme.) *Et voici Leece et Chandra.* Les filles dans l'ordinateur. Ils me saluent tour à tour, me laissant suffisamment de temps pour ravaler le nœud qui s'est formé dans ma gorge et leur répondre.

— Wallace dit que tu fréquentes les forums, constate Cole.

Je suis contente qu'il soit déguisé en Rishtien ; il en a l'apparence intelligente et rusée.

— Euh. Oui. Mais je ne participe pas beaucoup.

Juste pour commenter *Dog Days*, que je suis en train de rater. J'ai laissé un message sur ma page pour dire que j'étais malade et que je ne pourrais pas regarder ce soir, afin de ne contrarier personne.

— Vous aussi ?

Mon téléphone bipe.

Oh, pardon. J'ai oublié de te le dire. Ce sont les autres Anges. Désolé – je suppose que ce n'est pas évident d'imaginer que nous sommes amis dans la vraie vie aussi.

Je les dévisage. Voilà donc les Anges qui sévissent sur mes forums ? Ceux qui me talonnent sur l'échelle de la popularité ? Et ils sont tous là ?

J'ai la tête qui tourne. L'une de mes mains est occupée avec le téléphone et l'autre cherche quelque chose à quoi s'accrocher mais ne rencontre que le vide.

Wallace poursuit. *Cole est Fire_Served_Cold, Megan est Quake, Leece est Tree Chimes et Chandra, Dark Switch.*

Ça ne me dit pas grand-chose, jusqu'à ce que j'associe chaque pseudo à son rôle sur les forums.

Fire_Served_Cold, l'ami de rainmaker, qui fréquente les chats en live.

QUaKE, qui supervise tout ce qui a trait aux jeux de rôle.

- *treechimes* -, qui couine devant les produits dérivés.

Et darkSwitch, qui dessine le meilleur fan art que j'aie vu de ma vie.

Avec Wallace dans le rôle de rainmaker, ils forment les Anges, le clan des gardiens d'Orcus. Dans l'histoire, les Anges sont ceux qui permettent à la planète de ne pas basculer dans le chaos. Quand quelque chose – comme la main corrompue de l'Alliance – menace ce fragile équilibre, ils interviennent. Ces Anges-là maintiennent l'équilibre dans mes forums, en tant que modérateurs.

J'ai l'impression d'avoir rencontré les Power Rangers. Ils attendent ma réaction.

— Hum.

C'est la seule chose que je suis capable d'articuler.

— Tu es géniale en Kite Waters, affirme Cole. Même si tu es trop petite.

— Cole, intervient Megan sur un ton réprobateur. (Elle fait rebondir la petite fille sur ses genoux, et cette dernière se met à glousser.) Tu es superbe, Eliza, ne l'écoute pas. Asseyez-vous tous les deux. Et mangez quelque chose !

C'est à moitié une invitation et à moitié un ordre. Je me laisse glisser sur le siège à côté de Wallace. Le sabre reste coincé dans le pied de la chaise.

— Tourne-moi face à Wallace ! crie la fille sur l'écran, Chandra.

Cole obéit et Wallace et moi apparaissons dans la webcam. Je me recroqueville un peu sur moi-même, écarlate.

— Wallace, dit Chandra, c'est quoi ce délire à propos des chapitres de *Bleu auburn* ? Comment ça tu ne vas pas les mettre en ligne bientôt ? Izzy et Ana sont les deux seuls personnages du canon que j'aime, tu n'as pas le droit de me décevoir.

Désolé. (Wallace hausse les épaules.) *Bientôt. J'ai toute la structure de l'histoire, il faut juste que je trouve le temps de l'écrire. Le lycée me tue. Entre ça et le roman…*

— Oh oui, le roman que personne n'a le droit de lire.

Tu le liras quand il sera plus avancé !

— Ne te fais pas de souci pour ça, Wally, intervient l'autre fille, Leece.

Elles sont assises dans deux chambres différentes ; les murs de la chambre de Chandra sont marron foncé et dénudés tandis que ceux de la chambre de Leece sont clairs et recouverts d'affiches de *La Mer infernale.* Un monstre marin en peluche est posé sur un oreiller derrière elle.

— Si tu as l'inspiration pour travailler sur la novélisation, fais-le, point. En plus, Chan ne sait pas quelles relations sont bonnes pour elle.

— Non mais, excuse-toi, s'il te plaît ! aboie Chandra. Tu étais où quand Izzy et Ana ont été forcés d'accepter ce mariage arrangé ? Tu étais là quand ils se sont liés d'amitié dans la chambre des machines du vaisseau spatial ? Et toutes les fois où ils se sont sauvé mutuellement la vie en combattant l'Alliance ? Ils n'ont même jamais su s'ils étaient amoureux l'un de l'autre – ils ont juste grandi ensemble. Et c'est parfait et magnifique et personne ne peut me l'enlever !

— Votre attention, s'il vous plaît ? (Une voix se déverse des enceintes. La fille habillée en sushi est toujours près de la caisse et elle tient un micro près de sa bouche.) Il est presque l'heure du concours de costumes. Si vous voulez participer, veuillez remplir une carte et la placer ici.

Elle brandit un bocal en forme de crâne grimaçant.

— Oh oui, fait Cole en se levant. Quelqu'un d'autre participe ? Wallace et Eliza, inutile de répondre. Je vais inscrire vos noms de toute façon.

Il disparaît avant que je puisse refuser.

L'épaule de Wallace heurte légèrement la mienne.

Il est tout le temps comme ça, me dit-il dans un texto qui m'est uniquement destiné. *On ne le fera pas si tu ne veux pas.*

Je me cramponne au rebord de mon siège et je garde les yeux rivés sur la table tout en respirant le plus profondément possible pour ne plus avoir l'impression que mes poumons sont écrasés. Me tenir devant tous ces gens, dans ce costume qui n'est même pas le mien, et attendre quoi, qu'ils applaudissent ? Je suis sûre de m'étaler de tout mon long.

— Eliza ?

Je lève les yeux. Wallace, Megan, Leece et Chandra me dévisagent tous.

— Euh, quoi ? Pardon ?

— Oh, ma puce, n'aie pas l'air si inquiète ! s'écrie Megan. Je t'ai juste demandé depuis combien de temps tu aimais *La Mer infernale*.

— Peut-être trois ans ?

— Waouh, tu l'aimais donc avant Masterminds, dit Leece.

Je l'ai aimé avant tout le monde.

— Est-ce que c'est Kite ton personnage préféré ? demande Chandra.

— Euh, non... c'est Izzy.

— Moi aussi ! s'exclame Chandra en sautant sur son siège et en couinant suffisamment fort pour faire grésiller les enceintes de l'ordinateur. Personne ne comprend la grandeur d'Izarian Silas ! Cet idiot de Cole s'habille en Rory comme si c'était le meilleur Silas, mais la seule raison pour laquelle Rory Silas est intéressant c'est parce qu'il est le fils d'Izzy !

De l'autre côté de l'écran, Leece s'étouffe.

— Retire ce que tu viens de dire, salope.

Chandra éclate de rire. Megan couvre trop tard les oreilles de sa petite fille qui de toute façon s'en contrefiche. Wallace secoue la tête et sourit.

CHAPITRE 14

Cole revient vers nous, le torse bombé d'orgueil, avec trois verres de punch à la main : un pour moi, un pour Wallace et un pour lui. Megan tient un biberon que sa fille fait tomber toutes les dix secondes environ. Je sirote le verre de punch que je serre contre ma poitrine et je me fais toute petite sur mon siège tandis qu'ils discutent entre eux. Je me sens mieux comme ça, invisible et silencieuse, dissimulée dans l'ombre massive de Wallace. Certains des fans de *La Mer infernale* se sont éloignés de notre table, et je tourne donc le visage vers l'espace vide à côté de moi chaque fois que j'ai besoin de respirer.

J'ai appris il y a des années que j'ai le droit de faire ça. De chercher de petits espaces pour moi-même, et d'imaginer que je suis seule. Les gens sont trop pour moi, parfois. Les amis, les connaissances, les ennemis, les inconnus – ça n'a pas d'importance, ils forment une foule indifférenciée. Même s'ils sont de l'autre côté de la pièce, ça reste une foule. Je songe : *Je suis ici. Je vais bien.*

Puis je me permets d'écouter de nouveau la conversation et de me laisser glisser lentement dedans.

C'est incroyable tout ce qu'on peut apprendre quand on ne parle pas. En une demi-heure, je sais que Cole est en seconde, que c'est une star montante du base-ball et qu'il garde secret son amour de *La Mer infernale* afin de ne pas voir sa place sur le terrain remise en question ; Leece est probablement la plus grande collectionneuse au monde des produits dérivés de *La Mer infernale*, et c'est une gymnaste de renommée internationale qui vit dans le Colorado et qui utilise la bande dessinée comme un moyen de se relaxer ; Chandra habite de l'autre côté de l'océan, en Inde, et même si ses parents n'approuvent pas entièrement le sujet de ses dessins – la plupart mettent en scène des personnages de *La Mer infernale* en train de s'embrasser d'une manière ou d'une autre –, elle voit ça comme un art de vivre. Megan, elle, vit à quelques villes de chez nous : elle élève toute seule sa petite fille, Hazel, et elle cumule deux jobs ; le jour elle est assistante de direction, et le soir elle bosse au bowling.

C'est Megan qui a découvert La Mer infernale *en premier,* m'explique Wallace, *puis elle a converti Cole et c'est comme ça que je l'ai rencontré. Puis on a trouvé Leece et Chandra et choisi nos pseudos d'Anges, et le reste tu le connais.*

De temps en temps ils me posent des questions personnelles. Et amicales. Quel âge j'ai ? Comment j'ai rencontré Wallace ? Quels sont mes loisirs en dehors de *La Mer infernale* ? Je fais de mon mieux pour répondre, pas seulement pour le bien de Wallace, mais un petit peu pour le mien aussi.

Ces gens-là ne sont pas des ennemis. Ils ne se moqueront pas de moi à cause de mes loisirs. Ce ne sont peut-être pas mes amis, mais ils font partie de ma communauté et le fait qu'ils soient dissimulés derrière un écran ne veut pas dire qu'ils ne méritent pas qu'on leur parle.

Et pourtant. Le silence de ma chambre me manque. Davy et mon ordinateur aussi. Qu'est-ce qu'il se passe dans *Dog Days* en ce moment ? Est-ce que LadyConstellation manque à quelqu'un dans le chat ce soir ?

Quand la fille sushi appelle les participants au concours afin qu'ils montrent leurs costumes à tout le monde, Cole réussit à faire lever Wallace qui se tient debout, gêné, mais je refuse de faire la même chose lorsque j'entends mon nom.

— Ce n'est que pour une seconde, affirme Cole en me faisant signe de la main. Allez. Juste une seconde.

— Je ne... je n'en ai vraiment pas envie.

Wallace repousse gentiment Cole afin de pouvoir se rasseoir et il attrape son téléphone.

Si elle ne veut pas, ne la force pas.

Cole pousse un soupir si théâtral que j'en déduis qu'il plaisante, puis il pivote en direction de la fille sushi pour lui dire que finalement je ne participerai pas. D'autres personnes dans d'autres groupes se lèvent. Un jury d'adolescents se tient à côté d'une petite bibliothèque transformée en bureau et ils finissent par s'éloigner pour délibérer avant d'annoncer que le gagnant est l'un des élèves de Poudlard.

— Oh ! c'est pas vrai ! s'écrie Cole. C'est toujours un fan d'Harry Potter qui gagne ! Ils ont eu douze ans pour fabriquer leurs costumes !

— J'ai assez attendu, dit Megan à sa fille dont elle lève les bras. Douze ans ! À Azkaban !

Cole et Wallace dévorent quasiment toute la nourriture posée sur la table, et je suppose donc que nous n'irons pas manger des sushis. Vers 21 h 30, Leece et Chandra se déconnectent et Cole range son ordinateur. Hazel dort contre l'épaule de sa mère.

— Il est temps pour nous de partir, annonce Megan. Ça m'a fait plaisir de vous voir. Il faudrait remettre ça dans pas longtemps. On pourrait programmer une rencontre *Mer infernale.*

Wallace embrasse maladroitement Megan pour lui dire au revoir. Quand elle pousse la porte de la librairie, elle laisse entrer un courant d'air glacé.

— Je devrais y aller aussi, dit Cole en se passant la main dans les cheveux, ce qui a pour effet de le décoiffer encore davantage.

Je pensais que ton couvre-feu était à 23 heures ? dit Wallace par texto.

— Non, ma mère l'a déplacé à 22 heures quand je suis rentré trop tard il y a quinze jours. Pourquoi tu me regardes comme ça ? J'ai juste pas vu l'heure passer : tu sais ce que c'est quand on est chez une fille !

Wallace lève les yeux au ciel.

— Écoute, fait Cole en se penchant sur le rebord de la table afin de regarder Wallace droit dans les yeux. Ce lycée est forcément mieux que le précédent. C'est obligé. D'accord ? Les choses se sont calmées, mais crois-moi tu es mieux ailleurs.

Wallace hausse les épaules. Cole lui donne une tape sur l'épaule. Me voilà seule avec Wallace dans la librairie qui se vide rapidement. Pourquoi Westcliff serait-il meilleur que son ancien lycée ? Je n'ose pas demander, du moins pas tout de suite. Je voudrais juste partir d'ici.

Tu es prête à aller manger des sushis ?

— Tu en as toujours envie ? Tu as déjà mangé.

Il sourit.

On dirait bien que tu ne m'as pas regardé déjeuner. Si tu me dis on mange, je mange. Et je pourrais dévorer un bœuf. Alors, des sushis ?

— Oui, s'il te plaît, des sushis.

Nous poussons la porte et l'air glacé se faufile sous mon costume. Nous marchons à toute allure vers la voiture de Wallace ; je saute sur le siège du passager tandis qu'il balance sa perruque dans le coffre, allume le chauffage, met le contact puis se dirige vers un restaurant qu'il connaît.

— Comment se fait-il que tu connaisses beaucoup plus d'endroits que moi par ici ? Tu n'es pas là depuis longtemps, pourtant.

Il hausse les épaules sans cesser de sourire. Lorsque nous parvenons devant le restaurant, j'aperçois une enseigne au-dessus de la porte qui proclame : SUSHIS.

— C'est un restaurant minimaliste, ou ils ont juste manqué d'imagination ?

— Je... ne sais pas, répond Wallace. (C'est agréable d'entendre de nouveau le son de sa voix.) Sincèrement, les deux sont possibles.

Il est suffisamment tard pour que le restaurant ne soit pas bondé, et il est encore trop tôt pour les camés qui surgissent toujours le soir d'Halloween. L'intérieur de ce restaurant vaguement nommé est très propre et plutôt chic. L'hôtesse nous installe dans une alcôve où nous sommes protégés de la vue de nos voisins par des paravents.

— Le vendredi soir, c'est moitié prix, explique Wallace en parcourant impatiemment le menu. Qu'est-ce que tu prends d'habitude ?

— Hum. (J'ai horreur de révéler ce genre de chose aux gens.) Je vais prendre des California et des Philadelphia rolls. (Je sais exactement ce que pensent alors les gens : « Tu aimes vraiment les sushis, t'es sûre ? Tu prends juste les rolls sans intérêt. Tu ne manges pas ce qui est bon. » « Waouh, c'est très ennuyeux ce choix. Quel est l'intérêt de te fréquenter ? » « Sois plus intéressante. »)

— Oh, c'est une idée géniale, commente Wallace sans lever les yeux de son menu. Faisons simple. Je pourrais manger une table entière de Philadelphia rolls.

Nous commandons dès que la serveuse nous apporte nos serviettes chaudes. J'enroule la mienne autour de mes mains froides et je me liquéfie sur mon siège. Ma famille dit toujours que j'ai les mains froides, mais je ne le remarque que lorsqu'elles entrent en contact avec quelque chose de chaud.

— La fête t'a plu ? demande Wallace. Je suis content que tu aies pu venir.

« Avoir pu venir » voulant dire « avoir vaincu le doute de justesse », je suppose donc qu'il a raison.

— Oui. C'était... c'était cool.

Wallace, qui contemplait ses mains, lève les yeux.

— Vraiment ? Tu n'as pas dit grand-chose.

— Je suis toujours comme ça.

— Tu parles beaucoup au lycée.

Je souris.

— J'*écris* beaucoup au lycée. Et je ne le faisais pas non plus avant que tu arrives.

Il hésite.

— Pourquoi ?

— J'en sais rien. Je n'aime pas ça.

— Le lycée c'est pas trop ton truc, pas vrai ?

— Pas vraiment, non.

— Moi non plus. (Il contemple de nouveau la table.) Je sais déjà ce que je veux faire et je perds mon temps au lycée. Ils partent toujours du principe que nous ne savons pas ce que nous voulons, et ils nous obligent à continuer à y aller. Il me tarde tellement de me barrer de là.

— Mais tellement ! (La force de ma voix me surprend moi-même. Wallace lève de nouveau les yeux.) Je… je veux dire – oui, c'est épuisant. Je n'arrête pas de le dire à mes parents. Je veux me concentrer sur l'art et j'irai certainement à la fac, alors pourquoi se taper l'année de terminale ?

— C'est stupide, n'est-ce pas ?

— Tellement.

Il se rencogne dans son siège.

— Merci. Je pensais que j'étais le seul à me sentir comme un lion en cage.

— Un lion dans un lycée.

— Un lion dans un lycée : c'est comme *Shining*, mais avec des adolescents.

J'éclate de rire. Wallace sourit. La serveuse nous apporte nos sushis et la joie se répand depuis le sommet de mon crâne jusqu'à la plante de mes pieds. Une partie de moi sait que c'est idiot d'être heureuse parce que quelqu'un me comprend enfin. Mes parents me comprennent. Ils savent que je n'aime pas le lycée et que je ne veux plus y aller. Je suis persuadée que la plupart de mes profs le savent aussi. Ils savent que le dessin m'intéresse plus que les devoirs, ou les événements sportifs, ou les bals. Ils savent peut-être même qu'il est plus facile pour moi d'être sur Internet, même si j'en doute.

Mais Wallace est la première personne que je rencontre qui comprenne absolument tout.

Parfois, lorsque Amity s'éveillait de ses rêves de renaissance, durant les longues minutes qu'elle passait à regarder Faren dormir, elle imaginait à quoi ressemblerait sa vie si elle n'avait jamais accepté l'offre du Gardien.

Faren serait mort.

Peut-être qu'elle aussi.

Le Gardien n'aurait pas trouvé d'hôte et les Nocturniens attendraient patiemment qu'il le fasse.

CHAPITRE 15

Wallace comprend beaucoup de choses.

Il comprend que la pizza à la pâte fourrée au fromage de la cantine doit être mangée en commençant par la pointe, puis que la croûte doit être ouverte et que le fromage à l'intérieur doit être consommé en dernier, comme la cerise sur le gâteau du repas. Il comprend que les pantalons de survêtement et les sweat-shirts sont les meilleurs vêtements du monde. Il comprend que parler est plus facile quand il y a un écran ou une feuille de papier entre vous et votre interlocuteur.

La première moitié du mois de novembre passe à toute allure. Tous les matins je me réveille et j'expérimente l'étrange sensation d'avoir *envie* d'aller au lycée. Si je traîne près de mon casier, ce n'est pas parce qu'il est difficile de forcer mes pieds à bouger, mais parce que Wallace m'y attend et que je préfère flâner dans le couloir avec lui plutôt qu'être assise dans la salle de classe. Parfois je vais à son casier à lui et nous y restons un peu.

On ne se parle pas, parce qu'il y a trop de monde autour de nous. Et Wallace n'aime pas écrire sur les surfaces verticales.

Pendant les cours, je me plonge dans les dessins de *La Mer infernale*, j'en ponds le plus possible avant et après le déjeuner et je les cache au fond de mon sac à dos afin que Wallace ne les trouve pas. Je ne pense pas qu'il irait fouiller dans mes affaires. Du tout. Mais mon carnet de croquis pourrait s'ouvrir ou un Travis Stone entêté pourrait se pointer, me les voler et les répandre à la vue de tous. Pendant le déjeuner, Wallace et moi nous asseyons ensemble – dans la cour s'il fait assez bon, mais le plus souvent à l'une des tables de la cafétéria – et il me donne les chapitres de *La Mer infernale* au fur et à mesure qu'il les écrit. Je les dévore comme le monstre affamé que je suis et ça le fait sourire. Wallace comprend ça.

Wallace comprend ce que ça fait de créer.

— Est-ce que ça t'est déjà arrivé d'avoir une idée pour une histoire, ou un personnage, ou même une ligne de dialogue et que soudain le monde semble plus lumineux ? Comme si tout s'ouvrait et que tout prenait sens soudain ?

Il contemple son tas de feuillets – le dernier chapitre de *La Mer infernale* qu'il a écrit – en disant ça. Nous sommes assis à côté des terrains de tennis derrière le collège. Les feuilles dansent sur les courts vides au gré de la brise glaciale. J'ai dit à ma mère que j'irais chercher Sully et Church après les cours afin d'avoir une excuse pour traîner avec Wallace. Nous sommes assis des deux côtés du banc, face à face.

— Je pense que c'est pour ça qu'on appelle ça une illumination. Ça laisse entrer la lumière.

Il lève les yeux et me sourit.

— Voilà. Exactement.

Il a des fossettes. Bon sang, des fossettes. J'ai envie d'y planter les doigts. Il a l'air bien au chaud dans son pull, son manteau et son bonnet péruvien avec les deux ficelles qui encadrent son visage et les petits pompons dessus. Je n'ai pas vraiment froid, mais je pourrais avoir plus chaud.

— Ça t'arrive d'écrire ? D'écrire pour toi, je veux dire, pas de la fanfiction.

— Parfois, mais je pense que c'est moins bon que ma fanfiction. La fanfic c'est plus facile. Tu t'amuses avec les personnages, les lieux et les thèmes créés par quelqu'un d'autre. Je ne me demande pas si c'est bon parce que c'est amusant. Mais quand j'essaie d'écrire quelque chose de personnel, je suis tout le temps… inquiet. Ce n'est jamais assez bon. (Il s'empare de ses feuillets.) Tu dessines parfois autre chose que des fan art de *La Mer infernale*, toi ?

— Parfois, réponds-je, et nous partageons un autre petit sourire. Mais *La Mer infernale* est tout ce qui m'intéresse en ce moment.

— Est-ce que je pourrais voir certains de tes dessins ? De *La Mer infernale*. J'y ai jeté un coup d'œil l'autre jour, mais je n'ai pas réussi à bien voir.

J'ai lu sa fanfiction ; il me paraîtrait injuste de lui interdire de voir mes dessins. Le début de mon carnet, que je tiens bien en sécurité sur les genoux, est plein de feuilles volantes sur lesquelles j'ai esquissé des personnages et des lieux de *La Mer infernale*. Ce sont des recherches, mais pour Wallace ça ressemblera à de l'entraînement et de l'interprétation. J'en fais glisser quelques-uns vers lui après avoir vérifié qu'aucun n'était un dessin pour des pages à venir.

Wallace prend son temps. Comme tout ce qu'il fait, il examine les feuilles lentement et méthodiquement. Il parcourt les dessins, en s'attardant sur certains détails ; il glisse un doigt entre chaque page pour les séparer avant de lever le coin supérieur ; puis il replace le feuillet avec précaution en bas de la pile et, lorsque tous les feuillets sont de nouveau bien alignés, il contemple le suivant.

— J'ai envie de mettre ma novélisation en ligne, pour voir ce que les gens en penseront.

— Ils vont adorer.

Ce ne sera plus uniquement pour moi s'il fait ça, mais c'est peut-être aussi bien. Peut-être que du coup je me sentirai moins coupable de ne pas lui avouer qui je suis.

Il lève les yeux.

— Tu devrais poster tes dessins. Tu es très proche du style de LadyConstellation, plus que quiconque. Ces dessins sont incroyables. (Il regarde la page suivante.) Oh, waouh, j'adore celui-là.

Je m'agenouille afin de pouvoir voir par-dessus le bord de la feuille. C'est une esquisse de Kite Waters que j'ai faite en classe l'autre jour parce que je pensais sans cesse à Halloween. Elle porte un uniforme usé de l'Alliance, ensanglanté par la bataille, et elle tient son sabre d'un air de défi.

— Tu peux le garder si tu veux.

— Tu es sûre ?

— Je ne ferai rien de ce dessin.

— Poste-le.

Je rentre mes mains dans mes manches.

— Je ne pense pas que ce soit une bonne idée.

— Pourquoi pas ?

— Je n'en ai pas envie. Ça me rend nerveuse.

— Tu n'as pas à être nerveuse – ces dessins sont hallucinants. Tout le monde va les adorer.

Je secoue la tête. Il ne peut pas savoir, évidemment, que je ne suis pas nerveuse à l'idée que les gens ne les aiment pas, mais à celle que l'on fasse le lien entre MirkerLurker et LadyConstellation. Et puis, je ne sais pas, ces dessins ne sont que pour moi. Ce sont des recherches, des idées à moitié formées. Ils ne sont pas achevés, ils ne sont pas prêts à être montrés au monde, et je veux que personne ne les voie. Je suis à moitié convaincue que la seule raison pour laquelle *La Mer infernale* a autant de succès, c'est parce que je suis perfectionniste. Je ne poste que des pages parfaites. Intrigue, lignes, couleurs, personnages. Mes fans méritent le travail de la meilleure qualité possible. Je sais que ce n'est pas la seule raison, mais quand même.

— D'accord. (Il me rend les autres dessins et garde celui de Kite Waters. Il sourit de nouveau en le contemplant.) Merci. Ça t'ennuie si je montre ça à Cole, à Megan et aux autres ? Ils n'en parleront à personne si je leur demande de ne pas le faire, mais c'est trop cool – il faut absolument que je montre ça à quelqu'un qui comprend.

— Non, bien sûr, aucun problème.

Si Wallace me dit qu'ils ne le partageront pas, alors je le crois. Ils sont sympas de toute façon. Même moi je m'en rends compte.

Les cars commencent à se rassembler devant le collège. C'est la fin de la journée.

— Je devrais retourner à ma voiture pour que mes frères puissent me retrouver.

— Je t'accompagne.

Nous nous dirigeons vers mon véhicule, garé à l'autre bout des courts de tennis.

— Ce n'est pas ta sœur qui vient te chercher, d'habitude ?

— Ce n'est pas vraiment ma sœur, c'est la fille de mes beaux-parents. Mais j'ai une sœur plus jeune qui va au collège et elle vient nous chercher tous les deux. Du coup, Bren a dit qu'elle me prendrait au passage après avoir récupéré Lucy.

— Bren et Lucy ?

— Oui. Comment s'appellent tes frères ?

— Sully et Church.

— Ce sont les diminutifs de… ?

— Sullivan et Churchill. Ed Sullivan, Winston Churchill. Je n'ai jamais demandé à mes parents pourquoi, et je ne compte pas le faire. Je suis juste contente d'avoir un prénom normal.

— Ah.

— Quoi ?

— Je n'ai jamais demandé à mes parents pourquoi ils m'avaient appelé Wallace.

— Pourquoi ne pas le faire en rentrant ?

Il baisse les yeux et se gratte l'oreille.

— Impossible.

— Pourquoi ?

Sa voix se fait plus basse.

— Mes parents sont… ne sont plus là.

Ne sont plus là ? Est-ce que ça veut dire qu'ils sont morts ? ou absents ? Ne pas savoir exactement ce que signifie ce « plus là » creuse un trou étrange dans mon estomac et me rappelle que je n'en sais pas autant sur lui que je le pensais.

— Oh. (Je sens la chaleur inonder mon visage.) Je suis désolée.

Il secoue la tête.

— Pas grave. Ma famille est bizarre. J'ai un beau-père et une belle-mère, une de mes sœurs est leur fille, et j'ai aussi une demi-sœur. Il sont tous super sympas, cela dit. Je pense que je ne devrais pas appeler Vee ma belle-mère ; techniquement elle était ma tutrice légale. Mais j'ai dix-huit ans maintenant, alors sans doute que ça n'a pas d'importance…

Je n'ai jamais rencontré personne dans la vraie vie qui a des beaux-parents. Ça me frappe avec du retard et je ressens immédiatement une bouffée de honte. Je me plains tout le temps de ma famille – dans ma tête, à Max et à Emmy, même parfois à Wallace, dans de petits messages que je laisse sur le forum, ou dans les phrases rapides et définitives que je trace sur les feuilles sur lesquelles nous conversons au lycée. Je suis partie du principe que sa famille était comme la mienne. Je n'ai jamais pensé au fait que même si ma famille me fait chier comme pas possible, c'est ma famille, ma chair et mon sang, et qu'elle fonctionne comme une unité.

Non pas que la sienne ne le soit pas. Il peut aimer sa famille autant que j'aime la mienne. Peut-être davantage, vu qu'il ne se plaint jamais d'elle.

Bon sang, je ne sais rien de rien.

Nous atteignons ma voiture. Les portes du collège s'ouvrent et une marée d'adolescents de treize et quatorze ans se déverse sur le trottoir avant de se hâter vers les autocars. Wallace attend à côté de mon véhicule près de moi dans un silence à moitié gêné jusqu'à ce que nous voyions les têtes brunes de mes deux frères se précipiter vers nous.

— À demain, dit-il.

— À demain.

Il se dirige vers l'entrée du collège, où l'attend certainement sa petite sœur. Sully et Church parviennent à ma hauteur, le dos voûté sous le poids de leur cartable, leur équipement sportif déjà à la main. Ils parlent d'une bagarre qui a eu lieu à la cafétéria aujourd'hui et ne me prêtent aucune attention en grimpant dans la voiture et en bouclant leur ceinture. J'attends au moins une minute complète pour voir s'ils remarquent que nous ne bougeons pas avant de m'installer derrière le volant.

— Pourquoi t'as traîné ? demande Sully.

Je hausse les épaules et je mets le contact.

***Messagerie privée de* La Mer infernale**

21 h 36   17 novembre 2016

MirkerLurker : Pourquoi Dallas est ton personnage préféré ?

rainmaker : Parce qu'il ne baisse jamais les bras, même après tout ce qui lui est arrivé.

MirkerLurker : Tu ne penses pas qu'il est bousillé ? C'est pourtant ce que pensent la plupart des gens.

rainmaker : Je pense qu'il est étrange, mais n'importe qui le serait après des années de torture et d'exil. Il fait de son mieux. Les gens le pourchassent littéralement et pourtant il essaie toujours d'aider Amity et Damien à comprendre ce que sont réellement l'Épouvantail et le Gardien, d'où ils viennent et pourquoi ils existent. Il devient le meilleur ami d'Amity, même si tout le monde pense qu'il est incapable d'amitié. C'est probablement le personnage le plus puissant de la série, mais il n'utilise jamais son pouvoir pour se venger ni pour son profit personnel.

rainmaker : Et en plus il est drôle. Techniquement, il est plus vieux que la plupart des autres personnages, mais dès qu'il arrive à Risht, il commence à démantibuler les arbres métalliques comme un petit gamin à qui on vient d'offrir un nouveau jouet.

MirkerLurker : Je l'aime aussi pour ça.

rainmaker : Ton personnage préféré, c'est Izzy, pas vrai ?

MirkerLurker : Oui, la plupart du temps.

rainmaker : Comment ça ?

MirkerLurker : J'aime tous les personnages, mais en règle générale je préfère Izzy.

rainmaker : Pourquoi ?

MirkerLurker : Parce que c'était un trouillard. Ou plutôt... parce que l'évolution du personnage, ce n'est pas qu'il cesse d'être peureux, mais qu'il apprend à agir malgré sa peur. Il y a été obligé. Il a dû surmonter ses craintes d'être marié à Ana, sa frayeur de gouverner, d'élever des enfants, sa peur de l'Alliance, et l'idée qu'il n'a aucun pouvoir. Il n'a jamais cessé d'avoir peur, mais ça ne l'empêche pas de faire ce qu'il a à faire.

rainmaker : Très bien, très bien. Je vois cependant que tu as oublié de mentionner une raison idiote de l'aimer.

MirkerLurker : Aha, ses lunettes, évidemment ! Quelle ironie que le roi d'une cité qui maîtrise une technologie très avancée refuse les implants oculaires parce qu'il est terrifié à l'idée qu'on mette quelque chose dans ses yeux.

rainmaker : C'est bizarre, je ne pensais pas que tu aimais les mecs timides.

MirkerLurker : J'adore les types qui sont régulièrement paralysés par la peur.

rainmaker : Ah, c'est dommage.

MirkerLurker : Qu'est-ce qui est dommage ?

rainmaker : Ça ne marchera jamais entre nous. Je suis trop courageux.

Izzy, Dallas, & Davy

CHAPITRE 16

S'il y a une chose que mes parents aiment encore plus que le sport, c'est être en famille. Les jeux de société, les films tous ensemble, les vacances. En période scolaire, c'est comme si nous étions hors saison : pendant les vacances, c'est la pleine saison, on s'entraîne tous les jours, il y a match deux fois par semaine.

Mes parents aiment tellement que nous passions du temps ensemble que Thanksgiving ressemble à une finale de grand tournoi. Combien de temps papa peut-il garder Eliza, Church et Sully à la cuisine avec lui ? À quel point nos conversations peuvent-elles être géniales pendant le dîner ? Réussiront-ils à faire en sorte que les enfants acceptent de faire la vaisselle après le repas ? À combien de jeux de société peut-on jouer dans la soirée ? Combien de temps peut-on tenir Eliza éloignée de son téléphone et de son ordinateur ?

D'habitude, nous passons Thanksgiving avec ma tante Carol et le reste de la famille. Nous allons chez Carol ; oncle Franck traite Sully et Church de petits chenapans en leur ébouriffant les cheveux – même si l'année dernière ils étaient déjà aussi grands que lui ; mes parents s'incrustent au centre de la fête, aident à faire la cuisine et bavardent avec tous, tantes, oncles et cousins, au moins une fois ; et je m'assieds dans un coin avec mon téléphone, redoutant le moment où un membre de la famille viendra me demander comment je vais. Ça veut dire qu'ils veulent savoir comment se passe le lycée, si je me suis aventurée dans le monde odieux du sport et ce que je compte faire à la fac. J'ai des réponses toutes prêtes. « Très bien. » « Non, pas de sport. » « J'ai rempli des dossiers de candidature pour plusieurs universités. Je réfléchis aux différentes options qui s'ouvrent à moi. » En réponse, j'obtiens des platitudes pour me rassurer sur le fait que je finirai par trouver ma place, à quel point la fac c'est génial et que je ne voudrai jamais en partir et qu'il y a plein de boîtes qui cherchent des filles intelligentes comme moi et que je pourrai gagner plein de thunes facilement. Seule ma famille très proche est au courant pour *La Mer infernale*, et ils pensent que ce n'est qu'un hobby. Les autres ne savent même pas que j'aime dessiner.

Je me demande à quoi je ressemble pour eux. Je dois être cette fille insipide qui passe sa journée accrochée à son téléphone portable. Chaque année, à la fin de la soirée, j'ai envie de hurler. De balancer ma chaise, de renverser la table et d'arracher le lustre de la salle à manger de ma tante Carol. De péter un plomb.

D'une certaine manière, j'ai déjà accompli plus de choses que la plupart d'entre eux, mais je ne peux pas le leur dire. Je ne veux pas qu'ils le sachent – ce serait une catastrophe –, mais je voudrais aussi qu'ils l'apprennent, parce qu'ils cesseraient ainsi de me traiter comme si j'étais une adolescente débile. Peut-être que du coup ils me foutraient enfin la paix et me laisseraient tranquille avec ma part de dinde, ma purée et mon téléphone.

Mais cette année, tante Carol a la grippe et le reste de la famille se rend en Floride : je suppose qu'aller passer Thanksgiving en Floride est tout à fait normal. Je n'aurai donc pas à esquiver les questions familiales, un miracle uniquement terni par le fait que mes parents ont décidé qu'en échange ce serait le Thanksgiving le plus Mirk de tous les Thanksgiving.

Nous ne sommes que tous les cinq. Sully et Church aident maman à pétrir la pâte de la tourte et obtiennent en échange la permission de lécher le saladier tandis que je me cache à l'autre bout de la table de la cuisine, dans l'attente de ce que papa va forcément me demander. Je tiens mon téléphone sous la table afin que personne ne puisse le voir, même si en me regardant on peut aisément deviner que je suis en train d'envoyer des textos.

emmersmacks : Argh, j'aimerais bien avoir ton Thanksgiving

emmersmacks : Je suis coincée à la fac pour terminer mon projet final.

emmersmacks : Je ne peux pas rentrer chez moi avant les vacances de Noël :(

MirkerLurker : On échange si tu veux.

Apocalypse_Cow : de toute façon, les fêtes c'est surfait.

MirkerLurker : Même Noël ? Les cadeaux ?

Apocalypse_Cow : a. je ne fête pas Noël. b. je suis sûr que la plupart des parents ne reçoivent pas beaucoup de cadeaux de la part de leur fils de 22 ans de toute façon. c. oui, Noël est la fête la plus surfaite.

MirkerLurker : ?? Je pensais que Heather célébrait Noël. Ou alors elle est trop occupée avec ses jobs de mannequin/prof pour s'en préoccuper cette année ?

Apocalypse_Cow : euh.

MirkerLurker : Quelque chose ne va pas ?

Apocalypse_Cow : non. heather est rentrée chez ses parents pour les vacances.

Quand Max est bizarre, c'est… bizarre. J'attends davantage d'explications, mais rien ne vient. Il a dû se passer quelque chose entre lui et Heather, mais s'il ne dit rien ici, alors il ne dira rien nulle part. Ce serait mieux, je suppose, s'il était assis en face de moi – alors au moins je pourrais m'appuyer sur une expression de son visage ou sur son langage corporel. Max et Emmy ont suggéré une fois qu'on communique en vidéo, mais j'ai mis mon veto. Je ne sais pas pourquoi, j'ai trouvé que c'était une mauvaise idée. Comme si on allait gâcher notre amitié en voyant nos visages. Maintenant, j'ai l'impression que ça pourrait m'aider.

Un texto de Wallace surgit sur mon écran.

Un vrai texto, pas un message via l'application du forum. Je lui ai donné mon numéro il y a longtemps, avant Halloween, pas parce que je voulais qu'il m'appelle ou un truc du genre. Je l'ai noté sur le bord de notre conversation pendant l'heure d'étude dirigée et je l'ai fait glisser vers lui parce que parfois il m'arrive de voir des choses et de penser : « Ça ferait rire Wallace, je devrais lui envoyer une photo » et que l'appli du forum est super naze pour les photos. Envoyer des MMS c'est beaucoup mieux.

Il m'envoie un texto, donc, et c'est une photo. Une tourte à la patate douce. En dessous il a écrit : *J'aime vraiment la tourte à la patate douce.*

Je réponds : *Oui, moi aussi.*

Puis il m'envoie une photo de son visage, sourcils froncés avec pour légende : *Non, tu ne comprends pas.*

Puis une autre photo, de plus près, de ses yeux uniquement. *J'aime VRAIMENT la tourte à la patate douce.*

Une série de photos apparaît en rafale sur mon écran. La première est celle d'une part triangulaire de tourte dans la main de Wallace.

Puis Wallace tient cette part de tourte près de son visage – elle est assez molle pour commencer à s'effondrer entre ses doigts. Sur la suivante, il engouffre la part de tourte, et dans la dernière il a les joues gonflées comme un écureuil et les yeux levés vers le ciel, comme si c'était la meilleure chose qu'il ait mangée de sa vie.

Je pince les lèvres pour réprimer mon rire, mais mes parents sont à l'affût du moindre soupçon d'amusement de ma part et ils lèvent tous les deux les yeux vers moi.

— Qu'est-ce qui te fait rire, Crâne d'œuf ? demande papa.

— Rien.

Rien ne rend une blague moins drôle que la partager avec quelqu'un, surtout ses parents.

Waouh, je réponds à Wallace. *Tu aimes vraiment la tourte à la patate douce.*

Il m'envoie une autre photo, sur laquelle il tient le moule à tourte dans ses bras, moule qu'il couve d'un regard adorateur. *On se marie au printemps.*

Un vrai rire m'échappe. J'espère sincèrement que Wallace passe une meilleure fête de Thanksgiving que moi. On dirait que c'est le cas. Je prends une photo de moi en train de faire une duckface et la lui envoie avec pour légende : *Oooh, le plus mignon de tous les couples mignons.*

— Arrête de prendre des selfies, fait Sully depuis l'autre côté de la pièce.

— Je ne prenais pas de selfie, je rétorque sèchement.

— Pourquoi est-ce que tu prenais un selfie ? demande Church.

— Je ne prenais pas de selfie !

— Crâne d'œuf, pourquoi est-ce que tu ne poses pas ton téléphone pour venir m'aider à faire la sauce aux airelles ? demande mon père sur un ton joyeux.

Je mets un frein à la frustration immédiate qui bouillonne dans ma poitrine, pose mon téléphone sur la table et me lève pour aller l'aider.

Le dîner commence comme d'habitude, avec une blague de maman qui dit qu'il nous faudra faire du sport toute la journée demain pour éliminer les calories qu'on va manger aujourd'hui. Pour les autres, c'est un défi – voir tout ce qu'on peut manger maintenant pour se donner un maximum de raisons de faire du sport demain. Personnellement, ça me donne juste envie de jeûner.

Puis les parents nous demandent, à mes frères et à moi, comment ça se passe à l'école, et si on pense qu'on a réussi notre semestre.

— Church va demander à Macy Garrison de sortir avec lui avant Noël, annonce Sully.

À côté de lui, le visage de Church se couvre de plaques cramoisies.

— C'est pas vrai !

— Vous parlez beaucoup tous les deux de cette Macy Garrison, constate papa. Quand est-ce qu'on va la rencontrer ?

— Jamais !

Sully sourit, la bouche pleine de purée de pommes de terre. Il avale avant de répondre.

— Et Eliza traîne derrière le collège avec son petit ami tous les jours. Vous ne le connaissez pas lui non plus.

— Ce n'est pas mon petit ami ! je m'écrie, furieuse, le visage empourpré.

Sully nous regarde alternativement, Church et moi, puis éclate de rire.

— Tous les jours ? demande ma mère en me jetant un coup d'œil avant de reporter son attention sur mon père. C'est pour ça que tu voulais aller chercher tes frères, Eliza ?

— Je… Non ! Je me disais juste qu'ils en avaient marre de prendre le car. Wallace doit aussi aller chercher sa petite sœur au collège, donc – et puis mince, ce n'est pas mon petit ami !

Papa lève les mains.

— Waouh, waouh, Crâne d'œuf. Ta mère et moi pensons que nous devrions rencontrer Wallace avant que les choses aillent plus loin.

Je brûle dans le puits le plus profond de l'humiliation familiale.

— Les choses n'iront pas plus loin. Il n'y a rien entre nous. Est-ce qu'on peut arrêter de parler de ça ?

C'est au tour de ma mère de lever les mains.

— Ma chérie, ton père dit juste que, tu sais, c'est la première fois qu'il y a un garçon dans ta vie, et nous pensons qu'il faudrait peut-être te prendre rendez-vous chez la gynéco...

— STOOOOP !

Sully plaque les deux mains sur sa bouche pour s'empêcher de rire. Church a posé le front sur la table à côté de son assiette, les oreilles et la nuque rouge vif. Je me recroqueville sur ma chaise. Je ne sens plus ni mes mains ni mes pieds. J'enfourne un haricot vert, le mâche et l'avale. Je manque à moitié le vomir, puis je me lève.

— Je peux sortir de table ?

Je n'attends pas de réponse avant de quitter la pièce d'un pas rageur.

Je n'ai jamais été aussi heureuse de passer une heure immergée dans *La Mer infernale*. Je suis sur le Grand Continent, je dessine des nuages dans le ciel bleu pâle et un champ de bataille dévasté encerclé par les charognards. Des loups, des rapaces, et les souris Kirikiri aux crocs acérés qui sortent de terre pour arracher la chair en décomposition des cadavres, avant de la rapporter dans leurs terriers pour nourrir leur progéniture. Les fans me demandent souvent d'où me viennent les idées pour créer les monstres d'Orcus. Je réponds que je n'en sais rien, mais il est certain que c'est plus facile pour moi d'inventer des monstres quand je suis en colère ou bouleversée.

KIRI KIRI
Souris
de champ de bataille

Je ne m'interromps que lorsque j'entends mes frères monter bruyamment dans leur chambre. Ça ne doit pas être encore l'heure des jeux de société. Je jette un coup d'œil à mon téléphone.

Une autre photo de Wallace m'attend. Sur cette dernière, un moule à tourte vide est posé à même le sol à proximité d'un grand couteau. Wallace est agenouillé à côté, des miettes sur le pull, une expression horrifiée sur le visage.

NOOOON

QU'EST-CE QUE J'AI FAIT

MON AMOUR

NOTRE MARIAGE

RÉDUIT À NÉANT

Je réponds : *Oh non !!! Pas la fiancée patate douce !*

Une autre photo : Wallace étalé sur le sol à côté du moule, un bras sur les yeux.

Que l'on ne m'accuse que de l'avoir trop aimée.

Wallace passe décidément un bien meilleur Thanksgiving que moi. Je me demande si sa famille lui demande s'il a une petite amie, et si les choses vont aller *plus loin.* Je me demande s'il répond oui. Je me demande jusqu'où il veut aller.

Je pourrais lui poser la question.

Je ne le ferai probablement pas.

Le Gardien n'avait pas le choix. Il devait impérativement trouver un hôte.

Les pèlerins qui lui rendaient visite l'expliquèrent à Amity, chacun son tour. Le Gardien devait avoir un hôte, parce que son alter ego en avait trouvé un et que cela avait déséquilibré le monde.

— Son alter ego ?

La vieille femme qui était venue la trouver – la première d'une longue série de pèlerins – acquiesça lentement. Pour les Nocturniens, qui résistent au vieillissement, les rides profondes dans le visage de la femme accusaient les longues décennies, voire les siècles, d'existence. Un amas d'étoiles était tatoué sur sa pommette droite, probablement la même constellation que celle qui lui avait donné son nom. Comme tous les tatouages qui servaient de prénom, il était blanc et se confondait presque avec sa peau.

— De l'autre côté de la mer, on l'appelle l'Épouvantail. Son hôte a quitté l'île il y a de nombreuses années. Il a abandonné sa tutelle. Si jamais il retourne là-bas, tu dois le ramener dans le droit chemin.

— Il y a... il y a un autre hôte ?

— Son nom est Faust, dit la vieille femme. Et il dévore les âmes.

***Message privé via le forum de* La Mer infernale**

emmersmacks : Alors, comment était la dinde ??

emmersmacks : Sachant que la seule dinde à laquelle j'ai eu droit a été la bouillie qu'ils nous ont servie au resto U.

Apocalypse_Cow : tu aurais pu me poser la question en octobre. tu sais quand nous autres, les Canadiens, nous célébrons notre Thanksgiving à nous. elle était trop cuite, merci.

emmersmacks : Ça va, espèce d'oie acariâtre

emmersmacks : J'attends la réponse de la personne la moins piquante de ce trio

MirkerLurker : Eeeeeeuuuuuhhhhh, ça aurait pu être pire. Disons qu'une de mes tantes aurait pu dire qu'il fallait qu'un gynéco mette la tête dans mon vagin, au lieu que j'entende ça de la bouche de ma mère.

Apocalypse_Cow : hum.

emmersmacks : Je plussoie ce hum

emmersmacks : Qu'est-ce qui a suscité ça ??

MirkerLurker : Eeeeeuuuuhhhh.

MirkerLurker : Vous voyez Wallace ? Mes parents pensent qu'on fait des trucs tous les deux.

Apocalypse_Cow : moi aussi je le pense

MirkerLurker : Eh bien non.

emmersmacks : Beurk

emmersmacks : Je dis pas ça pour Wallace et toi

emmersmacks : Mais pour ta mère qui est en mode

emmersmacks : EXAMEN DU VAGIN

MirkerLurker : Elle m'a pris rendez-vous pour mercredi prochain. Abattez-moi.

Apocalypse_Cow : tu ne peux pas y aller, tu dois terminer La Mer infernale.

Apocalypse_Cow : tu devrais certainement rester là pour commenter *Dog Days*. J'ai cherché les trolls après Halloween et je me suis rendu compte que les gens étaient inquiets de ne pas t'avoir vue pendant la diffusion du dernier épisode.

Apocalypse_Cow : et puis il me semble que tu as un pied à manger.

MirkerLurker : Oh oui, je les ai vus.

emmersmacks : Tu nous as sérieusement manqué, cela dit

emmersmacks : Est-ce que tu vas mieux ??

MirkerLurker : En fait, je n'étais pas malade... Je suis allée à une fête d'Halloween avec Wallace.

Apocalypse_Cow : attends. tu es en train de dire que... Eliza Mirk l'ermite... est allée à une FÊTE... avec un GARÇON ?

Apocalypse_Cow : et tu espères me faire croire qu'il n'y a rien entre vous ?

MirkerLurker : Il n'y a rien entre nous ! Je suis allée à la fête pour que mes parents me foutent la paix.

MirkerLurker : Et en plus il y avait des cosplay de La Mer infernale fabuleux.

Apocalypse_Cow : est-ce que tu nous as caché autre chose ? as-tu dissimulé des fugitifs ? tu vénères Cthulhu dans ta cave ? tu aimes en secret le yaourt à la grecque ?

emmersmacks : Fiche-lui la paix Max

emmersmacks : E, si tu veux sortir, sors

emmersmacks : Va à des fêtes pour ceux d'entre nous qui vivent au milieu des fêtes mais qui n'ont pas le droit d'y aller à cause de leur malheureux jeune âge

emmersmacks : ...

emmersmacks : Et tu dois absolument sortir avec Wallace, moi je suis entourée de mecs super mignons mais beaucoup plus âgés que moi et je ne peux sortir avec aucun d'entre eux

MirkerLurker : Je sais pas.

Apocalypse_Cow : tu ne sais pas quoi ? s'il est mignon ou si tu veux sortir avec lui ? envoie-nous une photo et on te dira.

emmersmacks : Tout à fait

MirkerLurker : Ha ha je n'ai pas besoin de vous pour me dire s'il est mignon ou pas. Je sais qu'il est mignon.

emmersmacks : Quel est le problème alors

MirkerLurker : J'en sais rien !

Apocalypse_Cow : écoute, e, laisse-moi te donner un conseil.

emmersmacks : Oui

emmersmacks : Un conseil de la part du mec qui n'arrête pas de dire que sa petite amie est mannequin

Apocalypse_Cow : si tu le kiffes, tu n'as qu'à le lui dire.

Apocalypse_Cow : si tu ne lui plais pas, ce sera plus la peine de te prendre la tête avec ça.

Apocalypse_Cow : et si tu lui plais, bingo.

Apocalypse_Cow : dans les deux cas, tu t'épargneras du temps et de la souffrance.

CHAPITRE 17

Max et moi ne sommes pas d'accord sur tout, et encore moins sur ce sujet. Je ne pensais pas que ce serait possible, mais avouer à Wallace qu'il me plaît – même à son pseudo sur un écran – me parait être une aussi mauvaise idée que lui révéler que je suis LadyConstellation. Les deux informations pourraient le faire fuir.

Il me donne un nouveau chapitre le lundi matin. Il a commencé à les mettre en ligne – et a reçu énormément de commentaires positifs de la part de la fanbase – mais j'ai toujours la primeur des chapitres dès qu'il a fini de les écrire. Amity se prépare à quitter l'île Nocturne pour la première fois de sa vie afin de pourchasser Damien Faust pour le compte de l'Alliance ; elle ne veut pas laisser Faren derrière elle parce qu'elle ne pourra plus le protéger. Il y a dans ce chapitre une scène que les fans connaissent par cœur, une des pierres angulaires de la série.

Wallace l'a écrite à la perfection.

Le calme du petit matin tandis qu'Amity trace du bout des doigts les constellations tatouées sur le dos de Faren. Le petit déjeuner mélancolique durant lequel aucun des deux ne veut admettre qu'elle part pour une mission qui lui coûtera certainement la vie. Et finalement, avant qu'elle s'en aille, le cadeau que lui fait Faren ; la découverte qu'Amity elle-même a été nommée d'après une constellation par ses parents naturels, même si Faren ne connaît pas le nom de cette constellation. Si Amity parvient à trouver ce nom et la culture à laquelle elle appartient, elle découvrira d'où elle vient.

Il l'a trouvée dans une constellation.

Dans la bande dessinée, Amity répète souvent pour elle-même : « Il m'a trouvée dans une constellation. » Les fans ont légèrement modifié la phrase et l'ont transformée en : « Tu m'as trouvé(e) dans une constellation » et en ont fait des affiches, des T-shirts, des coques de téléphone, des bracelets et de vrais tatouages. Un couple l'a même prononcée pour ses vœux de mariage. Ce n'est pas pour cela que j'ai décidé de m'appeler LadyConstellation, mais la plupart des gens pensent le contraire.

Je n'ai pas compris le sens de cette phrase quand je l'ai écrite, quand j'ai dessiné Amity en train de prononcer ces mots. J'ai compris ce que je voulais qu'elle signifie. J'ai compris le sens littéral des mots. Mais je n'ai pas saisi la vérité qui se cache derrière.

Et c'est toujours le cas. Au moins, à présent, j'en ai conscience.

CHAPITRE 18

Il s'avère qu'il est difficile de dessiner beaucoup de pages quand on passe tout son temps libre à envoyer des SMS au garçon qui nous plaît.

À 17 heures tous les jours, je m'oblige à éteindre mon téléphone, à couper ma connexion Internet et à dessiner. Il faut que je produise au moins une page par semaine et entre Thanksgiving et les vacances de Noël, j'arrive à en faire deux. Le problème, c'est la qualité. Si je ne m'en préoccupais pas, je pourrais dessiner des chapitres entiers, mais la qualité est une obsession chez moi. C'est grâce à ça que cette histoire ressemble, de l'extérieur, à ce que je ressens à l'intérieur. C'est grand, coloré et magnifique. Les personnages sont vivants. Quand une page n'est pas assez bonne, la honte me vrille les os, parce que j'ai failli.

Je fais une pause le week-end. Primo, pour ne pas m'épuiser, et deuxio, pour faire des dessins pour Wallace. Je n'ai toujours rien posté sur Internet comme il m'a suggéré de le faire – comme Cole, Megan, Leece et Chandra l'ont dit aussi, après qu'il leur a montré le portrait de Kite Waters que je lui ai donné. Mais j'aime dessiner pour Wallace parce qu'il aime ce que je fais. Je dessine Dallas pour lui : Dallas qui joue avec un monstre marin, Dallas qui contemple les piscines à vagues bioluminescentes dans sa grotte, Dallas qui marche sur le rivage sous les étoiles. J'essaie de faire en sorte qu'il ne ressemble pas trop à des planches de la bande dessinée, mais à chaque nouveau dessin, il s'illumine en constatant à quel point ils ressemblent à ceux de LadyConstellation.

Je sais que je devrais m'arrêter. Je sais que je ne devrais pas lui donner davantage d'indices.

D'une certaine manière, j'aimerais qu'il sache.

Je ne lui révèle pas ce que ma famille a dit à Thanksgiving, ni que ma mère m'a emmenée voir un gynéco. Penser à la pilule me coupe le souffle et me fait transpirer comme un porc. J'étais en nage dans le bureau du médecin et quand elle a découvert que ça m'arrivait souvent, elle a pensé que quelque chose n'allait pas et que la pilule pourrait réguler tout ça.

Mais la pilule ne régule rien du tout. Elle me file des nausées. C'est un sentiment étrange que d'apprécier quelqu'un à ce point et d'être pourtant terrifiée à l'idée de le laisser entrer dans mon espace, de lui permettre de me toucher. Ce n'est pas que ça ne me plaise pas quand nous nous touchons – quand nos bras s'effleurent, je veux dire, ou quand il me tapote l'épaule, ou quand je retire une bouloche de son T-shirt. J'aime trop ça. Mon corps s'excite sans ma permission et ça ne me plaît pas. Je perds le contrôle. Je n'aime pas perdre le contrôle, mais j'aime beaucoup Wallace.

Du coup, je ne sais pas si c'est une chance ou une malchance que nous ne nous voyions que pendant l'étude dirigée, le déjeuner et une demi-heure chaque soir sur les gradins derrière le collège. Nous partageons un cours d'anglais aussi, mais Wallace est assis de l'autre côté de la salle. Le samedi après-midi, nous montons dans sa voiture et rejoignons Cole chez Murphy. Megan vient aussi quand elle ne travaille pas – et si Hazel est sage. Cole apporte son ordinateur portable et Chandra et Leece nous parlent sur la vidéo du chat, mais uniquement si Leece fait une pause dans son entraînement de gym et si Chandra est réveillée, puisqu'elle a dix heures d'avance sur nous.

— Vous ne trouvez pas ça bizarre d'aller dans une librairie toutes les semaines et de ne jamais acheter de livres ? demande Cole en levant le nez de son exercice de géométrie inachevé.

À ce rythme-là, il aura fini en juillet.

— Parle pour toi, rétorque Wallace.

La seule raison pour laquelle il parle à haute voix c'est que la librairie est vide. Il n'y a que nous et une employée en train de mettre des livres en rayon de l'autre côté de la boutique. Wallace est affalé sur le siège à côté de moi, ce qui me coince contre le mur, un livre ouvert en équilibre sur la table devant lui, qu'il lit très lentement. J'ai l'impression qu'il veut être capable de tout absorber, de tout savoir sur un bouquin et que c'est pour ça qu'il est si lent. Moi au contraire, si j'aime un roman, je le dévore d'une traite, et ensuite j'en oublie la moitié. Ce n'est pas un problème pour moi, parce que je relis énormément. Mais Wallace met des semaines à lire un livre – parfois des jours s'il est vraiment à fond dedans – et il se souvient du moindre mot. Il ne relit jamais rien. Du moins, dit-il, pas avant très longtemps.

— Tu as lu *Les Enfants d'Hypnos* ? je demande.

Cole, Wallace, et Chandra lèvent les yeux à l'unisson. Je ne parle pas beaucoup en leur présence – je préfère écouter – mais je les aime bien quand même. J'apprécie le fait qu'ils ne s'attendent pas à ce que je parle. Ça leur est égal.

— J'en ai entendu parler, répond Wallace. Mais je ne l'ai jamais lu.

— Ce n'est pas l'histoire de la fanbase qui s'est cannibalisée elle-même après que l'auteure est devenue folle ? demande Chandra.

— Elle n'est pas devenue folle, rectifie Cole. Elle s'est enfuie dans la montagne et s'est barricadée dans une grotte.

— Et ça ne rentre pas dans la catégorie « devenir folle », ça ? réplique Chandra. Il paraît qu'elle menace les gens qui s'approchent avec un fusil de chasse. J'ai entendu dire qu'elle avait déposé des pièges tout autour de sa propriété.

— Elle n'est pas devenue folle, dis-je. C'est juste que… elle était incapable de terminer.

La vérité, c'est que personne ne sait pour quelle raison Olivia Kane a cessé d'écrire. Elle ne vit pas dans la montagne, et elle ne menace personne avec un fusil de chasse. Pour autant que je sache, elle s'est juste transformée en ermite. Elle a disparu dans la campagne de la Caroline du Nord un jour et elle n'est jamais revenue. Et les journalistes n'ont même pas réussi à lui extorquer une explication. Beaucoup de gens qui n'avaient jamais lu la série ont entendu parler au moins de la fanbase, qui s'est déchirée à coups de disputes à propos des spéculations sur un tome final qui n'est jamais venu.

— C'est ma série préférée, dis-je. Vous devriez la lire.

— Des livres écrits par une femme ermite qui vit dans la montagne ? (Cole se lève aussitôt.) Voyons voir s'ils sont ici. Hé, Abigail !

Il trottine dans la direction de la fille qui est en train de ranger les livres – celle qui était déguisée en sushi pour Halloween – et il entame une conversation avec elle. Elle acquiesce et l'entraîne dans un coin du magasin. Il revient avec les quatre volumes des *Enfants d'Hypnos* dans la version brochée originale, juste un peu abîmés par leur précédent propriétaire.

— Regardez, fait Cole. Ils en ont deux étagères pleines là-bas.

Wallace attrape celui qui est sur le dessus de la pile pour lire le résumé.

— Des chasseurs de cauchemars, hein ?

Il le referme pour examiner la couverture. On y voit une masse d'armes sur laquelle est gravé le symbole d'Hypnos, un œil fermé.

Je m'empare du deuxième tome. Celui avec une épée sur la couverture.

— Oui ! Le postulat de départ, c'est que des rêves et des cauchemars puissants sont capables d'envahir le monde réel et qu'on a besoin de ces gens, les chasseurs de rêves, pour les renvoyer dans le monde des songes. C'est une Terre alternative où la chasse aux cauchemars fait partie prenante de la société ; il y a un gouvernement Hypnos et les chasseurs de rêves sont comme des agents spéciaux, ils sont plus forts et plus rapides que les gens normaux, mais ils ne vivent pas aussi longtemps et ne dorment quasiment pas. Ils ont des superarmes aussi, comme sur les couvertures – des armes qui poussent dans le monde des songes et qui sont en adéquation avec leur personnalité. Oh, et mon personnage préféré – d'accord, j'en ai plein de préférés, mais celui que je préfère vraiment – ne dort jamais et son monde des songes est une espèce de laboratoire de Frankenstein, et ses cauchemars sont des monstruosités énormes et vénéneuses.

Wallace ouvre immédiatement le premier tome pour commencer à lire. Cole et Chandra ont les yeux rivés sur moi.

— C'est la première fois que je t'entends parler autant, constate Chandra.

Je me recroqueville un petit peu plus sur mon siège, et j'agite le devant de mon sweat-shirt pour me rafraîchir. Je ne parle des *Enfants d'Hypnos* qu'avec les autres fans sur Internet. Je n'ai jamais évoqué ce sujet avec personne dans la vraie vie. Je ne savais pas que j'allais dire tout ça.

— J'achète, annonce Wallace en emportant la pile de livres vers le comptoir en même temps que son portefeuille.

Pendant qu'il paie, Cole demande à Chandra sur quoi elle est en train de travailler et elle nous montre un dessin de Damien et Rory de *La Mer infernale* en train de se rouler une pelle. Cole grimace.

— Pourquoi est-ce que tu places toujours mes personnages préférés dans des situations gays ? demande-t-il.

Chandra lève les yeux au ciel et commence à faire la liste de toutes les fois dans la bande dessinée où il y a eu des sous-entendus qui légitiment la relation homosexuelle de Damien et Rory.

— Damien est déjà bisexuel et pour moi le vaisseau Damien-Amity a sombré en août quand LadyConstellation a assuré qu'il ne se passerait jamais rien entre eux. Damien jette des regards énamourés à Rory tout le temps. Et puis de toute façon, même s'il n'y avait pas de raison légitime, poursuit-elle, ce n'est pas parce qu'ils sont gays qu'ils sont différents. Ce sont toujours les mêmes personnages. Arrête de chouiner.

J'adore les entendre argumenter de cette façon. Le canon contre la fanfiction, la façon dont l'histoire devrait évoluer d'après eux, comment ils pensent qu'elle va se terminer, quels sont les meilleurs personnages, à quels endroits ils aimeraient vivre. C'est comme lire les commentaires sans les trolls – c'est un feed-back instantané de lecteurs, de gens qui aiment vraiment la bande dessinée et qui sont très actifs sur les forums.

Wallace revient avec les livres et me coince de nouveau contre le mur. Je m'adosse contre ce dernier et ramène mes pieds sur la chaise. Mes orteils effleurent la cuisse de Wallace. Je commence à reculer les pieds lorsque sa main se pose sur mes lacets. La chaleur de sa paume remonte le long de ma cheville, puis de ma jambe, et je me liquéfie. Il ne regarde pas mon pied en faisant ça, de la même manière qu'il ne m'a pas regardée quand il m'a prise par la main à Halloween. Quand il relâche mon pied un peu plus tard, c'est comme si son geste n'avait pas eu d'importance. Il est de nouveau plongé dans *Les Enfants d'Hypnos.* Cole et Chandra ne se sont aperçus de rien. Personne n'a rien vu. Wallace lui-même fait comme s'il ne s'était rien passé.

Il n'y a que moi. Cette sensation dans ma poitrine n'appartient qu'à moi.

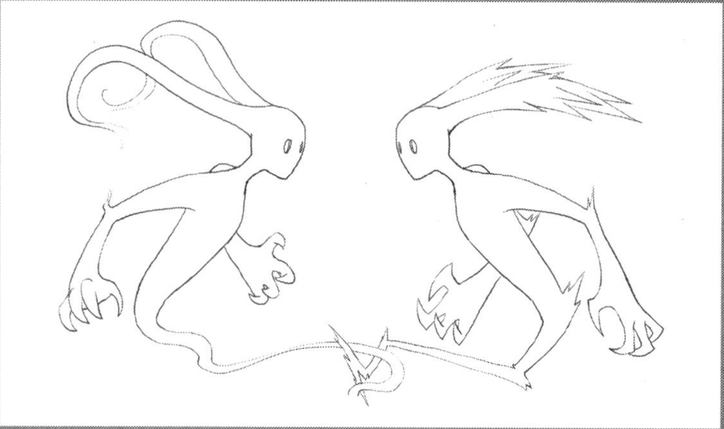

Sato se tenait derrière elle. Il lui tendit la main, comme d'habitude, et comme d'habitude, Amity ne la serra pas. Les Nocturniens ne se serraient pas la main ; croiser le regard de l'autre était considéré comme un salut plus adéquat. Sato le savait, évidemment, et il baissa la main en souriant.

— Y a-t-il quelqu'un qui me ressemble là-bas ? demanda-t-elle.

Sato s'assit en face d'elle, le dos raide, les mains sur les jambes. Il portait l'uniforme blanc et noir de l'Alliance, avec une épée en or, symbole de son grade de colonel, épinglée sur chaque épaule.

— Je suis sincèrement surpris qu'il t'ait fallu autant de temps pour poser la question.

— Est-ce que les histoires sont vraies ? Est-ce qu'il assassine et réduit en esclavage les gens grâce au pouvoir de l'Épouvantail ? Suis-je vraiment la seule capable de l'arrêter ?

Sato prit le temps de réfléchir avant de répondre :

— Pour autant que nous sachions, il n'y a pas d'autres créatures comme l'Épouvantail et le Gardien sur Orcus. Faust et toi êtes les deux seuls représentants de votre espèce. Tu as constaté de quelles capacités de guérison le Gardien dispose. C'est un processus inconscient, comme de respirer, et pendant toutes les années où nous avons étudié Faust, nous n'avons pas trouvé de limite à ce pouvoir. Notre meilleure théorie, qui découle des histoires nocturniennes et d'un informateur, prétend que seuls les hôtes peuvent se blesser mortellement l'un l'autre.

***Message privé sur le forum de* La Mer infernale**

22 h 11   9 décembre 2016

rainmaker : Je n'aurais jamais pensé que ces bouquins parlaient de la dépression.

MirkerLurker : ??

rainmaker : Les Enfants d'Hypnos. Je viens de commencer le tome 2.

MirkerLurker : Ça parle de dépression ? Je suppose que je les ai relus il y a plus longtemps que ce que je croyais.

rainmaker : Toute l'histoire tourne autour du fait qu'Emery essaie de gérer sa dépression. Tous les chasseurs de rêves sont dépressifs – leur espérance de vie est courte, ils ne dorment pas, ils passent leur temps à tuer les cauchemars des autres parce qu'ils n'ont rien d'autre dans leur vie que leur job. Ton personnage préféré c'est bien Klaus, pas vrai ? C'est le plus dépressif de tous.

MirkerLurker : Oh. Oui, waouh, je ne m'en étais jamais rendu compte. C'est mal ? Je suis désolée, je ne voulais pas te recommander des bouquins qui parlaient de ça.

rainmaker : J'aime beaucoup, en fait. Tous les autres bouquins que j'ai lus sur la dépression se déroulent de nos jours et à la fin le personnage principal a le choix entre se suicider ou rester en vie. J'aime Les Enfants d'Hypnos. C'est comme La Mer infernale. Ça dit que tu as l'intuition de ne pas être au bon endroit, que tu te débats contre des forces qui te dépassent et que tu sais qu'il y a des monstres dans le monde, mais qu'en règle générale les pires démons sont en nous. J'aime les histoires de ce genre parce qu'elles sont moins évidentes. Ça va au-delà de ce qu'elles nous apprennent. Tu comprends ce que je veux dire ?

rainmaker : Désolé. Je ne voulais pas être aussi sérieux.

MirkerLurker : Non, pas de problème ! Tu réfléchis beaucoup plus que moi à ce que tu lis.

rainmaker : Pourquoi est-ce que tu lis alors ?

MirkerLurker : Pour les personnages, je suppose. Je pensais que les personnages étaient la raison pour laquelle les lecteurs lisaient La Mer infernale.

rainmaker : Tu veux dire ceux qui aiment jouer les shippers ?

MirkerLurker : Non, pas ça – enfin si, c'est chouette de jouer les marieurs et je le fais tout le temps, mais je voulais dire… les personnages eux-mêmes. Les combats qu'ils doivent livrer, la façon dont ça t'affecte quand tu les aimes vraiment. Quand les personnages sont bons, tu t'intéresses à tout le reste. C'est pour ça que je les dessine. Tu vas trouver ça idiot, mais pour moi ce sont de vraies personnes. Et ce que je vais te dire va encore aggraver mon cas, mais parfois je les aime mieux que les vraies personnes. J'ai de l'empathie pour les personnages de fiction. C'est plus difficile pour moi d'en éprouver pour les gens dans la vraie vie.

rainmaker : Les vraies personnes n'ont pas d'arc narratif concis.

MirkerLurker : Exactement.

rainmaker : J'aime les personnages, mais j'aime aussi ce que l'histoire signifie. J'aime la façon dont tout s'emboîte. Les personnages et le sens.

MirkerLurker : Tu dois aimer les fins alors. Quand tout est expliqué.

rainmaker : Ha ha, si elle est bonne, bien sûr. S'il te plaît, dis-moi que la fin des Enfants d'Hypnos est bonne.

MirkerLurker : Hum.

CHAPITRE 19

Wallace finit de lire *Les Enfants d'Hypnos* le deuxième jour des vacances de Noël. Je le sais parce qu'il m'envoie ce texto :

JE DOIS ABSOLUMENT TE PARLER GENRE TOUT DE SUITE TU ES DISPO ?

Je suis allongée sur mon lit, Davy dans les bras comme si c'était un oreiller et je regarde une rediffusion de *Dog Days.* Je lui réponds donc que non je ne fais rien, mais que waouh, il fait trop froid dehors et ma chambre est trop confortable. Wallace dit que ce n'est pas grave, qu'il arrive.

Ce qui veut dire qu'il vient chez moi.

Il vient chez moi maintenant.

Je tombe du lit, ce qui fait suffisamment peur à Davy pour qu'il tombe aussi. Puis je me précipite pour débrancher maladroitement ma tablette graphique de mon ordinateur. Elle est bien trop chère pour une lycéenne lambda, et beaucoup trop sophistiquée pour quelqu'un qui est censé dessiner uniquement des fan art qu'elle ne poste jamais sur Internet. Malheureusement, elle est aussi trop grande pour que je puisse la cacher dans un tiroir ou sous mon lit, qui est une véritable zone de guerre de jouets pour enfants. Je la dissimule soigneusement dans un coin de mon armoire sous quelques vieux sweat-shirts.

Puis je balaie mon bureau des yeux pour vérifier qu'aucune planche de *La Mer infernale* n'est visible. Je me délogue de mon compte LadyConstellation sur les forums et je me logue sur celui de MirkerMurker. J'arrache tous les Post-it collés sur l'écran de mon ordinateur en rapport avec les pages que je dois dessiner et les points de l'intrigue que je dois aborder et je les balance dans le placard avec la tablette graphique. Davy retrouve sa place sur le lit et me regarde d'un air de dire : « Quand est-ce que tu vas revenir me faire un câlin comme si j'étais une peluche ? »

J'ouvre la porte à la volée et je descends l'escalier à toute allure.

— Maman !

— Quoi, ma chérie ?

Elle est au salon, où elle fait du gainage tout en feuilletant un catalogue d'échantillons de tapis. Elle appelle ça sa « gymnastique décorative » et c'est une championne dans cette catégorie. Elle a refait toute la cuisine en multipliant les tractions sur la barre fixée à la porte de l'entrée.

— On n'a rien de prévu aujourd'hui, pas vrai ?

— Sully et Church ont entraînement. Tu es toujours disponible pour les accompagner ?

Elle dit ça comme si j'avais le choix.

— Je… eh bien… c'est à quelle heure ?

— 16 heures. Pourquoi ? (Elle lève enfin les yeux vers moi.) Tu as d'autres plans pour aujourd'hui ?

— Hum. Est-ce que ça pose un problème si Wallace vient ?

Elle se lève et gagne la porte dans la seconde. Ses yeux brillent sous l'effet de l'excitation, mais c'est peut-être à cause du gainage.

— Aucun. Il veut déjeuner ? Je peux préparer à déjeuner. Est-ce que vous allez rester dans ta chambre ?

— Je – j'en sais rien.

— Il arrive maintenant ? Tu comptes rester habillée comme ça ?

Je baisse les yeux. Je porte un T-shirt d'une des équipes de base-ball de papa, donc cinq fois trop grand ; un jogging usé roulé juste au-dessus des genoux et ma paire de chaussettes la plus épaisse et la plus chaude. Ces chaussettes sont fabriquées en poil de Wookie ou un truc du genre.

— Et tu devrais probablement prendre une douche, tu ne crois pas ? suggère ma mère. Tu as les cheveux un peu gras.

J'aurais préféré qu'elle ne me le fasse pas remarquer, mais elle a raison. Je gravis les escaliers quatre à quatre, je m'enferme dans la salle de bains et je saute dans la douche. Je ne sais pas où Wallace habite mais il lui faut en général un quart d'heure pour venir. J'ai déjà perdu dix minutes et je me douche en cinq. J'ai enroulé une serviette autour de ma tête et je suis en train d'enfiler un jogging, un T-shirt qui me va légèrement mieux et mes chaussettes Wookie lorsque la sonnette de la porte d'entrée retentit.

— Eliza ! Wallace est là !

J'achève d'enfiler mes chaussettes et quand je parviens au bas des marches, maman est déjà en train de l'accueillir.

— Bonjour, dit-elle d'une voix normale en lui tendant la main. Je suis ravie de faire enfin ta connaissance ! Je suis la mère d'Eliza.

Wallace lui répond, mais d'une voix si basse que je ne saisis pas ce qu'il dit. Je suis surprise qu'il prononce quelque chose à haute voix. Maman doit être satisfaite, parce qu'elle pivote et me sourit, sourcils haussés.

— Amusez-vous bien tous les deux ! Je vais préparer le déjeuner.

Elle disparaît dans la cuisine. Wallace me jette un coup d'œil. Il porte un jean, un pull et une veste en velours marron. Les quatre volumes des *Enfants d'Hypnos* sont coincés sous son bras musclé.

Je fais un signe du pouce par-dessus mon épaule.

— Tu peux monter dans ma chambre si tu veux.

Wallace grimpe l'escalier. Je me souviens soudain de la serviette enroulée autour de mes cheveux : je l'arrache et je la balance dans la salle de bains. Autant assumer le look de rat noyé parce qu'il n'aura pas mieux aujourd'hui. Mais bon, au moins, je sens bon.

Wallace s'arrête à côté de moi, brandit le quatrième volume des *Enfants d'Hypnos* – celui avec la hache de guerre sur la couverture – et murmure :

— Tu te fous de moi.

— Ouais. J'étais un peu inquiète à ce propos. Bon, viens…

Je le fais entrer dans ma chambre. Davy s'assied sur le lit, et sa queue bat le mur en cadence.

— Tu as un chien ?

Wallace oublie momentanément les livres et s'approche du lit pour que Davy puisse le renifler. Une demi-seconde plus tard ils sont blottis l'un contre l'autre sur le lit et Davy fait de son mieux pour s'étaler en travers de Wallace.

Je jette un coup d'œil autour de moi pour vérifier que je n'ai rien oublié. J'ai beaucoup de trucs en rapport avec *La Mer infernale* partout, mais tout aurait pu être acheté par une fan. Je baisse le volume de la télé sans l'éteindre complètement – j'ai besoin de *Dog Days* comme renfort pour gérer la présence de Wallace dans ma chambre.

— Il s'appelle Davy. S'il t'embête, balance-le par terre.

— Davy ? (Wallace laisse Davy lui lécher le visage.) Comme le monstre marin de Dallas ?

Merde.

— Oui, oui, c'est ça. C'est moi qui ai choisi son nom.

Mensonge. J'ai donné le nom de mon chien au monstre marin et non l'inverse. Mon chien est gros, blanc et heureux. Le monstre marin qui porte son nom peut anéantir la plupart des îles, répand des monceaux de fourrures que l'on confond avec des icebergs, possède un long cou, une petite tête avec deux yeux ronds et un sourire perpétuellement idiot. Le monstre marin Davy a pris naissance quand j'étais plus petite, et que le chien Davy était gigantesque par rapport à moi.

Wallace examine les décorations sur mes murs.

— C'est quoi ça ?

Il fait un geste en direction de Monsieur Supercorps qui est allé de mur en mur avant de finir assis sur mon ordinateur. L'un de ses yeux en papier est tombé, perdu à jamais.

— Un truc qu'une de mes amies d'Internet m'a fabriqué. Elle a un drôle de sens de l'humour.

— Je ne poserai donc aucune question.

— Donc, *Les Enfants d'Hypnos.* Je suppose que ça veut dire que tu as fini la série ?

Wallace me lance un regard comme je n'en ai jamais vu. Sauf dans le miroir chaque fois que je relis *Les Enfants d'Hypnos.* Il y a un mec bâti comme un joueur de football américain assis sur mon lit avec un énorme chien très heureux qui s'agite sur ses genoux et ce mec est furieux à cause d'un roman.

— Comment se fait-il qu'il n'y ait pas de cinquième tome ? demande-t-il. Comment est-ce que ça peut se terminer là ? Pourquoi personne ne sait pour quelle raison elle a arrêté d'écrire ?

Je m'installe sur ma chaise de bureau.

— Bienvenue dans la souffrance de la fanbase des *Enfants d'Hypnos.*

— Mais qu'est-ce qui leur arrive à tous ? Emery ? Wes ? Est-ce que Klaus et Marcia vont se remettre ensemble ? Est-ce que Trevor Van Der Gelt va se perdre au profit de son double ? Est-ce que Ridley va revenir ? Est-ce qu'ils vont trouver Hypnos un jour ?

Je hausse les épaules.

— Et l'auteur ? (Il ouvre l'un des romans sur la photo d'Olivia Kane qui figure sur la troisième de couverture.) Elle ne sait pas, elle ? Même si elle ne l'a pas écrit, elle ne pourrait pas dire aux fans comment ça se termine ? Elle a forcément dit quelque chose.

— Fais-moi confiance, j'aime cette série depuis que j'ai douze ans. J'ai cherché. Olivia Kane s'est transformée en ermite à cent pour cent et elle ne parle plus à personne. Elle n'a fait aucune apparition publique depuis quatre ans.

— Mais…

— Tu as entendu ce que Cole et Chandra ont dit. La plupart des gens la prennent pour une folle. C'est peut-être vrai. Le stress peut avoir une influence étonnante sur les gens.

Wallace s'adosse contre le mur, abattu.

— C'est la plus grande déception de toute ma vie de fan. Est-ce qu'on ne pourrait pas… lui écrire une lettre ?

— Ça t'obsède vraiment, pas vrai ?

Wallace fait courir les mains sur la fourrure de Davy. Il fronce les sourcils.

— Je ne sais pas, c'est juste que… comment peut-elle laisser les choses en plan ? Le cinquième volume était censé expliquer tellement de choses. Est-ce qu'ils meurent tous ? Est-ce qu'Hypnos se réveille et réinitialise le monde ? Et Emery, qui se débattait avec toute cette culpabilité et sa dépression – qu'est-ce qui lui arrive ?

Je ramène les genoux contre ma poitrine et je le dévisage. Il caresse Davy qui roule sur le dos, ravi. Wallace jette un coup d'œil sur la pile de livres puis son regard se fixe quelque part à côté de mes pieds.

— Il y a beaucoup de fanfiction sur cette série, j'explique. Du moins, il y en avait avant que les fans se dispersent. Les gens ont écrit leurs propres versions du dernier volume. Certaines sont excellentes.

Il secoue la tête.

— Mais ce n'est pas pareil. Pourquoi elle a arrêté d'écrire ?

— Personne ne le sait. À cause de la pression, je suppose.

— Je ne peux sans doute pas trop lui en vouloir, alors.

— Pourquoi ?

Il hausse les épaules.

— Comment être furieux que quelque chose n'ait pas eu lieu, si ça doit faire du mal à quelqu'un ? Si elle a arrêté à cause de sa santé, alors je suis content. On ne doit pas crever à petit feu à cause de son art. Même si on a de très nombreux fans.

J'éprouve le désir très intense de le prendre dans mes bras. Et peut-être de l'embrasser. Cette dernière possibilité est encore en discussion avec moi-même.

— Je ne suis pas certaine que les gens soient d'accord avec toi.

— Malheureusement. (Il jette un coup d'œil en direction de ma tête de lit-bibliothèque remplie de toutes mes éditions différentes des *Enfants d'Hypnos* et il sourit.) J'aime ta maison, constate-t-il. Elle est plus grande et plus calme que la mienne.

— Elle n'est pas calme quand Church et Sully sont là, tu peux me croire. En parlant d'eux – est-ce que tu dois rentrer chez toi pour une certaine heure ? Il faut que je les amène à l'entraînement de foot à 16 heures, si tu veux venir avec nous.

— Avec plaisir.

Maintenant, nous sourions tous les deux.

Maman nous appelle pour déjeuner. Je m'attends à devoir extraire Davy du giron de Wallace mais il le soulève sans effort pour le poser sur le sol. Davy agite la queue tout du long. Je le dévisage.

— Quoi ? demande Wallace.

— Est-ce que tu joues au football américain ? J'ai l'impression que tu devrais.

— J'aime regarder les matchs. Ça compte ?

— Tu viens de soulever un berger des Pyrénées qui pèse soixante-dix kilos comme s'il était rempli de polystyrène.

Wallace tend les bras.

— Tu veux que je te soulève aussi ?

— Hum. Je passe.

Même si je pèse vingt kilos de moins que Davy, je n'ai laissé personne essayer de me soulever depuis que des garçons à l'école se sont moqués de moi en cours de gym en faisant semblant de ne pas pouvoir me faire quitter le sol. J'étais en troisième, l'année où j'étais Eliza – la Glauque – qui ressemble à un squelette, et pas encore Eliza – ne la touche pas – tu vas choper la rage.

Mais la proposition de Wallace est quand même sympa.

Maman a préparé des sandwiches au beurre de cacahuète et à la confiture avec des tranches de pomme, c'est-à-dire le déjeuner des élèves de CP. Je bouillonne, horrifiée, jusqu'à ce que Wallace commence à manger et dise que « c'est le meilleur sandwich cacahuète-confiture » de toute sa vie, ce qui remplit ma mère de joie, comme si elle venait de gagner un oscar de la cuisine. À ce point, je me dis que soit c'est le mangeur le moins exigeant de la surface de la Terre, soit il a toujours tellement faim qu'il trouve tout bon.

Quand nous regagnons ma chambre, il retrouve sa place sur le lit. Il y a plein d'espace entre lui et la tête de lit. Ce n'est pas comme si nous ne nous étions jamais assis aussi près l'un de l'autre. On le fait tout le temps chez Murphy et sur le banc derrière le collège. Bien sûr, ce sont des espaces publics et ma chambre ne l'est pas du tout, surtout avec la porte close, mais c'est la même chose, pas vrai ? Je fais de mon mieux pour contenir les battements frénétiques de mon cœur et m'assieds prudemment dans l'espace libre à côté de lui. Il ne dit rien mais me regarde faire.

— Une rediff de *Dog Days* ?

— Oui. Qu'est-ce que tu en penses ?

— Il n'y a pas de meilleure série ado.

— Bonne réponse.

Et c'est ainsi que nous commençons à regarder des épisodes de *Dog Days*. Le truc génial avec cette série c'est qu'elle demande très peu d'énergie. Il n'y a pas besoin de penser, il suffit de regarder les personnages prendre de très mauvaises décisions en plein cœur de l'été. Je suis un peu surprise que Wallace l'aime aussi, considérant qu'il apprécie les histoires profondes, mais je suppose que nous avons tous besoin de quelque chose qui nous permette de nous anesthésier.

Je me concentre pour m'obliger à me détendre. J'étends les jambes devant moi en essayant de ne pas avoir l'air de celle qui craint d'être étranglée à tout moment. Mes cheveux commencent enfin à sécher – je prie pour qu'ils ne frisent pas – et pour l'instant nous n'avons parlé ni de mon jogging ni de mes chaussettes en poil de Wookie. L'un dans l'autre, je pense que tout se passe bien.

À un moment, Wallace se lève pour tirer sur son pantalon, et quand il se rassied, il est suffisamment près de moi pour que je sente sa chaleur corporelle. Nous sommes installés épaule contre épaule. Je vois ses cils effleurer ses joues quand il cligne des yeux. De loin, ses cheveux ont l'air noirs, mais de près ils sont plutôt bruns. Il les laisse pousser. J'éprouve le désir étrange de dessiner le contour de son oreille du bout du doigt.

Après le quatrième épisode, il dit :

— Est-ce que tu as une feuille de papier sur laquelle je pourrais écrire ?

Je me lève trop vite.

— Bien sûr. Juste une ? Est-ce que tu – bien sûr il te faut quelque chose pour écrire. Désolée. Voilà.

J'attrape une feuille dans le tiroir de mon bureau et l'un de mes très nombreux stylos ; il utilise le premier tome des *Enfants d'Hypnos* comme support. Quand je suis certaine qu'il est en train d'écrire quelque chose qu'il veut que je lise tout de suite, je dis :

— Je croyais que tu n'avais besoin de ça que lorsqu'il y avait d'autres personnes autour ?

Il trace avec soin un mot après l'autre. Il fronce les sourcils et secoue la tête.

— Parfois c'est… difficile de dire les choses. Certaines choses.

Sa voix ne s'élève pas au-dessus du murmure. Je me rassieds à côté de lui, mais ses grandes mains m'empêchent de déchiffrer ce qu'il est en train d'écrire. Il s'interrompt, laisse la feuille où elle est, et la regarde.

Puis il me la tend et détourne les yeux.

Est-ce que je peux t'embrasser ?

« Hum » est un mot délicieusement complexe. « Hum » veut dire « Je veux dire quelque chose mais je ne sais pas quoi » et aussi « Tu me prends par surprise » et « Est-ce que je suis en train de rêver ? Que quelqu'un me pince ».

Du coup je dis « hum ». La nuque de Wallace est déjà écarlate, mais mon « hum » la fait rougir encore plus. Bon sang, il était déjà nerveux à l'idée de me poser la question et je n'ai fait que l'enfoncer. À quoi ça sert de dire « hum » quand en réalité j'ai envie de répondre « OUI S'IL TE PLAÎT TOUT DE SUITE » ? Sauf qu'il est hors de question que je dise « OUI S'IL TE PLAÎT TOUT DE SUITE » parce que j'ai l'impression que mon corps est une bombe à retardement et qu'il suffirait que Wallace m'effleure la main pour que je saute hors de ma propre peau et que je m'enfuie en hurlant loin de la maison.

J'ai peur que ça me plaise trop. Perdre le contrôle, ce n'est pas bon.

— Est-ce que je peux emprunter ce stylo ? réponds-je.

Il me le tend sans me regarder.

Oui, mais pas tout de suite.

Je sais que c'est bizarre. Désolée. Je pense que ça se passera mal si je sais que ça va arriver. Je vais flipper et te frapper ou hurler au secours ou un truc du genre.

Ça se passerait mieux si tu me surprenais. Je te donne la permission de me surprendre avec un baiser. Ceci est une invitation formelle pour un baiser surprise.

Je n'aime pas écrire le mot « baiser ». Ça me donne la chair de poule.

Je suis désolée. C'est bizarre. Je suis bizarre. Pardon.

J'espère que du coup tu ne regrettes pas de m'avoir posé la question.

Je lui rends le stylo et le papier. Il lit ma réponse puis écrit :

Aucun regret. Je suis fort en surprises.

Et voilà. Et voilà ?

Merde.

Maintenant il va essayer de me surprendre avec un baiser. À un moment. Plus tard dans la journée ? demain ? dans une semaine ? Et s'il ne le fait jamais et que je consacre tout le temps que nous passons ensemble à me demander s'il va le faire ? Qu'est-ce que j'ai fait ? C'était une idée terrible.

Je vais vomir.

— Je reviens tout de suite.

Je me précipite vers la salle de bains pour me rouler en boule sur le sol. Juste cinq minutes. Puis je regagne ma chambre et je me rassieds à côté de Wallace. Sa main se pose sur la mienne et je ne bondis pas. Mon sens du contrôle vacille pendant un moment, mais je me ressaisis et je me détends. Je retourne la main. Il fléchit les doigts afin que je puisse glisser les miens entre les siens. Et nous restons assis là, épaule contre épaule, nos mains sur le lit entre nous.

Ce n'est pas si mal.

CHAPITRE 20

À 15 h 45, je tiens sans remords la main de Wallace sur mes genoux et je me dis que j'aurais dû le laisser m'embrasser. C'est toujours la première haie qui pose problème – parler, se tenir la main, ou le reste – et dès que je me suis habituée, dès que je me rends compte que ça va, j'en veux davantage. La logique veut que je doive lâcher la main de Wallace à un moment après avoir quitté ma chambre, ne serait-ce que pour conduire – et avant ça, pour que ma mère ne nous voie pas. Mais la logique n'a pas été conviée pour l'instant et je m'en fous.

J'emprisonne la main de Wallace contre mon ventre et je pose mon autre main sur son poignet. Nous sommes complètement affalés l'un sur l'autre à présent. Je repousse un peu son pied avec ma chaussette Wookie et il me répond en faisant de même. C'est un truc. Nous faisons un truc. Je n'ai pas besoin de me demander si c'est cool, parce que ça l'est complètement. Il suit mon mouvement. Je prends une profonde inspiration et je pose la tête sur son épaule. Il frotte sa joue sur mes cheveux. Je glousse. Il frotte plus fort.

Je n'ai jamais été si consciente de mon corps. La façon dont il bouge. L'espace qu'il occupe. Ce n'est ni bon ni mauvais, juste différent. Je suis obligée de m'aventurer en dehors de ma tête et d'explorer le monde étrange et mystérieux de la réalité physique. Ses doigts s'agitent contre les miens, contre mon ventre, et je glousse de nouveau involontairement. Heureusement que je maintiens sa main prisonnière entre les miennes ; je suis incapable de prédire ce que mon corps serait capable de faire si ses doigts me touchaient ailleurs.

— Oh merde, dis-je en jetant un coup d'œil au réveil. Il est presque 16 heures. Ils doivent être à l'entraînement à 16 h 30.

Je me redresse pour me lever. Je m'attends à ce que Wallace suive le mouvement ou tout du moins à ce qu'il lâche ma main. Il ne fait ni l'un ni l'autre. Son étreinte me ramène sur le lit. Il se laisse aller contre le mur, avec son habituel petit sourire, refusant de me lâcher.

— Allez. (J'essaie de le faire se lever en riant.) Il faut qu'on y aille.

Il me laisse utiliser tout mon poids pour le tirer. Je manque tomber en arrière sur le sol et il n'a pas bougé d'un iota. Il fléchit le bras et me ramène à lui sur le lit. En riant.

— Je suis sérieuse, tu sais !

— D'accord, d'accord.

Il me lâche.

— Il faut que je me change.

— Je t'attends dehors.

Il le fait. J'enfile le jean qui me va le mieux et un T-shirt vierge de toute inscription. Avec un sweat-shirt par-dessus évidemment. Sully et Church m'attendent déjà devant la porte d'entrée, leurs sacs de sport à la main. Wallace a descendu l'escalier et ils ont entamé une espèce de conversation. Quand j'arrive, Sully lève les bras et me lance un regard noir.

— Dépêche-toi, Œufs au plat ! On n'a pas toute la journée devant nous !

— Ferme-la.

Sully et Church entassent leurs membres trop longs sur la banquette arrière de ma voiture afin que Wallace puisse s'asseoir sur le siège du passager.

— Interdiction de se peloter à l'avant, fait Sully.

— Ouais, renchérit Church. Si je vois une main entre les deux sièges, je tape dessus.

— Tu tapes dessus ? répète Sully. Si je vois une main entre les deux sièges, je la coupe et je la brûle.

— Fermez-la.

Je prie pour que mes cheveux recouvrent mes joues écarlates. Il est hors de question que je m'engueule avec mes frères à cause de leurs propos inappropriés en présence de Wallace. Je monte le volume de la radio qui passe un morceau de ce rock alternatif pourri qu'ils aiment tant, et ils nous oublient assez rapidement.

Pendant les deux heures que dure l'entraînement de mes frères, Wallace et moi faisons le tour du complexe sportif. Il est suffisamment vide pour que Wallace n'ait pas de mal à me parler, même s'il parle plus bas. Nous ne nous tenons pas la main, mais ses phalanges tapotent les miennes comme s'il essayait de m'envoyer un message en morse.

— Ma sœur vient ici faire du tennis, fait-il.

— Ta petite sœur ou ta grande sœur ?

— Oh, la plus petite, évidemment. Le seul sport que pratique Bren, c'est jouer avec les chiens qu'elle dresse. Mais Lucy adore le tennis. Le basket. Et la plupart des sports.

— Ta famille a l'air sympa.

— Je les aime beaucoup. Ils aimeraient bien te rencontrer.

— C'est un truc qu'il faut qu'on fasse ? Rencontrer la famille de l'autre ?

Il hausse les épaules.

— Juste si tu en as envie.

— Je ne sais pas. Je suppose que ce serait un juste retour des choses. Après tout, tu as subi la mienne.

— Tu ne les aimes pas ?

C'est mon tour de hausser les épaules.

— C'est bizarre. Je sais qu'ils m'aiment et je sais que je n'ai à me plaindre de rien, mais ils sont toujours en train d'essayer de me forcer à faire des choses que je ne veux pas faire. Chaque fois qu'on vient ici, mes parents essaient de me convaincre de m'inscrire dans un nouveau sport d'équipe. Si je sors mon téléphone pour parler à mes amis en ligne, ils pensent que je les ignore ou que je leur manque de respect ou je ne sais quoi. Et pour moi ce n'est pas ça du tout, je suis juste en pleine conversation. Si tu voyais deux personnes en train de se parler face à face, tu ne les interromprais pas en leur disant qu'ils te manquent de respect, pas vrai ?

— Non, bien sûr que non.

— Non. Je comprends que c'est un truc d'ado de dire que les parents ne comprennent rien, mais pour les miens c'est vrai. Ce n'est pas de leur faute s'ils sont nés vingt-cinq ans avant moi, mais est-ce que ça les tuerait de me demander ce que je fais sur mon téléphone avant de supposer que c'est forcément un truc débile ?

— Peut-être qu'ils ont peur que tu t'énerves après eux s'ils te posent la question, répond Wallace.

J'ouvre la bouche pour protester mais je me souviens que, effectivement, j'ai déjà réagi comme ça.

— Est-ce que les tiens agissent comme ça aussi avec toi ?

— Parfois. Pas aussi souvent qu'avant. Nous avons… dépassé ce stade et nous avons d'autres problèmes.

Avant que je puisse poser une question, il poursuit :

— Pourquoi est-ce que ton frère t'a appelée Œufs au plat ?

— Parce que je mange des œufs durs au petit déjeuner. Mon père m'appelle Crâne d'œuf et Sully et Church changent de type d'œufs tous les jours.

— Mignon.

— Je pense que mes frères me détestent.

Je dois avoir l'air un peu trop sincère parce que Wallace a l'air vraiment peiné.

— Pourquoi ?

Je garde les yeux rivés sur mes pieds, et je gratte la terre avec les vieilles Nike de maman.

— J'en sais rien. Parce que je ne passe pas plus de temps avec eux et que je ne m'intéresse pas à ce qu'ils font. D'après papa, ils sont très bons au football, mais je n'en sais rien parce que je ne regarde pas vraiment les matchs auxquels on m'oblige à assister.

— Tu n'as qu'à passer davantage de temps avec eux.

— Mais je n'aime pas ce qu'ils font, parce que leur seul centre d'intérêt, c'est le foot. Ou les jeux vidéo. Je n'aime pas le sport. Ils se moquent de moi parce que je suis nulle de toute façon, alors quel est l'intérêt ?

— Bien sûr qu'ils se moquent de toi. Ce sont des collégiens élevés dans un environnement hautement compétitif et plein de testostérone. C'est comme ça qu'ils s'intimident l'un l'autre.

— Et comment tu sais ça toi ?

— Je regarde le sport à la télé. Et j'ai joué au football américain quand j'étais petit.

— Tu as donc bien joué au football américain !

Il éclate de rire.

— Oui, quand je faisais un quart de la taille que je fais maintenant. J'étais running back.

— Je ne sais pas ce que ça veut dire.

— Ça veut dire que je courais très vite.

— Toi ? Courir vite ?

— Je sais. C'est l'un des grands mystères de ma vie. (Ses phalanges tapotent le dos de ma main. Ma résistance prend fin et j'attrape ses doigts que j'emprisonne dans les miens. Il sourit.) Je ne pense pas que tes frères te détestent. Je pense juste que vous n'aimez pas les mêmes choses. Ce n'est pas grave, c'est comme ça. Ils sont sportifs. Tu es une artiste.

Je dessine *La Mer infernale.* C'est ça que je fais, et tout ce que je demande à Sully et Church, c'est le silence : je ne veux pas qu'ils en parlent à leurs amis de collège. Nous n'avons pas besoin de bien nous entendre. Il faut juste qu'ils la ferment. Ils l'ont fait jusqu'à présent ; ils doivent comprendre à quel point c'est important. Peut-être que Wallace a raison. Peut-être qu'ils ne me détestent pas.

— Où est-ce que tu habites précisément ? je demande en balançant nos mains entre nous. Je voudrais te stalker correctement sur Google Maps avant de rencontrer ta famille.

Il éclate de rire de nouveau.

Amity rentrait chez elle. Le trajet de retour qu'elle trouvait habituellement apaisant grouillait à présent de pensées insatiables. Sa culpabilité. Si elle était la seule à pouvoir arrêter Faust, cela signifiait-il pour autant qu'elle *devait* le faire ? Même si cela la mettait en danger ? Il était facile de penser à lui de manière abstraite quand il se contentait de répandre la terreur dans des endroits éloignés, mais que se passerait-il s'il débarquait pour de vrai sur l'île Nocturne ?

Et si, au lieu de s'en prendre à des étrangers, il s'attaquait à Faren ?

FORUM DE *LA MER INFERNALE*

PROFIL UTILISATEUR

rainmaker *

Modérateur fanfiction

ÂGE : Pas question de le dire.

LIEU : Non.

CENTRES D'INTÉRÊT : La Mer infernale. Écrire des trucs. Les feux de camp. Les pulls. La grasse matinée. Les chiens. Les Enfants d'Hypnos putain de merde.

Abonnés : 1 402 834 | Abonnements : 51 | Posts : 9 512

[travaux uniques 144]

MISES À JOUR

Voir les mises à jour précédentes.

24 novembre 2016

> Jour de la tourte à la patate douce.

28 novembre 2016

> J'ai commencé à lire cette œuvre du génie humain que sont Les Enfants d'Hypnos. Pourquoi personne ne m'a jamais dit que cette série était fabuleuse ? Je vous tiens tous pour responsables.

2 décembre 2016

> Je suis tellement content que tout le monde aime ma novélisation ! D'autres chapitres arrivent. Je vais essayer d'écrire en parallèle un peu de Bleu auburn, mais je ne peux rien promettre. ET ARRÊTEZ DE ME POSER DES QUESTIONS SUR LA JOLIE FILLE DU LYCÉE. Bon sang.

13 décembre 2016

> Je vais m'éloigner des forums pendant un moment. Je dois préparer les examens de mi-semestre. Je jetterai un coup d'œil de loin sur les conversations. #mathador

19 décembre 2016

> Comme récompense pour avoir survécu aux examens, je lis le quatrième volume des EdH. Je me fiche que l'auteur soit folle. La fin a intérêt à être à la hauteur.

19 décembre 2016

> Oui c'est la jolie fille du lycée qui m'a fait lire les EdH. PAS MERCI À VOUS.

21 décembre 2016

> Je suis complètement dévasté et ça me va parfaitement.

CHAPITRE 21

J'accepte de rencontrer la famille de Wallace le vendredi qui précède Noël. Pour le dîner.

Je lave de nouveau le jean qui me va bien afin qu'il me moule quand je l'enfile et qu'il se détende au fur et à mesure de la soirée, et je vole une blouse en dentelle à ma mère. Je me fiche complètement de ce que les élèves du lycée pensent de ma façon de m'habiller, mais si Wallace fait un effort quand il vient chez moi, alors je dois lui rendre la pareille.

Avant que je parte, maman me donne un paquet de flyers pour son groupe d'exercice (« Si un membre de sa famille a envie de faire du sport, je serais ravie de m'occuper de lui. Dis-le-leur ! Et s'ils peuvent en punaiser un à leur boulot, ce serait génial ! ») et papa me rappelle avec un sourire que tout ce qu'ils me serviront à dîner sera mon repas joker de la semaine. Mes parents aiment supposer que tout le monde en dehors de nous aime la nourriture malsaine et grasse. Ils semblent oublier que je fréquente un lycée public et que j'ai droit à des frites à la cantine cinq jours sur sept.

Heureusement, Sully et Church tentent de s'éborgner mutuellement en jouant à un jeu vidéo dans le salon et ils ne me voient pas partir.

Wallace vit de l'autre côté de la ville dans une maison qui ressemble à un ranch de plain-pied avec un Père Noël illuminé dans la cour et une allée qui est plus couverte de boue que de gravier. Deux voitures y sont garées, probablement toutes les deux antérieures à 2007. Celle du fond est celle de Wallace, ou du moins celle qu'il conduit, celle que sa sœur utilise pour venir le chercher. Je me gare derrière. Une lumière chaleureuse se déverse depuis la porte d'entrée vitrée.

Je sors mon téléphone.

MirkerLurker : J'y suis.

MirkerLurker : Devant chez lui.

MirkerLurker : Sur le point d'entrer.

MirkerLurker : J'ai envie de gerber.

Ni Emmy ni Max ne me répondent. Emmy est rentrée chez ses parents pour les vacances et Max est au travail, nous voilà donc en plein dans cette trêve détendue où ils passent tous les deux le moins de temps possible sur Internet. Je ne leur ai pas parlé depuis quelques jours – j'ai quand même pensé à leur envoyer leurs colis. Peut-être qu'ils répondront quand je serai entrée chez Wallace.

Je pose le front sur le volant en faisant semblant de chercher quelque chose au cas où quelqu'un m'observerait depuis la maison, je compte jusqu'à vingt puis je me force à descendre de la voiture – je laisse les flyers de ma mère sur le siège du passager – et je me dirige d'un pas décidé vers la porte d'entrée.

Wallace ouvre la porte tout de suite. Il porte un jogging et un pull.

— C'est tellement injuste, fais-je.

— J'étais sûr que tu dirais ça, répond-il en souriant.

L'intérieur de la maison sort tout droit des années 1970. Les murs sont lambrissés et la moquette jaune. Mais c'est chaleureux et confortable, et une odeur de graisse en train de frire se répand depuis la cuisine, sur la droite. À notre gauche se dresse un mur qui sépare l'entrée d'un salon où j'entends la télévision et un couloir qui doit mener aux chambres.

— Voici donc la Casa Warland ?

— C'est plutôt la Casa Keeler.

Sa voix est plus sonore que je ne l'ai jamais entendue, presque autant que celle de Sully et de Church qui n'ont toujours pas appris à chuchoter. Il prend mon manteau et l'accroche au portemanteau à côté de la porte. Je me tiens debout, embarrassée, sur le seuil du salon jusqu'à ce que quelqu'un derrière moi dise :

— Oh, tu dois être Eliza !

Je sursaute. Une femme noire entre deux âges traverse le salon d'un pas vif dans ma direction, les bras écartés. Elle est petite, ronde et possède un sourire qui pourrait mettre le diable à terre et le faire pleurer. Elle me prend dans ses bras. Je dévisage Wallace.

— Eliza voici ma mère, Vee.

— Oh, en réalité je suis sa belle-mère. Je ne veux pas que tu sois perdue.

Vee desserre son étreinte et me prend par la main pour m'attirer vers la cuisine. J'aperçois du coin de l'œil un mouvement dans le salon derrière nous, et une fille de l'âge de Sully et de Church se met à suivre Wallace. Sa peau est plus claire de quelques nuances que celle de Vee et un million de petites tresses attachées en queue-de-cheval épaisse cascadent sur ses épaules.

— Je m'appelle Lucy, fait la fille. Tu es plus petite que ce à quoi je m'attendais.

Vee me fait asseoir à une petite table de cuisine rectangulaire. Wallace s'installe à côté de moi et Lucy en face. Ses jambes sont si longues qu'elle doit ramener les pieds sous sa chaise pour ne pas toucher les miens par accident. La table est dressée pour six personnes. De l'autre côté de la pièce, quelque chose qui sent de manière suspicieuse comme du bacon est en train de rissoler dans une poêle.

— J'espère que tu aimes prendre un petit déjeuner en guise de dîner, Eliza, annonce Vee, parce qu'on est vendredi soir et tu sais ce que veut dire vendredi soir !

Je n'en ai aucune idée, mais Lucy s'exclame :

— Le vendredi, c'est œufs au bacon !

Et elle pousse des cris de joie pour faire bonne mesure.

— Expliquez-moi comment on est censé se reposer dans cette maison.

Une autre femme pénètre dans la cuisine, les mains sur les hanches. Je lui donne une vingtaine d'années. Un large bandeau retient la chevelure magnifique qui encadre son visage anguleux. J'ai l'impression qu'elle va me brûler vive lorsque ses yeux se posent sur moi, mais au bout d'un moment, ses traits s'adoucissent et elle désigne Wallace.

— Tu es la petite amie de Wally ?

Le visage de Wallace s'empourpre. Il me jette un regard de côté. Il ne la corrige pas.

Il ne la corrige pas.

— Hum. Je suis Eliza.

Elle me tend la main. Elle a une poigne de titan.

— Je m'appelle Bren. J'ai l'impression de t'avoir déjà vue – tu n'aurais pas un chien par hasard ?

— Si. Davy. Un berger des Pyrénées.

Elle hoche la tête d'un air sérieux.

— Je travaille au chenil Happy Friends Dog Day Care. Nous nous occupons d'un Davy de temps en temps.

— Il est venu en octobre pour la semaine avec la meute !

— Absolument !

Bren contourne la table et s'assied à côté de Lucy, qui essaie immédiatement de lui mettre un doigt dans l'oreille. Bren la repousse sans lui prêter attention.

— J'adore ces chiens. Wally aussi – on le paie pour nettoyer les niches et jouer avec les chiens à la fin de la journée. (Elle émet un petit grognement.) Tu sais, quand je dirigerai cet endroit, je leur donnerai à manger matin et soir, parce qu'une fois par jour ça ne suffit pas. Surtout quand ils courent toute la journée. J'adorerais avoir un chien ici, mais Lucy est allergique, explique-t-elle en tirant sur les tresses de la jeune fille.

— Comment tu aimes tes œufs, Eliza ? demande Vee.

— Euh… tout me va. Au plat, c'est bien.

— C'est parti pour des œufs au plat.

Elle finit de s'occuper du bacon et commence à casser des œufs dans la poêle.

Bren et Lucy – mais surtout Bren – me posent les questions auxquelles je peux m'attendre. D'où je viens, quel âge j'ai, comment j'ai rencontré Wallace. Wallace intervient quand elle me demande ça, en parlant tellement fort que je ne le reconnais pas.

— Elle avait ces dessins de *La Mer infernale*. Je te l'ai raconté, tu te rappelles ?

Il ne mentionne ni Travis Stone ni Deshawn Johnson, heureusement. Je n'ai pas envie de devoir expliquer à ses sœurs comment j'ai lamentablement échoué à le défendre et j'ai le sentiment qu'il n'a pas envie de leur expliquer qu'il n'a pas réagi jusqu'à ce que je me pointe. Mais elles savent certainement déjà qu'il déteste les conflits.

— D'accord, d'accord, fait Bren en agitant une main en l'air. Donc toi aussi tu es une fan, c'est ça ? De *La Mer infernale* ?

Je hausse les épaules.

— Ouais.

— Tu écris de la fanfiction toi aussi ?

— Oh… non.

— Elle fait du fan art, explique Wallace. Je n'arrête pas d'essayer de la convaincre de poster ses œuvres sur Internet.

— Pourquoi tu ne le fais pas ? me demande Lucy.

Je hausse de nouveau les épaules.

— J'ai toujours l'impression que ce n'est pas le bon moment.

Wallace dessine le contour de son assiette du bout du doigt en souriant un peu.

— Tes dessins sont vraiment top, dit-il beaucoup plus bas. Tu devrais en poster quelques-uns. Au moins un ou deux.

Chaque fois qu'il me parle comme ça, à voix basse, les yeux baissés, un sourire aux lèvres, j'ai envie de craquer. J'ai envie d'allumer mon ordinateur tout de suite et de télécharger quelques dessins, juste pour voir sa réaction. Je sais très bien qu'il veut que je fasse partie du truc avec tout le monde. Que je contribue. Je sais qu'il a envie de faire connaître mon art, parce qu'il me l'a dit derrière le collège un jour, et chaque fois que j'y pense mon estomac fait des bonds, mon cœur se coince dans ma gorge et j'ai envie d'embrasser son visage magnifique et ses fossettes.

Chaque fois qu'il parle comme ça, ma résolution faiblit.

Personne ne se rendra compte que je suis LadyConstellation à cause de quelques dessins.

— J'y ai… j'y ai réfléchi, finis-je par dire et il lève immédiatement les yeux vers moi.

— Vraiment ?

— Oui. Peut-être plus tard.

— *Vraiment ?*

J'éclate de rire.

— Oui. Qu'est-ce qu'il y a ? Quelque chose ne va pas ?

Il s'est redressé sur sa chaise comme une boule d'énergie de cent kilos. Mais avant qu'il ait eu le temps de répondre quoi que ce soit, la porte d'entrée s'ouvre.

— Tim est rentré ! s'écrie Lucy.

Un rire parvient du vestibule, et quelques secondes plus tard un homme grand et chauve fait son apparition dans la cuisine.

— Petit déjeuner pour le dîner, voilà ce que j'aime !

Tim s'approche de la gazinière et plante un baiser sur le sommet du crâne de Vee avant de se diriger vers la table pour faire pareil à Lucy et Bren. Puis il s'installe en bout de table, à la droite de Wallace, et m'adresse un sourire sincère.

— Tu dois être Eliza. (Il me tend la main par-dessus la table ; il a la poigne de fer de Bren.) Nous sommes ravis de t'avoir à dîner, Eliza.

— Merci.

Il parle fort, d'une voix très assurée, et chaque fois qu'il me regarde, je me recroqueville sur ma chaise.

— Lucy, ma puce, viens m'aider, demande Vee.

Lucy va chercher le bacon, les saucisses et les toasts. Vee apporte les œufs – tous au plat – et nous sert. Mon estomac gronde. Wallace me donne un petit coup de coude : je ne sais pas s'il le fait exprès ou si c'est parce que ses épaules sont si larges qu'il prend toute la place.

— Alors, dites-moi, les Keeler et les Warland, demande Tim une fois que Vee s'est installée à l'autre bout de la table, qu'est-ce que nous avons accompli aujourd'hui ?

Vee raconte qu'elle est tombée sur une vieille camarade de lycée à l'épicerie où elle achetait des ingrédients pour une nouvelle recette. Lucy nous régale avec sa quête de la raquette de tennis parfaite et passe cinq minutes à essayer de convaincre Tim de lui acheter une machine à corder les raquettes, ce qu'il refuse. Bren, elle, se plaint d'un jeune couple qui vient d'abandonner un chiot qu'on leur a offert comme cadeau de Noël avant l'heure. Chaque fois que quelqu'un prend la parole, les autres écoutent en silence tout en mangeant. Puis Tim reporte son attention sur moi.

— Eliza, aimerais-tu partager quelque chose avec nous ?

— Oh, hum.

Qu'est-ce que j'ai fait aujourd'hui ? Je suis restée dans mon lit pour regarder Netflix. J'ai ouvert l'édition du *Westcliff Star* de la veille et j'ai lu le dernier papier sur le virage mortel au moins douze fois. Puis j'ai programmé la seule planche de *La Mer infernale* qui paraîtra aujourd'hui – la seule que j'ai réussi à terminer puisque Wallace nuit gravement à ma productivité. Après ça, j'ai passé quelques heures à transpirer. Puis je me suis douchée. Et maintenant je suis là.

— Et si je prenais la parole ? me sauve Wallace. J'ai fini de manger.

Il a littéralement dévoré le contenu de son assiette.

Tim se tourne vers lui.

— J'ai aidé Bren à donner un bain au labrador qui a des problèmes de confiance, explique-t-il avant qu'un petit sourire élargisse ses lèvres. Et, euh… j'ai vendu deux histoires qu'on m'avait commandées.

— Deux histoires ? s'enthousiasme Vee. Wally, c'est génial !

— Et tu ne m'as rien dit ! proteste Bren.

Lucy lui balance sa serviette de table à la figure.

— Est-ce que j'aurai le droit de les lire ?

Tim sourit.

— C'est génial, Wallace. Ce sont des fanfictions ?

— Oui. Mais pas de *La Mer infernale*, d'autre chose.

— Est-ce que tu as déjà essayé de vendre des histoires personnelles ?

Wallace se gratte la nuque.

— Ça ne marche pas vraiment comme ça. Les gens me commandent des histoires parce qu'ils connaissent déjà les personnages et ils savent ce qu'ils veulent lire.

— Mmmm. (Tim se concentre de nouveau sur ses œufs.) Et tu sais ce que tu comptes faire à la fac l'année prochaine ? Écrire de la fanfiction ?

Toute joie déserte le visage de Wallace.

— Non, aucun cours d'écriture ne propose de fanfic.

— Ce qui veut dire que tu vas écrire tes propres œuvres.

— Oui.

— Et qu'est-ce que ça va te rapporter, si tu ne peux pas gagner d'argent avec ce que tu écris ?

— Timothy, prévient Vee. Pas devant notre invitée.

Je me fais toute petite aux côtés de Wallace, mais le regard perçant de Tim me transperce quand même.

— Eliza, tu comptes aller à la fac l'année prochaine, je suppose. Qu'est-ce que tu vas faire ?

Il me semble évident de répondre que je compte m'inscrire en art. En réalité je n'ai rien décidé parce qu'il n'existe pas de diplôme spécial *La Mer infernale.* Mais j'ai comme l'impression que si je réponds ça, je ne vais pas marquer de points auprès de Tim.

— Du design graphique, réponds-je. Pour faire du marketing. Ou un truc du genre.

Tu t'en es tirée comme une chef, Mirk.

— Du design graphique, répète Tim. Tu vois, Wallace, même ça, ça sent la réussite. Les designers graphiques peuvent gagner beaucoup d'argent. Je ne dis pas que tu ne peux pas écrire, juste qu'il faut choisir un domaine d'écriture qui te permette de faire carrière. T'inscrire en *creative writing* ne te mènera nulle part.

Wallace pince les lèvres, les yeux rivés sur son assiette. Lucy enfourne un morceau de bacon et Bren se couvre le visage avec une main tout en secouant lentement la tête.

— Cette histoire de fanfiction est un hobby. Ta mère et moi refusons de payer des études qui t'encouragent dans cette voie. Nous voulons que tu fasses quelque chose qui ait du sens.

Tim poursuit son petit discours. Le poing de Wallace se crispe contre sa cuisse. Je l'effleure du doigt et il s'empare de ma main. Il la presse très fort, comme s'il souffrait. Je la serre en retour.

— Je sais que tu n'aimes pas entendre ça, conclut Tim, mais c'est comme ça que le monde tourne.

Le silence s'abat sur la table tandis que Tim se remet à manger. Puis Wallace dit :

— Est-ce qu'on peut sortir de table ?

Tim semble sur le point de refuser, mais il a la bouche pleine. Vee lui jette un regard noir et répond :

— Oui, mon chéri, Eliza et toi pouvez sortir de table. Je débarrasserai vos assiettes.

Wallace se lève et m'entraîne hors de la cuisine.

CHAPITRE 22

Au fond du couloir, un escalier mène au sous-sol. Les murs sont en brique, le sol est recouvert de moquette et il y fait plus froid que dans le reste de la maison. Wallace allume l'interrupteur au pied de l'escalier et des candélabres se mettent à diffuser une lumière douce. La pièce est divisée en deux par un mur dans lequel on a taillé une large ouverture. De notre côté, je vois un canapé mangé par les mites et un vieil écran de télévision, très grand. Wallace m'entraîne de l'autre côté de la pièce, à travers l'ouverture. Il y fait plus sombre. Un matelas posé à même le sol est recouvert de draps froissés, près d'une lampe branchée sur une multiprise. Des livres et des papiers sont empilés un peu partout. J'aperçois les quatre tomes des *Enfants d'Hypnos* et les chapitres de la transposition romanesque de *La Mer infernale.* Une table de billard prend beaucoup de place. À gauche de la lampe posée à même le sol se dresse un vieux fauteuil relax. Derrière est fixée une large affiche de Dallas Rainer sur une plage, les yeux rivés sur l'océan.

Les mots « Il y a des monstres dans la mer » sont gravés dans l'ombre qu'il projette sur le sable. Punaisé à côté du poster j'aperçois un vieux maillot de foot américain sur lequel est écrit Warland au-dessus du numéro 73.

Depuis l'ouverture dans le mur, Wallace tire une lourde porte coulissante en bois qu'il verrouille. Plus aucun bruit ne nous parvient du rez-de-chaussée, ni même de l'autre partie du sous-sol. Wallace presse le front contre la porte et ferme les yeux.

— Je suis vraiment désolé, dit-il. Je ne pensais pas qu'il se comporterait comme ça.

Je me dandine d'un pied sur l'autre. Il fait froid et mon blouson est resté en haut.

— Il fait ça d'habitude ?

— Parfois. C'est – c'est un mec super, un mec bien, vraiment, mais je déteste quand il commence à dire que les choses n'ont pas de sens. (Il se redresse et commence à faire les cent pas.) Pardon. Je suis désolé, je ne veux pas te faire peur. Je pensais qu'en ta présence il n'agirait pas ainsi.

— C'est pas grave. Je comprends.

Je suis juste contente de respirer de nouveau.

Wallace serre les poings. Je ne l'ai jamais vu aussi en colère. Pas comme ça. Il a l'air prêt à casser quelque chose. Peut-être la table de billard.

— Quel est l'intérêt d'être en vie si on ne fait pas quelque chose qui nous rend heureux ? À quoi sert une carrière qui te rapporte de l'argent si tu te détestes tous les jours de faire ce que tu fais ? Je n'ai pas de famille à entretenir, ni de factures à payer, du moins pas pour l'instant. Bien sûr, il faudra que je rembourse mon prêt étudiant, mais de toute façon nous n'avons pas les moyens de me payer autre chose que l'université d'État et donc je paierai mes études avec le job que je décrocherai après. Je n'ai pas besoin d'être médecin, avocat ou je ne sais quel truc important qu'il voudrait que je fasse. Je veux juste écrire.

Je le regarde faire les cent pas. J'ai l'impression de prendre racine ; l'incertitude se met à courir dans mes veines. Je ne l'ai jamais vu dans cet état – je ne sais pas quoi faire, du coup je reste immobile et je le dévisage jusqu'à ce qu'il finisse par lever les yeux de nouveau vers moi et répéter :

— Je suis vraiment désolé.

— Est-ce que tu as besoin de crier dans quelque chose ?

Il réfléchit un instant.

— Ce serait pas mal.

J'attrape l'oreiller posé sur le matelas et je le lui lance. Il le presse contre son visage et laisse échapper un cri étouffé. C'est probablement le son le plus fort qu'il ait jamais émis en ma présence, et encore, l'oreiller l'assourdit : c'est à peine plus fort que son volume sonore habituel.

Il balance l'oreiller sur le lit et se jette dessus dans la foulée. Il est beaucoup moins intimidant une fois allongé sur le dos. Je m'assieds sur le bord du matelas et je me tourne vers lui.

— Je suis navrée qu'il se comporte ainsi, dis-je.

Wallace pose les mains sur ses yeux. Ce serait facile de me pencher et de l'embrasser, mais j'ai l'impression que ce n'est pas le moment. Peut-être que ça ne le sera jamais. Ça ne sera jamais le moment parce que je suis Eliza Mirk, grande éviteuse de la vie et de toutes ses conséquences. Comment est-il possible que je veuille autant quelque chose et que je sois paralysée chaque fois que je songe à l'obtenir ?

— J'ai déjà passé douze ans à l'école à faire ce que les autres m'ont dit de faire, explique-t-il. Et je sais ce qui se passe quand on est obligé de faire quelque chose qu'on déteste. C'est trop demander de pouvoir faire ce que je veux pendant quelques années ? Tes parents te font la même chose ? Tu vas vraiment faire des études de design graphique ?

— Oh non. J'ai répondu ça pour éviter que Tim me mette à la porte.

Wallace ricane.

— Je ne sais pas ce que je veux faire l'année prochaine. Je sais juste que je ne veux plus être… ici. Mes parents aiment me rappeler qu'il faut que je termine le lycée pour savoir si je suis prise à l'université, ils pensent qu'une fois que j'y serai je deviendrai une espèce d'ermite de dortoir qui ne quittera jamais sa chambre et qui passera ses journées devant son ordinateur. Mais non, ils ne me disent pas ce que je dois faire – pas tout le temps, en tout cas – et je suppose que c'est mieux ainsi.

Mais la seule raison pour laquelle ils n'essaient plus de me faire rentrer dans un moule, c'est parce que je proteste depuis si longtemps qu'ils ont fini par abandonner. Ils font de petites allusions parfois : maman se charge des réflexions sur le fait que je pourrais travailler mieux, et papa mentionne d'éventuelles bourses – mais rien à voir avec la scène à laquelle je viens d'assister. Mes parents ne savent pas combien d'argent je gagne, mais moi si, et je suis sereine à ce sujet. Wallace n'a que la fanfiction, et ça ne lui est d'aucune aide.

— Je suis navrée, je répète.

Il baisse les mains, contemple le plafond et hausse les épaules. Puis son regard se pose sur moi.

— Tu as froid ?

Je me suis plus ou moins mise en boule pour me tenir chaud.

— Hum.

— Tiens. (Wallace s'assied et s'empare d'une épaisse couverture tricotée.) Voilà une couche isolante. J'espère qu'elle ne pue pas trop.

Il m'enroule dedans. Elle est déjà tiède. *Certainement à cause de sa chaleur corporelle à lui, si on considère qu'il dort dedans toutes les nuits.*

— Elle sent l'eau de Cologne et le shampooing pour garçons.

— C'est bien ou c'est mal ?

— C'est génial.

Je n'ai jamais été si près de quelque chose qui sent à la fois l'eau de Cologne et le shampooing pour garçons, à moins que les affaires de mon père ne comptent, mais je décide que non. Je ne suis pas certaine que mes frères se douchent. Je me blottis dans sa couverture mais je reste loin de lui.

— Tu n'as pas corrigé ta sœur quand elle a dit que j'étais ta petite amie.

Wallace bouge un peu derrière moi.

— Oh, oui. Eh bien, j'ai pensé… tu sais, que ça soulèverait plus de questions… elle est du genre insistante… et je ne voulais pas que la situation devienne embarrassante…

— Oh.

— Mmm.

Quelqu'un tire la chasse à l'étage et l'eau se déverse dans les canalisations du sous-sol. J'enfouis le visage dans la couverture de Wallace. Il bouge encore derrière moi.

— À moins que tu n'aies envie de l'être, dit-il.

Je jette un coup d'œil par-dessus mon épaule.

— Quoi ?

Il est assis contre le mur, les bras autour de ses genoux, les yeux écarquillés. Quand je le regarde, il baisse les yeux sur ses pieds. Sa voix se fait plus basse et ses mots deviennent hachés.

— Je ne savais pas si… si tu voulais être ma petite amie, et je ne voulais pas ouvrir ce grand débat pendant le dîner.

— Tu veux que je le sois ? je parviens à articuler.

Il lève les yeux.

— Euh… oui.

La balle est dans ton camp, Mirk.

— Oui, dis-je.

— Oui ? fait-il en fronçant les sourcils.

Aaargggh. Ce n'était pas le bon mot.

— Je veux dire, je suis d'accord.

Son petit sourire fait son apparition.

— Vraiment ?

— Oui.

Son sourire s'élargit. Il baisse la tête et se passe les mains dans les cheveux. Je mets les bras sur ma tête et je me cache sous sa couverture. C'est trop, c'est trop, je perds le contrôle. Un instant plus tard, je sens son torse se presser contre mon dos et ses bras se glisser autour de moi tandis que ses jambes m'emprisonnent de chaque côté. Le poids de sa tête tombe sur mon épaule.

Un moment de silence s'écoule. Le monde ne cesse pas de tourner. Je baisse la couverture et je pivote dans ses bras. Il me laisse faire et nous nous retrouvons face à face.

Je ne veux pas être la fille qui se fige sur place dès qu'elle est confrontée à de nouveaux amis, ou au monde extérieur, ou à la moindre parcelle d'intimité. Je ne veux pas être toute seule dans une pièce tout le temps. Je ne veux plus me sentir seule dans une pièce tout le temps, même quand il y a d'autres personnes autour de moi.

Je soulève la couverture afin que Wallace puisse se faufiler à l'intérieur. Quand il me prend de nouveau dans ses bras, je pose les mains sur ses épaules et je nous emprisonne tous les deux dans la chaleur. Il pousse un soupir satisfait.

Je deviens particulièrement consciente de tous mes membres, de la rapidité de mon souffle, et de chaque tressaillement de mes lèvres et de mes doigts. Ça m'aide à arrêter de penser à ce que je fais de travers. Ce n'est pas trop. Je n'ai pas perdu le contrôle.

Je suis là. Il est là.

CHAPITRE 23

Je dis au revoir aux Keeler – et à Lucy, qui techniquement est une Warland – avant de partir. Ils sont tous dans le salon, Lucy blottie sous le bras de Tim sur le canapé à côté de Bren, tandis que Vee, une paire de lunettes perchée au bout du nez, est concentrée sur l'écran : elle zappe à la recherche d'un programme qui conviendrait à toute la famille. Wallace m'accompagne jusqu'à ma voiture. Je me dis qu'il pourrait très bien m'embrasser par surprise, mais il ne le fait pas.

— Je suis content que tu sois venue, dit-il en me pressant la main.

Puis il m'attire à lui pour m'envelopper dans ses bras.

— Je suis contente que tu m'aies invitée, réponds-je en glissant les miens autour de sa taille. (Les muscles de son torse gonflent puis se contractent au rythme de sa respiration. Mon nez effleure son cou et il frissonne.) Il faut que j'y aille.

— D'accord.

Je m'installe derrière le volant. Je quitte l'allée : Wallace est adossé au coffre de sa voiture, les mains dans les poches, de la vapeur sort de sa bouche tandis qu'il me regarde m'éloigner.

Une fois à la maison, j'essaie de passer sans me faire remarquer devant la fenêtre du salon où papa et maman, blottis l'un encore l'autre, regardent leur film préféré de tous les temps, *Miracle*. C'est le film qu'ils regardent chaque fois qu'ils sont tous les deux, pour leurs anniversaires respectifs, pour les jours fériés, et pour leur anniversaire de mariage. S'il n'était pas sorti six ans après ma naissance, j'aurais pu croire qu'ils l'avaient regardé pendant ma conception. Cependant, leur amour pour ce joyau du cinéma sportif n'atténue en rien leur sixième sens de parents. À peine ai-je franchi la porte d'entrée que ma mère me saute dessus.

— C'était comment ?

— Très bien, je rétorque sèchement. Super. Je monte.

— Pourquoi est-ce que tu ne viens pas nous raconter ? On aimerait bien en apprendre davantage sur sa famille. Et tu pourrais regarder le film avec nous !

— Non merci, fais-je en posant le pied sur la première marche de l'escalier.

— Oh, Eliza, s'il te plaît, ne va pas te connecter ! Reste en bas et parle-nous.

— J'ai du travail.

Je monte les marches quatre à quatre et je me dépêche de gagner ma chambre avant qu'aucun des deux ne puisse percer le moindre trou dans ma petite bulle de bonheur. Je n'ai aucune envie de regarder *Miracle* pour la millionième fois – attention, spoiler, les États-Unis l'emportent face aux Russes – et je ne veux pas leur parler de Wallace. C'est déjà assez humiliant comme ça que maman m'ait obligée à aller voir la gynéco ; qui sait ce qu'elle fera si elle apprend que nous sortons ensemble pour de bon.

Je m'enferme dans ma chambre, sans prêter attention à la musique qui se déverse à fond depuis l'antre de Church et de Sully, et je consulte mon téléphone. Ni Emmy ni Max n'ont répondu à mes textos, mais ça m'est égal. On est vendredi soir – ils les liront demain matin. J'attrape mon carnet de croquis et je feuillette mes dessins. J'en scanne trois pour les mettre sur l'ordinateur. L'un d'eux représente une réveilleuse de coucher de soleil qui surgit depuis l'océan obscur, de l'eau dégoulinant de ses épines acérées ; le deuxième, c'est Damien qui contemple le ciel, les étoiles se réfléchissant dans ses yeux ; et le troisième met en scène Amity debout sur un pilier en cristal transparent, auréolée par le soleil. Je me logue sur les forums avec mon compte MirkerLurker, trouve les sous-forums de fan art et ouvre un nouveau thread.

Je mets en ligne les trois dessins. Je ferme le navigateur avant que quiconque puisse répondre et je me couche sans prendre la peine de me déshabiller.

CHAPITRE 24

Lorsque je me réveille le lendemain matin, je découvre qu'Emmy et Max m'ont envoyé vingt-deux messages. Séparément. Et aucun ne concerne ma nervosité à propos du dîner d'hier soir avec Wallace.

emmersmacks : Tu te sens bien ??

emmersmacks : Tu n'as posté aucune page

emmersmacks : E ???

emmersmacks : Tu as juste oublié ou... ??

Apocalypse_Cow : Dis donc je sais que tu t'amuses bien avec Jolicœur Macfossettes, mais les gens sont un petit peu impatients.

Apocalypse_Cow : pas de page.

Apocalypse_Cow : tout va bien ?

Et ainsi de suite. Je repousse les couvertures et je me précipite vers mon ordinateur. Je tape deux fois le mauvais mot de passe, puis une nouvelle fois pour accéder au forum.

LadyConstellation a trente nouveaux messages privés en provenance des administrateurs du forum demandant où sont les nouvelles planches. Quant aux discussions publiques, le premier sujet qui s'affiche dans quasiment tous les sous-forums est une question de quelqu'un demandant s'il y a un problème avec le site Internet ou avec LadyConstellation ou si la livraison est juste repoussée.

Je me rends sur le site où je poste les planches. La dernière est celle que j'ai mise en ligne la semaine passée.

J'ai pourtant programmé le post. Je sais bien que je l'ai fait. Je vérifie les paramètres et je le trouve – dans les brouillons. Non publié. Je clique sur « Mettre en ligne » si violemment que la souris m'échappe et s'en va heurter le mur.

En trois ans, je n'ai jamais posté une page en retard. La fiabilité est ce que je vends à mes fans, ils sont heureux de l'acheter.

Je crée un nouveau post de forum.

LadyConstellation

> Bonjour tout le monde – désolée pour le post manquant la nuit dernière. Il y a eu un problème technique et il ne s'est pas programmé. Il est en ligne maintenant !

◆◆◆

Les réponses se succèdent à toute allure.

> Hourra !

Une seule planche ?

Youhou !! Enfin !!

Comment peut-on se tromper en programmant un post ?

Ravi que tu ne sois pas morte.

Il était temps, putain. Qui aurait cru que c'était si compliqué de poster une seule page, hein ?

Je ferme le navigateur et je m'éloigne de l'ordinateur, recroquevillée sur mon siège à roulettes, la tête dans les mains. Ça va. Ça ne fait que quelques heures de retard. Tant que je poste à l'heure à partir de maintenant, tout ira bien.

Ne pas lire les commentaires. Ne jamais lire les commentaires.

— Tu te sens bien, Crâne d'œuf ?

— Oui, papa, je vais bien.

— Tu n'es pas sortie de ta chambre ce matin. Ta mère et moi commençons à nous faire du souci.

— Je dormais.

— Wallace est là. Il dit que vous deviez aller chez Murphy.

— Oh. Hum.

— C'est… la mauvaise période du mois ? Est-ce que tu veux que je lui dise que tu ne peux pas y aller ?

— Je… bon sang, non ! Je descends dans une minute. Mais c'est pas vrai !

Wallace est assis dans le salon : il joue à un jeu vidéo avec mes frères. Il est pris en sandwich entre eux, silencieux et concentré sur l'écran, tandis que Sully et Church s'interpellent en hurlant par-dessus sa tête. Puis il se passe quelque chose, ils se mettent tous les deux à gémir et Wallace sourit.

— Ça fait longtemps que tu es là ?

Il lève les yeux, m'aperçoit et laisse tomber la manette.

— Quelques minutes, répond-il en venant à ma rencontre.

— Allez, encore une partie, supplie Sully en faisant un geste en direction de l'écran, puis de Wallace.

— On doit y aller, je rétorque.

Sully me lance un regard noir. J'entraîne Wallace hors de la maison et vers sa voiture.

— Tu vas bien ? demande-t-il.

— Oui. Je suis stressée.

— Pourquoi ?

Je hausse les épaules.

— À cause de trucs.

Nous nous installons dans la voiture et le silence se fait. Wallace quitte l'allée, les sourcils froncés, et prend la route de chez Murphy. Quand nous franchissons le pont, il ralentit quasiment jusqu'à s'arrêter pour prendre le virage mortel. Lentement, sans à-coups, comme d'habitude. Trop lentement, néanmoins. Il a plus peur de tomber dans le ravin que quiconque de ma connaissance. Je tourne la tête sur le côté, comme d'habitude, et je regarde le vide.

C'est calme en bas. Même si la mort ne vient pas rapidement, je parie que ça vaut presque le coup pour le silence et la tranquillité.

Cole et Mégane sont déjà là quand nous arrivons, et ils discutent des planches manquantes. Les planches manquantes... Plutôt la planche manquante – il n'y en avait qu'une de publiée ce matin –, mais il semblerait que les gens aient décidé de la baptiser « les planches manquantes » parce que c'est un putain de fiasco.

— C'est la première fois que ça arrive depuis les débuts de cette bande dessinée, fait remarquer Cole en faisant défiler les posts qui ont fleuri sur les forums. Tout le monde ne parle que de ça. C'est un événement. Regarde, il y a même une fanfic qui raconte que les personnages sont temporairement prisonniers d'un vide sans issue entre le moment où les planches étaient supposées être en ligne et celui où elles sont apparues. C'est hilarant.

Il nous montre tout ça. La fanfiction, les forums, tout. Je détourne les yeux. Wallace parcourt tout un instant, puis hausse les épaules.

— C'est marrant, c'est vrai, mais je trouve ça débile de faire tout ce foin juste pour quelques pages qui ont un jour de retard.

— Une seule page, corrige Megan en tendant à sa fille un album à feuilleter. Juste une page. Heureusement qu'elle contenait de l'action, mais quand même, cette page unique est difficile à avaler. Il ne se passe rien. J'adore cette bande dessinée, mais je travaille quinze heures par jour tout en m'occupant de ce petit monstre – elle agrippe le sommet du crâne d'Hazel – et quand arrive la fin de la semaine je n'ai qu'une envie : m'asseoir avec une tasse de thé et lire des planches de *La Mer infernale*. De préférence un chapitre complet.

Tout à fait, Megan, laisse-moi torcher quelques douzaines de pages pour toi. Ce n'est pas comme si LadyConstellation n'avait pas d'autres trucs en tête non plus. Je ne lis pas les commentaires, mais je sais que beaucoup de fans pensent comme elle. Je ne la blâme pas. J'étais comme ça moi aussi avec *Les Enfants d'Hypnos.* J'en ai voulu à Olivia Kane comme les autres.

Je ne leur en veux pas, pourtant ça m'épuise.

Tout en discutant, ils finissent par établir la connexion avec Leece et Chandra sur l'ordinateur de Cole – ce qui suscite de nouveau des conversations sur « les planches manquantes » – et je pose la tête sur la table en faisant semblant de dormir. Ils me fichent la paix.

Les doigts de Wallace effleurent mon genou à plusieurs reprises. Je le laisse faire. Je ne bouge pas.

Je sors mon téléphone pour envoyer des messages à Emmy et à Max et je me rends compte que je n'en ai pas le courage. Je range mon téléphone.

Quand Leece et Chandra doivent se déconnecter, Megan suggère que nous changions de crémerie. Elle a trois parties de bowling gratuites grâce à son job là-bas. Cole saute sur l'occasion, mais avant d'accepter, Wallace me demande si j'ai envie d'y aller.

Je m'apprête à refuser, puis me ravise. Il faut que j'essaie, parce que voilà que je sens que ça recommence – moi qui refuse tout parce que je suis frustrée et fatiguée et parce que le monde réel est compliqué et que je préfère vivre dans un monde imaginaire. Mais je ne peux pas. Je suis là et il faut que je fasse un effort.

Une demi-heure plus tard, je suis debout face à une piste de bowling et m'efforce de m'aligner correctement face aux quilles. Wallace est au bar. Megan est assise à la table derrière moi et fait sauter Hazel sur ses genoux. Cole se tient à mes côtés, les bras croisés, une expression beaucoup trop intense sur le visage pour une simple partie de bowling.

— Le bowling, c'est pareil que les autres sports, fait-il, et j'ai l'impression qu'il se parle à lui-même. Quand on regarde les pros, on a l'impression que c'est super facile. Mais ça ne l'est pas du tout. Si on réfléchit trop, la boule se retrouve dans la glissière, puis elle franchit trois pistes et on se fait virer pour imprudence.

Je pince les lèvres pour me retenir de rire.

— Je ne suis pas très bonne au bowling, mais je n'ai jamais lancé la boule assez violemment pour qu'elle finisse trois pistes à côté.

Cole considère stoïquement la piste devant lui.

— Ça peut arriver.

— Ça t'est arrivé ?

— Ne t'inquiète pas.

Je lance la boule. Elle file dangereusement vers la glissière droite mais, arrivée à mi- piste, elle change de trajectoire et touche une quille. En réaction, toutes les autres tombent, à l'exception des deux dernières.

— Ça a marché !

Je tends le cou pour voir un petit 8 s'afficher à côté de mon nom sur l'écran au-dessus de notre piste.

— Pas la peine d'avoir l'air aussi surprise, constate Cole.

— C'est la première fois que je renverse autant de quilles à la fois ! En vrai, je veux dire.

J'ai arrêté d'aller au bowling avec ma famille dès que Sully et Church ont été assez vieux pour se moquer de mes lancers de grand-mère. Peut-être qu'à présent je pourrais les battre.

Je lance ma deuxième boule. Elle effleure l'une des quilles, mais aucune des deux ne tombe.

— Regarde bien. (Cole attrape sa boule et me dépasse.) Il est temps de te foutre la pâtée.

Je rejoins Megan et Hazel. Wallace revient de la buvette avec trois portions de nachos, deux hot dogs, un bretzel et deux grands sodas. Il me tend l'un des sodas, pose une portion de nachos entre Megan et moi, un hot dog devant le siège vide de Cole et tout le reste devant lui. Puis il joint les mains et contemple la nourriture comme s'il ne savait pas par quoi commencer.

— Tu as intérêt à reprendre le foot, l'avertit Megan, sinon tu vas te réveiller un beau matin et tu pèseras trois cents kilos.

Wallace sourit, la bouche pleine de bretzel.

Nous sommes ici depuis une demi-heure et je ne sais plus pourquoi je voulais refuser de venir. Personne n'a mentionné les pages manquantes depuis que nous avons quitté la librairie ; je me sens légère comme si des bulles avaient pris possession de mes membres.

C'est tellement mieux que d'être assise toute seule chez moi, embourbée dans mon angoisse.

Si seule toi peux le blesser mortellement… alors lui seul peut te porter un coup fatal en retour.
Oui.
S'il est aussi terrible qu'à ce qu'on prétend, il saura se battre.
L'Alliance va m'apprendre. L'un d'eux a étudié sa façon de se battre.
C'est un monstre.
Les monstres peuvent être tués.
KRAH
KRAH
Ce n'est pas une histoire ! Tu n'es pas une héroïne de fiction ! Ce n'est pas comme ça que fonctionne la vraie vie !
KRAH
KRAH

CHAPITRE 25

— Eliza, tu dois arrêter de passer tout ton temps devant l'ordinateur. Tu vas t'abîmer les yeux.

Ma mère a passé la tête et les épaules à travers l'encadrement de la porte. J'aurais dû la verrouiller avant de commencer à dessiner. Je me redresse et je détourne les yeux de l'écran. J'ai mal au dos. Les yeux me piquent.

— Je vais très bien.

Je dois finir quatre planches supplémentaires de *La Mer infernale* pour terminer le chapitre. J'ai tout planifié ; si je dessine au moins quatre pages par semaine, je peux avoir terminé l'histoire avant la cérémonie de remise des diplômes. Ça me permettra de ne pas devenir folle pendant ce dernier semestre de lycée et les fans seront contents après la débâcle des pages manquantes. J'ai passé les trois derniers jours à dessiner comme une folle.

— Tu veux bien fermer la porte, s'il te plaît ?

— Non. Je veux que tu éteignes cet ordinateur.

Elle utilise sa voix de mère autoritaire. Celle qui me donne immédiatement des brûlures d'estomac.

— Je travaille, je rétorque sans la regarder.

— Même les travailleurs les plus acharnés ont besoin de faire des pauses.

— Je ne peux pas faire de pause. Il faut que je termine ça.

— Eliza.

— Maman, qu'est-ce que tu penses que je suis en train de faire, là ? (Je pivote sur mon fauteuil à roulettes pour lui faire face.) Est-ce que tu as l'impression que je me livre à une promenade de santé ? Tu crois que je m'amuse ? Parce que ce n'est pas le cas. Je dois terminer ça. Des gens l'attendent. Des gens qui achètent des produits dérivés. Ces gens vont payer mes études.

— Eliza Mary Mirk !

— Qu'est-ce que tu veux que je fasse une fois que j'aurai éteint l'ordinateur ? Que j'aille faire du sport avec Sully et Church qui détestent jouer avec moi parce que je suis super mal coordonnée ? que je regarde la télévision, même si c'est cent fois plus débile que ce que je suis en train de faire ? que je joue à un jeu de société avec papa et toi ? Tu sais très bien comment ça se termine !

Je finis toujours par faire une crise de colère. Et si je commence à jouer quand je suis en colère, comme maintenant, ça ne présage rien de bon pour la suite du jeu.

N'étant pas du genre à reculer face à un défi, ma mère insiste.

— Je veux que tu sortes ! Que tu ailles discuter avec tes amis ! Que tu fasses quelque chose ! Que tu aies des ennuis, bon sang !

— Mes amis sont tous là-dedans ! je m'écrie en brandissant mon téléphone où Max et Emmy sont silencieux depuis des jours. Je leur parle tout le temps et c'est toi qui me dis d'arrêter !

— Et Wallace ? Qu'est-ce qu'il fait ?

— Là tout de suite maintenant il travaille ! Et plus tard, devine – il sera derrière son ordinateur, pour écrire. Probablement sa novélisation de ma BD, que plein de gens attendent, de la même manière qu'ils attendent mes planches. Et on se parlera par le biais de l'ordinateur. Je ne comprends pas pourquoi c'est un concept si difficile à appréhender pour toi.

— Eliza, tu es incroyable. (Elle secoue la tête, les mains sur les hanches. Elle porte toujours son pantalon de yoga et le blouson qu'elle met quand elle va courir dans le quartier.) C'est quoi le problème ? Tu ne vas pas bien ? Il y a un problème au lycée ?

— Non.

— Qu'est-ce qu'il y a alors ?

Je me détourne, et j'enlève le gant de ma main droite pour pouvoir essuyer la sueur.

— C'est juste des trucs liés à *La Mer infernale*. Tu n'as pas à t'inquiéter.

Elle garde le silence. Je réenfile le gant et entame la planche suivante. Je sens mes cheveux se hérisser sur ma nuque.

— Ton père et moi sommes très fiers de ce que tu accomplis, tu sais. Nous ne comprenons peut-être pas tout, mais nous sommes très fiers. Et nous sommes très heureux que tu aimes ce que tu fais. Si on t'embête, c'est uniquement parce qu'on se fait du souci pour toi.

— D'accord.

— Est-ce que tu veux bien descendre pour ouvrir tes cadeaux, au moins ?

Je pivote de nouveau pour la regarder.

— Mes cadeaux ?

— Oui, Eliza. C'est Noël.

Je la regarde, bouche bée, certaine qu'elle plaisante, puis je reporte mon attention sur l'écran de l'ordinateur et je découvre que oui, nous sommes bien le 25 décembre. Je manque jaillir de ma chaise.

— C'est Noël ?

Ma propre voix me donne l'impression qu'une chèvre mourante est en train de me bêler aux oreilles. Je pensais que c'était dans deux jours. Ou il y a deux jours. L'un ou l'autre.

Elle acquiesce.

— On a commencé sans toi et permis à tes frères d'ouvrir leurs cadeaux, parce qu'on ne savait pas si tu allais descendre. Ni quand.

— Oh.

— Alors, tu viens ?

— Je… oui, dans une minute. Pardon.

— Pas de problème. Il y a des œufs durs dans le frigo qui n'attendent que toi.

Elle s'éloigne.

Je regarde l'horloge sur mon ordinateur.

25 décembre.

Je checke les messages sur mon téléphone et je découvre qu'Emmy et Max m'ont en fait écrit. Ils m'ont tous les deux souhaité un joyeux Noël et demandé comment j'allais et ils ont discuté ensemble de leurs vacances. Je leur réponds brièvement, puis pose mon téléphone et descends rapidement. Mes parents m'attendent dans le salon, où un sapin a été dressé. Papa a sorti le caméscope.

— Pardon, je m'excuse de nouveau.

— Pas de problème, Crâne d'œuf, répond-il. Et si tu ouvrais ce que le Père Noël t'a apporté ? Ensuite on appellera tes frères pour jouer tous ensemble.

J'ouvre mes cadeaux. Je sais que ça vient du Père Noël, parce que son nom est écrit sur toutes les étiquettes de la main de ma mère. La plupart des paquets contiennent des vêtements. Des vêtements à ma taille.

— Tu t'es beaucoup plainte de n'avoir rien à te mettre le mois dernier, explique maman, du coup je me suis dit que c'était une bonne idée. On pourra faire de nouveau du shopping au printemps et comme ça tu auras une garde-robe complète pour la fac. Ne te fais pas de souci – j'ai gardé tous les tickets, si ça ne te plaît pas, on peut tout changer.

— Merci, je réponds d'une voix suffisamment basse pour qu'ils ne se rendent pas compte qu'elle tremble.

C'est la première fois que je suis heureuse d'avoir des vêtements pour Noël. Je n'avais rien demandé, parce que je peux acheter tout ce dont j'ai besoin, sauf les fringues. Je ne sais pas faire du shopping. Maman et moi plions les vêtements pour les remettre dans les boîtes et je monte les ranger dans ma chambre où j'attrape le seul cadeau de Noël auquel j'ai pensé pour toute la famille :

un Monopoly. Les parties sont si longues que nous pourrons jouer ensemble pendant des jours.

Papa force Church et Sully à quitter leur chambre pour nous rejoindre. Ils commencent par se plaindre jusqu'à ce qu'ils se rendent compte qu'ils peuvent se ruiner l'un l'autre. Maman gagne parce que c'est la seule de la famille à savoir gérer un budget. La partie dure quatre heures. Nous dînons. Puis papa fait des cookies et nous regardons *Miracle* ensemble.

Je ne savais même pas que c'était Noël.

Il tourna le livre dans ses mains. *Contes terriens.* Le premier livre qu'elle ait jamais libéré d'une boutique, celui dans lequel elle avait appris à lire. Faren laissa le livre s'ouvrir tout seul et là, au milieu de la page de droite, il aperçut son nom.

— Amity et le monstre marin.

— Parfois, dit-elle en traçant le contour des lettres du bout du doigt, je pense que les Terriens ont menti à propos de ce livre. Je pense que ces histoires ne viennent pas du tout de la Terre.

À la fin de l'histoire, l'Amity du conte tuait le monstre marin en se montrant plus intelligente que lui et en l'écrasant avec un gros caillou.

La deuxième naissance d'Amity sur la plage, des années plus tôt, s'était terminée de la même manière, mais au lieu d'un monstre marin, c'est une vraie Réveilleuse de Crépuscule qu'elle avait affrontée. La créature était cinq fois plus grande et cinq fois plus assoiffée de sang ; elle en voulait à Faren, pas à elle, parce qu'il se tenait plus près du bord de la falaise ; et tandis qu'elle regardait, horrifiée, le monstre le gober tout cru, le Gardien avait surgi pour lui proposer son marché.

Elle avait accepté et massacré le monstre avec l'aide du Gardien. Après quoi, elle avait libéré Faren, inconscient, du long gosier de la bête.

Tandis qu'ils contemplaient le livre, assis tous les deux, Faren l'embrassa et lui dit :

— Si tu penses que c'est ce que tu as besoin de faire, alors fais-le. Je sais que tu es assez forte. Si quelqu'un peut l'arrêter, c'est toi.

Puis il l'abandonna à sa lecture, et au sentiment que ce n'était pas du tout une histoire de *besoin*.

Elle n'avait pas *besoin* de le faire.

Elle en avait le *devoir*.

CHAPITRE 26

Avant de me coucher ce soir-là, je reçois un mail de Wallace. Ce n'est ni un SMS ni un message via la messagerie du forum. C'est un vrai mail. Il ne transfère rien. Il ne participe jamais aux chaînes. S'il veut me dire quelque chose, soit il me donne le message écrit sur une feuille de papier, soit il me le dit en personne.

Mais je vois son nom apparaître et je clique dessus sans hésiter.

25 décembre 2016 – 23 h 21

À : Eliza Mirk <mirkerlurker@gmail.com>
De : Wallace Warland <wallacewarland@gmail.com>

Objet : Tu m'as trouvé dans une constellation

Je sais que c'est bizarre de t'envoyer un mail. Je sais que nous sommes tous les deux assis devant nos ordinateurs, et que tu lis ça, et que je suis assis dans ma propre mortification, espérant pouvoir supprimer le mail après l'avoir envoyé. Je ne pouvais pas te donner le message en personne, parce que sinon tu aurais pu le lire devant moi. Je ne peux pas non plus l'écrire à la main, parce que ce serait tellement long que j'aurais cinquante ans quand j'aurais terminé.

En règle générale, quand j'écris quelque chose, je sais comment je vais commencer. Mais là, je ne sais pas. Il y a plein de choses que j'ai envie de te dire, mais je ne veux pas t'effrayer. Je ne peux pas expliquer avec des mots à quel point je ne veux pas te faire peur, ni à quel point j'ai peur de le faire.

Commençons comme ça : je n'ai jamais vécu dans l'Illinois. J'ai toujours habité ici, à Westcliff. J'allais au lycée de l'autre côté de la ville, avec Cole. Je suis désolé de t'avoir menti. Ce n'est pas que je ne voulais pas te dire la vérité, mais si je t'avais dit d'où je venais, j'avais peur que tu devines le reste de l'histoire que je m'apprête à te raconter, et je n'étais pas sûr de vouloir que tu sois au courant.

Il y a quelque temps, tu as dit que je ressemblais à un joueur de football américain. Je t'ai répondu que je jouais quand j'étais petit. C'était un demi-mensonge ; j'ai vraiment joué quand j'étais petit, mais je ne me suis arrêté qu'au milieu de l'année de seconde. J'étais plutôt bon. J'ai même intégré l'équipe première. J'ai encore la lettre qui le prouve. Mes coéquipiers m'appelaient Wallace Warfield – Wallace Champ-de-Bataille – parce que j'ai tout bousillé.

Non, désolé, c'est un mensonge ça aussi. Ils m'appelaient Wallace Warfield parce que ça rimait, que c'était un jeu de mots sur mon nom de famille et que c'était plus intimidant que mon prénom tout seul. Et aussi parce que j'ai tout bousillé.

Désolé. Je ne suis pas au meilleur de ma forme aujourd'hui.

J'adorais jouer au football américain. J'adorais foncer dans le tas, faire partie d'une équipe et être avec mes amis. J'adorais gagner. J'adorais que mon père soit fier de moi. Pas Tim, mais mon vrai père, mon père biologique. Il adorait le football américain. C'était un grand gaillard qui aimait les barbecues, les feux d'artifice du 4 Juillet et balancer ses enfants dans la piscine. Il avait un rire sonore qu'on entendait à des kilomètres à la ronde. Un Américain typique. Il ne croyait en rien, mais il lisait religieusement le *Westcliff Star* tous les matins au petit déjeuner comme s'il avait craint de finir en enfer s'il ne le faisait pas.

Un peu de contexte à propos de mon père : il n'a jamais fini ses études. Sa famille n'avait pas assez d'argent pour ça. Il a décroché un job dans une boîte où il vendait des trucs à des gens par téléphone. Longues heures, petit salaire. Il était déjà marié à ma mère – pas Vee – et elle était enceinte de moi. Je ne sais pas s'ils se sont mariés parce qu'elle était enceinte, ou si elle est tombée enceinte peu après leur mariage. Je suppose que ça n'a pas d'importance. Papa n'aimait pas parler de cette époque, du coup je ne sais pas grand-chose. Ma mère l'a plaqué avant que j'aie un an. Je ne me souviens pas d'elle, du coup, ça ne m'a jamais touché, mais mon père, lui, éprouvait parfois encore de la colère envers elle.

Un ou deux ans plus tard, il a rencontré Vee et ils ont eu Lucy. Tout se passait bien. C'est grâce à mon père que Lucy aime autant le sport. Il voulait toujours qu'on relève des défis. Si quelque chose nous paraissait trop difficile, alors il fallait qu'on mette les bouchées doubles. Lucy a sauté une classe à l'école à cause de ça. Mon père se lançait des défis à lui aussi – quand il rentrait à la maison après le travail, il était toujours joyeux et plein d'énergie. Il voulait nous aider dans nos devoirs ou nos entraînements. Il se mêlait toujours de tout.

Il avait des côtés sombres aussi. Il ne voulait pas qu'on les voie, mais plusieurs fois, je l'ai surpris dans la cuisine tard dans la nuit, affalé sur la table, la tête dans les mains. Quand il pensait qu'il était tout seul à la maison au milieu de la journée, il contemplait la rue depuis la porte d'entrée comme si c'était une Terre promise inatteignable. Quand on faisait des barbecues, il préparait à manger pour tout le monde, et en grande quantité, mais lui ne touchait à rien. Quand j'étais seul avec lui, il disait du mal de son job et il m'a interdit de faire quoi que ce soit qui me rende malheureux, même si ça voulait dire que je pourrais me retrouver à court de nourriture ou de vêtements, ou vivre sans un toit.

Est-ce que tu as observé ça chez tes parents ? Le moment où ils deviennent des gens ? Je pense que oui. Ça te surprend, pas vrai ? Un jour ce sont des parents, et le lendemain ils disent quelque chose de raciste ou ils se coupent le doigt et la blessure met du temps à cicatriser ou ils font une erreur au volant de leur voiture et la façade tombe : ils deviennent des mortels comme nous. Une fois que cette façade a disparu, elle ne revient jamais.

C'est cette part sombre chez lui qui me l'a rendu mortel. Je l'ai vue en lui la veille de sa mort et je l'ai niée. Je n'aurais pas dû. J'aurais dû en parler à Vee, à un médecin, à quelqu'un, n'importe qui. Quand j'étais en seconde, pendant les vacances de Noël, on était en voiture tous les deux. On était allés passer quelques jours dans le Tennessee dans la famille de Vee. J'étais seul avec mon père ; Vee et Lucy avaient prévu de rentrer le lendemain. Mon père s'est lancé dans une de ses tirades. Il avait obtenu quelques jours de vacances, mais pas beaucoup, et il m'a fait jurer de ne jamais accepter un job comme le sien. Je ne l'avais jamais vu aussi en colère. Je lui ai répondu que ce serait plus intelligent pour moi de trouver un job qui paie décemment, du moins pour commencer. Ce ne serait pas si terrible, du moment que je ne faisais pas ça toute ma vie.

Ça a aggravé sa colère. Je sais maintenant qu'il n'était pas dans un état normal. Il criait des propos incohérents et quand il a arrêté la voiture et m'a ordonné de descendre, j'ai cru qu'il plaisantait. On était presque en janvier, il faisait un froid terrible et on était encore à quelques kilomètres de la maison. Il m'a foutu hors de la voiture juste avant le pont et a repris la route.

La seconde avant qu'il appuie sur l'accélérateur, j'ai senti mon estomac se décrocher. Pour de bon. Comme si je n'avais soudain plus d'estomac. Parfois, la prémonition que l'on peut avoir d'un événement est pire que l'événement lui-même, parce qu'on sait ce qui va se produire et qu'on ne peut rien faire pour l'empêcher. Il roulait trop vite pour le virage, même s'il n'y avait pas eu de verglas sur la route.

Le *Westcliff Star* aime relier la mort de mon père avec les autres accidents qui se sont produits au même endroit. Le car avec la fanfare. Les ados bourrés. La mère avec ses enfants. Ils prétendent que c'est la faute du verglas, mais j'étais là et j'ai tout vu : je sais que la voiture a roulé tout droit, comme une flèche, jusqu'au moment où elle a disparu par-dessus la colline. J'ai traversé le pont en courant après lui, j'ai glissé sur une plaque de verglas, je me suis explosé le visage par terre et me suis cassé le nez. Je me suis relevé et j'ai continué à courir. Il n'y a pas de bonne manière de descendre la pente à cet endroit, je ne me rappelle pas comment j'ai fait, mais je sais que je me suis cassé la jambe avant d'arriver en bas. Le genre de fracture que tu ne sens pas à cause de l'adrénaline, du choc et de la peur. La voiture était en bas, sur ses quatre roues. Ce n'est que quand je l'ai contournée que j'ai vu que tout l'avant était défoncé et que mon père était passé à travers le pare-brise.

Il était mort au moment où la voiture a percuté le sol. Quand tu tombes dans le ravin à cette vitesse, tu meurs avant d'arriver en bas. Je ne me rappelle pas avoir appelé une ambulance, mais je me souviens de mon téléphone taché de sang quand je l'ai éloigné de mon visage. Je ne me rappelle pas avoir essayé d'extirper mon père du pare-brise, mais je me rappelle être resté assis dans la neige devant la voiture, incapable de détacher mes yeux de ses yeux morts tandis qu'il était étendu sur le capot froissé. Je ne me souviens pas de l'arrivée des secours qui m'ont demandé si j'étais dans la voiture avec lui, mais j'ai dû répondre que oui, parce que c'est comme ça que l'histoire a été imprimée dans le journal.

C'est ce que fait le journaliste, pas vrai ? Il dit « un homme et son fils » quand il fait la liste de tous les gens qui sont morts dans ce virage. Je n'ai lu le journal qu'une fois après ça, deux jours après, et je n'ai jamais recommencé.

Mon père n'a pas dérapé sur le verglas. Il n'avait pas bu, il ne s'est pas endormi au volant. Quand ils m'ont demandé comment ça s'était produit, j'ai dit que je n'en avais aucun souvenir. Je dis toujours ça. Je ne l'ai même pas raconté à Vee, mais je pense qu'elle a deviné. Mon père ne voulait plus vivre. Il était fatigué de son job, fatigué de n'avoir jamais assez d'argent, fatigué de se faire hurler dessus par des inconnus. Il était malheureux. Profondément malheureux.

Je n'ai pas arrêté de parler exprès. C'est arrivé comme ça. Il y a un an, je ne pouvais parler à personne, pour rien. J'aimerais dire que je faisais mon possible et que rien ne sortait, mais je n'essayais même pas. L'idée même d'essayer me terrifiait.

Je pouvais toujours écrire, cela dit. Je lisais déjà *La Mer infernale* avant que mon père meure, mais je n'en parlais à personne, parce que mes amis n'auraient pas compris. Après sa mort, je ne pouvais rien faire à cause de ma jambe dans le plâtre, du coup pour m'occuper j'ai commencé à écrire de la fanfiction. J'adore jouer au football américain, mais écrire me rend heureux comme aucun sport ne le peut. On en a déjà parlé tous les deux. Tu sais, quand on a cette révélation qui laisse entrer la lumière.

Pendant un an et demi, je suis resté dans mon lycée et je suis devenu « le gamin qui a survécu au virage mortel et qui n'a plus jamais prononcé un mot après ». Je n'ai pas repris le foot une fois ma jambe guérie, et du coup j'ai perdu la plupart de mes amis. J'ai pensé qu'il fallait peut-être que je retourne sur les lieux de l'accident, que ça m'aiderait, mais chaque fois que j'emprunte ce virage, je n'arrive pas à me persuader de m'y arrêter. Du coup je ne l'ai jamais fait.

Après, les choses se sont améliorées. Vee a épousé Tim. J'ai commencé à travailler avec Bren et ses chiens. J'ai continué à fréquenter les forums et à écrire. Je me suis forcé à parler à la maison, à Cole, à Megan et aux autres quand on a commencé à traîner chez Murphy, même si je n'y parviens toujours pas quand il y a trop de monde. J'ai commencé l'année de terminale dans mon ancien lycée, mais j'étais une espèce de monstre de foire là-bas. Vee et Tim ont donc accepté que je change de lycée. Dans celui-ci, seuls les joueurs de football américain pourraient savoir qui je suis.

La seule autre personne que j'ai jamais rencontrée au lycée et qui aimait *La Mer infernale*, c'est Cole, mais c'est le genre de connard qui ne traîne pas avec toi en public si tu ne corresponds pas à son idéal social, du coup on ne se parlait qu'à la librairie. Et puis je t'ai rencontrée. Tu avais ce carnet plein de fan art de *La Mer infernale*, et tu m'as défendu. La plupart des gens ne font pas ça : quel genre de mec qui pèse cent kilos a besoin qu'on le défende ? Au début, je pensais vraiment que tu me détestais. Ou du moins, que tu croyais que j'étais bête. La plupart des gens pensent que je suis idiot parce que je ne parle pas et que j'écris lentement.

Mais tu m'as écrit. Et tu adores créer des choses. Et tu comprends ce que je veux dire quand je dis que je ne veux pas passer ma vie à faire quelque chose que je déteste. Si tu connais ton but dans la vie, si tu sais ce que tu aimes, pourquoi ne pas le faire ? Trouver une manière de le faire, et trouver une manière de gagner de l'argent avec. Mon père détestait son job, et je pense qu'à cause de ça, il a fini par se haïr lui-même. Je ne veux pas me haïr. Et je ne veux pas que tu te détestes toi non plus.

Je sais que tous les deux nous ne sommes pas très sociables. Je t'écris ce mail parce que si je devais te dire tout ça en temps réel, même avec un écran entre nous, je tomberais dans les pommes. Je suis presque en train de m'évanouir là, et nous ne sommes pas au même endroit – et je ne suis pas obligé de t'envoyer ce mail si je ne le veux pas. Je devrais en finir avec ce message avant que quelque chose de terrible se produise.

J'aime passer du temps avec toi. J'aime avoir l'impression qu'il n'y a rien de travers chez moi.

J'aime être capable de penser à autre chose que le virage, la nuit. Je sais que je devrais consulter, parce que je ne parle pas, mais pour l'instant ça me va. Je suis heureux.

J'espère que tu l'es aussi.

Wallace

CHAPITRE 27

J'ai la tête vide et les oreilles qui bourdonnent lorsque je fais défiler l'écran pour remonter au début du mail. Mes doigts se sont transformés en gelée tremblotante. Personne ne m'a jamais confié quelque chose d'aussi important avant. C'est comme si Wallace avait enlevé le masque qu'il portait. Le visage qui se dissimule dessous est le même mais l'expression est différente.

Je me suis vraiment comportée comme une gamine pourrie gâtée. Depuis le début.

Puis je lis l'objet du message.

***Message privé via le forum de* La Mer infernale**

00 h 05 (MirkerLurker a rejoint la conversation)

MirkerLurker : Vous êtes là tous les deux ?

MirkerLurker : J'ai une question à vous poser.

MirkerLurker : Je ne sais pas quoi faire…

0 h 25 (emmersmacks a rejoint la conversation)

emmersmacks : Désolée

emmersmacks : Je me couche très tôt en ce moment

emmersmacks : C'est quoi le problème après tout j'ai 14 ans

emmersmacks : je devrais être capable de charreter et de rester éveillée

emmersmacks : bref

emmersmacks : qu'est-ce qu'il y a

MirkerLurker : Je ne sais pas ce que « charreter » veut dire, mais je préférerais t'écouter parler de tes problèmes plutôt que d'évoquer les miens.

emmersmacks : À la fac il y a ces trucs qu'on appelle des projets et si tu veux une bonne note il faut travailler dessus toutes les nuits pendant plusieurs semaines.

MirkerLurker : On a la même chose au lycée.

emmersmacks : Ha ha non absolument pas

emmersmacks : Viens faire des études d'ingénierie mécanique et on en reparle

emmersmacks : Si tu veux vraiment que je t'en parle en détail je peux...

MirkerLurker : Non non, merci.

MirkerLurker : J'ai des problèmes du type Wallace.

emmersmacks : Oh non

emmersmacks : De graves problèmes ??

MirkerLurker : Non. Plutôt du genre « il a joué la carte tu m'as trouvé dans une constellation après m'avoir raconté des choses très importantes et maintenant je ne sais pas quoi lui répondre ».

emmersmacks : O.O

emmersmacks : Il a utilisé la citation de la constellation ??

emmersmacks : Waouh il doit vraiment t'apprécier

emmersmacks : Et toi tu ne l'apprécies pas ???

MirkerLurker : Mais si !

MirkerLurker : Mais qu'est-ce qu'on est censé répondre à un truc pareil ?

MirkerLurker : Et ce n'était même pas ça le problème – il a dit ça et plein d'autres trucs. Des trucs qu'il n'a jamais racontés à personne auparavant.

emmersmacks : Dis-lui que tu l'aimes

MirkerLurker : Aaargh. Ce n'est pas ce genre de conversation. Ce qu'il m'a raconté c'est... délicat.

emmersmacks : Mais tu es amoureuse de lui pas vrai ??

MirkerLurker : J'en sais rien ! Comment je suis censée aimer un garçon qui ne sait même pas qui je suis ? Je lui mens tout le temps et lui m'a raconté des trucs super intimes. Des choses sérieuses. Des choses qui ont de l'importance.

emmersmacks : C'est intimidant

MirkerLurker : Non, pas vraiment. Pas de la façon dont il l'a fait.

MirkerLurker : Où est Max quand on a besoin de lui ? Il pourrait m'expliquer ce qu'un mec veut entendre dans ce genre de situation.

emmersmacks : Max risque de ne pas être très présent dans les jours à venir

MirkerLurker : Quoi ? Pourquoi ?

emmersmacks : Sa petite amie l'a largué il y a quelques jours

emmersmacks : Elle lui reprochait de passer trop de temps sur Internet

emmersmacks : Du coup il est en pleine réévaluation de sa vie ou un truc du genre

MirkerLurker : Pourquoi il ne m'a rien dit ?

emmersmacks : Il l'a fait

emmersmacks : Dans un message il y a quelques jours

MirkerLurker : Oh.

emmersmacks : De toute façon je ne pense pas que tu aies besoin de l'avis d'un mec

emmersmacks : Je veux dire

emmersmacks : Qu'est-ce que toi tu aimerais entendre si tu avais raconté ce genre de chose à quelqu'un ??

CHAPITRE 28

Je ne réussis pas à répondre à ce mail avant la reprise des cours. Que dire ? Qu'écrire en retour qui ne sonnerait pas faux ?

Wallace entre dans la salle d'étude dirigée d'un pas lent et s'assied à mes côtés, comme d'habitude. Il sort une feuille de papier et un stylo et il écrit soigneusement un message, comme d'habitude. Il le fait glisser sur le bureau, comme d'habitude.

Les boucles d'oreilles de Mme Grier ressemblent à de vrais godes.

Mon rire fait tourner quelques têtes, y compris celle de Mme Grier. Ses boucles d'oreilles – qui figurent probablement des aubergines mais qui ressemblent vraiment à des sex-toys – s'agitent et ça me fait rire encore plus fort.

Il me faut plusieurs secondes pour regagner suffisamment mon calme et lui répondre.

J'aime penser qu'elle en a conscience et que c'est sa façon à elle de faire un pied de nez à l'administration.

Wallace ricane puis se tait. Un silence lourd et gêné s'abat entre nous, le genre de silence où tu sais très bien que ton interlocuteur et toi êtes en train de crier dans vos têtes en vous demandant pourquoi l'autre est incapable de lire dans tes pensées.

Je pense : Tu es le gamin dont j'ai lu l'histoire dans le *Westcliff Star* !

Et aussi : Ton père s'est suicidé et je tente toujours de digérer cette information, alors je n'arrive pas à imaginer ce que ça peut être pour toi.

Et finalement : Je suis très contente que tu m'aies raconté tout ça, mais je suis tellement nulle pour m'exprimer que je ne sais pas comment te le dire.

Wallace reste assis en silence, une expression sur le visage qui me fait supposer qu'il crie intérieurement encore plus fort que moi. Il garde le papier plié dans ses mains pendant une minute, jette un coup d'œil à la classe et finit par écrire : *mail ?*

Qu'est-ce que je voudrais que quelqu'un me dise après ça ? Si j'avais perdu un de mes parents de cette manière ? Si j'avais peur d'être comme ça ? Si j'avais été coupée de ceux que j'aime et de mes amis ? Si j'étais heureuse et que je voulais le dire à quelqu'un ?

J'écris : *Est-ce que tu vas bien ?*

Il répond : *Je pense.*

Je suis vraiment à des années-lumière de ma zone de confort, là, mais merde, je peux apprendre à garder la tête hors de l'eau si j'y mets suffisamment du mien. Je sais, ici et maintenant, que Wallace a besoin que je le fasse. Il m'a raconté sa vérité quand moi je n'ai pas pu lui dire la mienne ; je peux au moins faire de mon mieux pour lui. J'écris ce genre de chose tout le temps. Je dessine des conversations importantes, des dialogues qui changent les personnages. Peut-être que je ne peux pas prononcer ces paroles à haute voix, mais je sais comment les coucher sur le papier.

J'écris : *Cela ne nous change pas.*

Il reprend la feuille pour la lire. Puis il pose le front sur ses mains. Le papier m'empêche de voir son expression. Il renifle, légèrement, et ça pourrait n'être rien. Autour de nous, personne ne nous prête attention. Quand il baisse les mains pour écrire de nouveau, il a l'air normal à l'exception d'une légère rougeur sous les yeux.

Son stylo reste en suspens au-dessus de la feuille. Il gribouille – il gribouille pour de vrai, rapidement – les mots *tant mieux.* Puis il me rend la feuille.

J'attends quelques minutes avant de répondre.

L'objet du message était assez spectaculaire.

Je ne peux pas ne pas en parler, et le plus tôt sera le mieux. Les oreilles de Wallace deviennent écarlates.

C'était super guimauve, pas vrai ?

Peut-être un peu.

Je n'ai pas trouvé mieux.

C'est bizarre qu'un garçon m'adresse la deuxième citation la plus célèbre de ma propre œuvre et que ça fasse sens pour lui. C'est encore plus bizarre maintenant que je sais pourquoi son nez est de travers et pourquoi il ne parle pas en public. Mais il ne sait pas qui je suis. Il ne l'a pas utilisée pour me flatter ni pour se moquer de moi.

Il faut que je lui dise que je suis LadyConstellation. Les choses sont déséquilibrées entre nous à présent, même s'il ne s'en rend pas compte. Il faut que je le fasse comme il faut, au bon moment.

Alors j'écris :

Ça fait beaucoup de choses à digérer. Mais d'une bonne manière.

Il acquiesce.

La première moitié du semestre se résume vite pour moi à un casse-tête : comment annoncer à Wallace que je suis la créatrice de *La Mer infernale* ? Je suis incapable d'anticiper ce qu'il fera ou comment il le prendra.

Surtout après ce mail. Je le lis au moins une fois par jour.

Je sais que je devrais le regarder bien en face et tout lui avouer, mais lorsque j'essaie, mon corps réagit violemment. Pendant les études dirigées, pendant le déjeuner, sur les bancs derrière le collège – qui est devenu « dans ma voiture derrière le collège » parce que dans l'Indiana, le froid de janvier n'est qu'un avant-goût du froid de février –, chez moi, chez lui, chez Murphy, partout.

Quand je le regarde, je ne vois pas le virage mortel, comme je le craignais. Je ne vois que Wallace. S'il prétend qu'il est heureux, je le crois. La première fois qu'on passe près du virage en allant chez Murphy, je lui jette un petit coup d'œil et il secoue la tête en souriant un peu.

— Ne me regarde pas, dit-il.

Quand je pose les yeux de l'autre côté de la route, je ne vois que le ravin et mes questions.

Nous parlons de ce mail aussi peu que possible. Quand on passe du temps ensemble, on fait nos devoirs pour essayer d'améliorer les notes de l'autre. Wallace assure en histoire, en anglais (évidemment) et dans environ quatre-vingt-dix pour cent des cours optionnels ; moi, mon truc, c'est les maths, les cours de sciences et les dix pour cent restants des options, ce qui signifie les arts plastiques.

Wallace a choisi ce cours uniquement parce qu'il déteste les sujets qui sont donnés en cours d'écriture, et moi je ne m'y suis pas inscrite parce que le prof est une insupportable fouine qui trouverait certainement mes dessins de *La Mer infernale* dans mon carnet.

Puisque nous nous sommes peu vus entre Noël et le jour de l'an, j'ai eu le temps de rattraper mon retard : j'ai des planches d'avance, et l'élan pour continuer. Le nombre de lecteurs augmente. Je poste quelques dessins de plus en tant que MirkerLurker et Wallace affirme que les gens les adorent. Je refuse de regarder les commentaires. Je termine le prochain roman graphique pour la boutique et je manque m'étouffer en voyant le nombre de gens qui l'achètent dans les trois heures après sa mise en ligne. Je suppose que je ne devrais pas être surprise vu le nombre de visites de mes pages sur Internet, et la popularité foudroyante des chapitres de la novélisation de Wallace – qui est presque aussi lue que la bande dessinée –, mais ça me surprend quand même. Exactement comme mon réveil tous les matins.

J'aperçois Max dans les forums de temps en temps, en train de bannir quelqu'un ou de fermer de vieilles discussions sous son compte Forges_of_Risht, et Emmy participe aux discussions collectives sur les épisodes de *Dog Days*, mais nos messages privés se font de plus en plus rares. On ne se parle que lorsque Emmy a du temps entre deux cours et que Max se connecte. J'ai parfois l'impression de voir Cole, Megan, Leece et Chandra plus que je ne parle à Max et Emmy. J'aime les amis de Wallace, mais ce sont les siens. Je voudrais retrouver les miens.

Quand arrive février – avec sa délicieuse température en dessous de zéro qui congèle le cerveau juste si on respire par la bouche –, j'ai l'impression de connaître Wallace depuis cinq ans et non cinq mois. Nous ne parlons plus jamais de ce mail. J'espère que c'est mieux comme ça, mais parfois, essayer de comprendre ce qu'il a en tête revient à essayer de comprendre ce à quoi pense un mur de brique. Son expression habituelle est impassible ; quand elle change, elle change vite, et ça ne dure jamais longtemps.

Il a dit que nous n'avions pas besoin de parler du mail, de ce qu'il avait dit et de son père. Nous en discutons quand même, mais jamais à haute voix. Et maintenant j'ai l'impression qu'on devrait. Nous sommes tous deux des pros d'Internet, nous façonnons notre texte de sorte qu'il signifie pile poil ce que nous voulons qu'il signifie. Je peux mentir sur la Toile, parce que les gens n'entendent pas ma voix. Mais avec lui, toute seule, je n'y arrive pas – je ne suis pas assez bonne actrice. J'espère qu'il le sait.

— Ce mail…, dis-je un après-midi, tandis que nous sommes étendus sur le matelas dans sa chambre au sous-sol.

Je suis blottie dans le creux de son bras. Sa joue est pressée contre mes cheveux. Nous sommes tous les deux en jogging. Nos manuels sont éparpillés autour de nos jambes et Wallace tient mon dernier essai d'anglais dans une main et un stylo rouge dans l'autre. Je suis certaine à présent que le vieux maillot de football américain punaisé sur son mur, celui sur lequel sont floqués Warland et le numéro 73, appartenait à son père.

Je ne dis rien d'autre, et au bout d'un moment, il bouge la tête. Mon devoir et le stylo rouge tombent sur ma jambe.

— Ce mail, répète-t-il.

— On n'en a jamais vraiment parlé.

— Je ne savais pas si tu en avais envie.

Sa voix devient plus faible. Il est tout à fait capable de parler de mes erreurs syntaxiques, mais pas de ça.

— Je voulais dire… je suis désolée pour ton père. Pour tout ce qui s'est passé. Mais je suis contente que tu sois heureux. Et je suis ravie – vraiment – que tu aies pensé que tu pouvais me dire tout ça. Je le suis moi aussi. Heureuse je veux dire.

Il me serre plus étroitement contre lui.

— Je pensais que c'était peut-être un peu… too much.

— Non. Ce que j'ai dit – ou plutôt ce que j'ai écrit – en cours était vrai. Je veux dire, je suis… (Je tapote sa cage thoracique sans réfléchir.) Je suis toujours là.

Mon devoir d'anglais disparaît en premier, puis le bras musclé que j'utilisais comme oreiller. Wallace me fait basculer sur le dos et enfouit la tête dans le creux de mon cou. Je ne peux pas m'empêcher de glousser. Je pose les mains sur ses épaules. Il fait ça parfois : un baiser lent et prudent sur ma clavicule ; puis un autre dans mon cou. Celui dans le cou me fait un effet fou. Je me transforme immédiatement en boule de nerfs. Je ne peux pas le lui dire sinon il ne s'arrêterait pas. Il se redresse afin de me regarder droit dans les yeux. Nos nez se touchent presque. Il a les paupières baissées. Je ferme la bouche.

Il fait courir les doigts sur mes flancs et je ne peux plus respirer, je ne peux plus respirer du tout.

— Tant mieux, dit-il.

Je passe mes bras autour de son cou et je l'attire à moi afin que le poids de son torse pèse sur le mien et que son front soit pressé contre l'oreiller. Son souffle se fait plus court. Avant de pouvoir m'en empêcher, je lui caresse les cheveux. Les poils courts et drus sur sa nuque et derrière son crâne. Les mèches plus longues et plus soyeuses dessus. Il tourne le visage vers moi, et je caresse les cheveux qui lui tombent sur le front.

De l'eau s'écoule dans les canalisations au-dessus de nous. Le réveil continue son tic-tac dans l'obscurité. L'un des yeux de Wallace prend une couleur ambrée dans la lumière jaune de sa lampe. Le désir s'éveille en moi, acéré et rapide, et je comprends en cet instant que je ne peux plus le retenir. Je ne veux pas être la fille perpétuellement congelée, mais je ne peux pas attendre que quelqu'un me dégèle.

Je penche la tête en avant. Wallace me rejoint à mi-chemin. La chaleur me monte au visage et je suis sûre qu'il la sent dans mes lèvres. Il doit comprendre aussi que je n'ai jamais embrassé personne avant. Je recule un peu, le menton baissé. La tête de Wallace suit.

— Je croyais que j'étais censé te surprendre, dit-il.

— Tu as mis trop longtemps.

Je tourne le visage vers l'oreiller afin que mes cheveux forment un rideau. Il les écarte et m'embrasse le sourcil. Puis la joue, puis le nez, puis l'oreille. Des secousses tièdes courent le long de mon dos.

C'est totalement absurde que quelqu'un puisse faire ça. Pas même avec des mots, juste avec des caresses. Juste avec des regards. Il me regarde et je me sens simultanément moi-même et quelqu'un d'autre, comme si j'étais à la fois là et pas là, comme si j'étais tout et rien.

— À quoi tu penses ? je demande.

Il est allongé sur le côté, toujours partiellement sur moi.

— Tu vois la scène de *La Mer infernale* où Dallas demande à Amity de l'embrasser juste une fois avant qu'elle parte, parce qu'il a peur de ne pas vivre assez longtemps pour la revoir ?

— Oui.

— Et ce qu'il dit après qu'elle l'a fait ?

Bien sûr que je le sais. C'est moi qui l'ai écrit.

— « C'était comme je l'imaginais », je réponds.

Il acquiesce. Je sais que la plupart des gens penseraient que c'est débile ou idiot d'expliquer les choses comme ça, avec des références et des citations, mais nous parlons tous les deux couramment le langage de *La Mer infernale.* C'est comme ça que je le comprends le mieux.

— Je suis très mauvaise pour tout ça, je reprends.

— Non, pas du tout.

— Je n'ai jamais embrassé personne avant, j'avoue, le visage toujours écarlate.

— Bien sûr que si, réplique-t-il avec un petit sourire.

Je lui donne un petit coup mais il ne bouge pas.

— Tais-toi. Tu écris de la fanfiction cochonne toute la journée.

— Non mais, je ne te permets pas, je n'écris pas de cochonneries. Si je décide d'inclure une scène érotique, elle est à la fois élégante et classe. (Il se penche vers moi et je ne peux pas partir ni regarder ailleurs.) Et puis, on n'a pas de besoin d'avoir de l'expérience pour écrire des cochonneries. Ni pour s'embrasser.

— Ne fais pas semblant de n'avoir aucune expérience dans l'art du baiser.

— D'accord.

Je lui donne de nouveau un petit coup. Il attrape mes poignets et les maintient contre sa poitrine.

Il est déjà tellement près que je n'ai qu'à lever le menton. Il fait de nouveau la moitié du chemin. Ce baiser est plus profond et plus long que le précédent. Mon visage me brûle mais je ne me dérobe pas. Je me suis assez cachée pendant toute ma vie. Je me cache de mes camarades de classe toute la journée. Je me cache de mes parents, de mes frères et même de mes amis.

Je cache peut-être LadyConstellation sous le déguisement d'Eliza Mirk à Wallace mais ce n'est pas LadyConstellation qu'il est en train d'embrasser.

C'est Eliza. C'est moi.

Je ne veux plus cacher cette partie de moi.

La première fois qu'Amity l'a rencontrée, Kite se tenait au beau milieu du ring d'entraînement, les bras croisés. Sa peau était d'un brun plus sombre que celle d'Amity.

— D'où viens-tu ? demanda Amity dès que Kite en eut terminé avec sa succincte présentation.

La femme plus âgée leva le nez d'un air vaguement royal.

— Des îles de Lumière, répondit-elle, et c'est tout ce que tu as besoin de savoir pour le moment. Sato m'a dit que tu n'avais jamais appris à te battre.

— C'est vrai. Mais je suis rapide, et j'apprends vite.

Plus Kite la dévisageait, plus Amity avait l'impression que l'autre femme ne l'aimait pas. Ce n'était pas vraiment une surprise. La plupart des gens avaient une mauvaise première impression d'elle, désarçonnés qu'ils étaient par ses yeux orange, ses cheveux blancs et ce Gardien qui vivait en elle. Elle en avait l'habitude, mais cela ne rendait pas plus facile l'idée de passer des mois à s'entraîner avec Kite.

— Es-tu prête ? demanda cette dernière.

Amity n'aurait su dire si elle faisait allusion à l'entraînement ou à la chasse de Faust.

De toute façon, elle n'avait qu'une réponse.

— Oui.

CHAPITRE 29

Aux vacances de printemps, début mars, mes parents décident que j'ai passé assez de temps dans ma chambre et ils déclinent ma requête d'être exemptée du séjour en famille sous la tente. Sully et Church trouvent ça hilarant. La paresseuse ermite Eliza en randonnée dans la nature sauvage avec un sac à dos, la peau recouverte d'anti-moustique qui pue.

Ce n'est pas que je n'aime pas l'extérieur. C'est juste que je ne vois pas l'intérêt de sortir à tout prix quand il y a tellement de choses à faire chez soi.

Mes parents m'interdisent aussi de prendre mon carnet de croquis – une décision qui aurait très bien pu me plonger dans une crise de fureur si j'avais moins de self-control. C'est la première fois qu'ils me privent de mon cahier à dessin, et je ne pense pas que papa ait ressenti la secousse de pure surprise et de rage qui s'est emparée de moi quand il m'a ordonné de le rapporter dans ma chambre.

Mes parents n'ont rien dit à propos de mon téléphone, au moins. Soit ils pensent que je n'aurai pas de réseau, soit ils ne se sont pas rendu compte que je l'ai toujours avec moi. Je le garde planqué dans ma poche. J'ai l'impression qu'il me brûle à travers le tissu pendant tout le trajet vers le chenil Happy Friends Dog Day Care où nous passons déposer Davy, puis tandis que nous roulons sur une longue route en terre battue entre deux épaisses rangées d'arbres. Le matériel de camping s'agite à l'arrière du 4 × 4. Je suis prise en sandwich entre Sully et Church, qui chantent en même temps que la radio. Papa et maman les ignorent poliment. Sully hurle les paroles sans se tromper, mais légèrement faux. Church, lui, est plutôt bon.

— Tu devrais t'inscrire à la chorale, dis-je une fois la chanson terminée.

Son visage et son cou prennent instantanément une teinte écarlate.

— Non, rétorque-t-il sèchement. La chorale c'est con.

Je ferme la bouche. C'est bien la peine d'essayer.

— Oh, petit Church dans une chorale, renchérit Sully en riant. Si tu t'y inscrivais, tu pourrais passer toutes tes journées avec Macy Garrison.

— Tu n'étais pas censé demander à Macy Garrison de sortir avec toi avant Noël ? demande papa en jetant un coup d'œil pétillant dans le rétroviseur intérieur. Qu'est-il advenu de ce projet ?

— Je n'ai jamais dit ça, grommelle Church avant de me jeter un regard noir. Merci bien. Pourquoi est-ce que tu n'es pas restée à la maison avec ton petit copain ?

— Papa et maman ont refusé, fait Sully en riant. Ils pensent qu'elle en aurait profité pour lui proposer de faire des cochonneries.

Je suis en éruption.

— Oh, Eliza, ce n'est pas pour ça que nous l'avons fait, explique maman en quittant un instant la route des yeux. Si Wallace et toi décidez de coucher ensemble, c'est votre problème – c'est pour ça que je t'ai amenée chez la gynéco.

— Maman, ça suffit.

Ma voix se brise un peu.

— À votre âge, c'est très sain de coucher ensemble.

— Je suis surpris que vous ne l'ayez toujours pas fait, renchérit papa. Votre mère et moi avons couché ensemble pour la première fois quand nous étions en seconde…

— Stop !

Sully, Church et moi hurlons en même temps tout en plaquant nos mains sur nos oreilles. Nos parents échangent un regard dérouté et se taisent tout net.

Le silence dure trois minutes environ, puis maman reprend la parole.

— On dit juste ça comme ça. C'est comme ça que vous avez été conçus tous les trois.

— Bon sang, marmonne Sully.

Nous nous garons sur le parking à l'entrée du camping. Il faut encore marcher trois kilomètres à flanc de colline pour parvenir à l'endroit où nous pouvons planter les tentes. Je savais avant de venir que ce ne serait pas du gâteau. Mes parents et mes frères embarquent le matériel et se mettent en route d'un pas léger. Je porte mes propres affaires – deux jours de vêtements, de nourriture, de spray anti-insectes et d'écran total –, mes vieilles fringues trop grandes et les chaussures de randonnée que maman m'a achetées parce qu'elle ne veut pas que je me torde les chevilles.

À peine avons-nous parcouru une centaine de mètres que je commence à transpirer. Le soleil transperce les frondaisons. C'est la fin mars, il fait froid et pourtant c'est terrible. Je prends immédiatement du retard. Je souffle, je halète, j'essuie la sueur qui me recouvre les yeux. J'ai déjà mal au dos. Les parents ouvrent la marche, suivis par mes frères dont les voix sonores font fuir les oiseaux. Ils ne se retournent même pas pour voir où je suis. Ce n'est pas comme si ça avait de l'importance ; nous suivons un sentier tout tracé entre les arbres qui mènent à une clairière. J'avais l'habitude de venir ici quand j'étais plus jeune, mais ces dernières années j'ai réussi à éviter cette corvée en faisant semblant d'être malade. J'ai essayé de nouveau ce matin, mais papa a prétendu que je me sentirais mieux au grand air. Je sais exactement où ils vont et comment m'y rendre, donc je m'assieds sur une souche et sors mon téléphone.

Le signal a beau ne pas être top, je capte quand même. Je consulte ma messagerie. Rien de la part de Wallace, mais je lui ai dit que j'allais camper en forêt pendant deux jours, donc je suppose qu'il ne m'écrira pas tant qu'il ne saura pas que je capte. J'ai reçu des messages de Max et Emmy. J'ouvre la fenêtre de chat.

Apocalypse_Cow : tu devrais dire à ce prof d'aller se faire foutre.

Apocalypse_Cow : mais avec des mots plus choisis. évidemment. une gamine de 12 ans n'a pas le droit de dire des trucs pareils.

emmersmacks : J'en ai 14

emmersmacks : Je peux dire ça si j'ai envie

emmersmacks : Je ne le ferai pas parce que j'ai besoin d'avoir une bonne note à cet examen

Apocalypse_Cow : tu vas te retaper ce prof au prochain semestre ?

emmersmacks : Non c'est mon dernier cours avec lui

emmersmacks : Mais c'est le seul à assurer ce cours donc si j'échoue, je me le farcis de nouveau

Apocalypse_Cow : c'est des conneries. tu devrais aller voir le directeur du département et expliquer qu'il fait de la discrimination à cause de ton âge.

16 h 31 (MirkerLurker a rejoint la conversation)

MirkerLurker : Qu'est-ce qui se passe ?

Apocalypse_Cow : le gros nullard qu'em a pour prof d'algèbre se fout de sa gueule en plein cours à cause de son âge.

emmersmacks : Il ne se moque pas de moi

emmersmacks : Il dit juste que je suis un bébé chaque fois que je lui démontre qu'il s'est trompé dans une équation

emmersmacks : Comme si c'était moi qui m'étais trompée dans le calcul et que ça me contrariait

C'est un truc que j'adore chez Max et Emmy. Il s'est écoulé des semaines sans qu'on ait de conversations sérieuses et ils me laissent de nouveau participer à leurs échanges comme si rien n'avait changé.

MirkerLurker : On dirait bien qu'il se moque de toi.

MirkerLurker : On dirait bien surtout que c'est un gros connard. Les profs qui appellent leurs étudiants des bébés sont des connards, quel que soit l'âge qu'ont leurs élèves. Tu devrais le dénoncer au directeur du département.

emmersmacks : Ouais

emmersmacks : Peut-être

emmersmacks : Comme je viens de le dire, il suffit que je survive au reste du semestre, que je décroche l'examen et ensuite je ne le verrai plus jamais

Apocalypse_Cow : on est sérieux, em. ce n'est pas bien du tout. il ne devrait pas agir comme ça.

emmersmacks : On peut changer de sujet maintenant ??

— Tu as un point de côté, Crâne d'œuf ?

Je sursaute et lève les yeux. Papa trottine le long du sentier dans ma direction, un sourire aux lèvres qui s'efface brusquement quand il aperçoit le téléphone dans mes mains. J'essaie de le dissimuler mais c'est trop tard.

— Je t'ai prévenu que je ne me sentais pas bien, je rétorque en me levant et en époussetant mon pantalon.

— Je croyais qu'on avait dit pas de téléphone ?

— Vous avez dû dire ça à Church et Sully. Moi, j'ai rien entendu.

— Crâne d'œuf.

Je me remets à grimper devant lui.

— Je discutais avec mes amis.

— Mais on passe du temps en famille. Je suis certain que tes amis comprendront quand nous rentrerons dans quelques jours.

Il me rattrape comme s'il avait marché derrière moi depuis le début et tend la main.

Je ne lui donne pas mon téléphone.

— C'était important.

— J'en suis certain, fait-il sur un ton léger et apaisant. (J'ai la chair de poule. Il pose la main sur mon bras.) Eliza…

Je pivote pour lui faire face. Il n'utilise jamais mon prénom.

— C'est juste un téléphone ! De toute façon je suis sûre que je n'aurai pas de réseau là-haut ! Pourquoi est-ce que vous êtes toujours en train de tout vouloir me prendre ?

— Je pense que tu peux survivre sans ton téléphone pendant deux jours, répond-il avec sa voix officielle de père. Et ta mère sera d'accord avec moi. Donne-moi ton portable.

Je le sors brusquement de ma poche, le balance dans sa main puis reprends mon chemin en suivant l'écho des voix de mes frères. Mon père reste derrière moi, probablement pour s'assurer que je ne m'assieds pas de nouveau.

Je n'ai pas l'intention de m'arrêter. Je suis tellement énervée que je pourrais marcher pendant des jours.

Maman, Church et Sully ont déjà gagné le campement. Sully se bat avec notre tente. Maman a déjà monté l'autre.

— Ah, je croyais que tu étais morte, fait Sully. (Il jette un regard en direction de Church.) Nous allons devoir partager notre tente.

Je balance mon sac à dos sur le sol.

— Ta gueule, Sully.

Papa parle à maman à voix basse et lui tend mon téléphone. Elle fronce les sourcils et le met dans sa poche.

Je me frotte le visage avec les mains. Mes cheveux me collent aux joues et ma peau se met à picoter. L'urticaire me menace. J'ai pris mes antihistaminiques avant de partir, j'ai un EpiPen dans mon sac et maman en a un autre sur elle, mais si je fais une réaction allergique et que je dois être transportée en urgence à l'hôpital, ce sera un soulagement.

Je n'aurai pas de réaction allergique. Je n'en ai pas eu depuis l'âge de dix ans.

Malheureusement.

Lorsque nous avons fini de monter les tentes et que papa s'occupe de faire du feu, le soleil se couche derrière les arbres. Je balance mes affaires dans la plus petite tente et me glisse à l'intérieur.

— Merci de nous avoir aidés à tout installer, Œuf pourri, fait Sully depuis le feu tout en m'adressant un doigt d'honneur.

— Sullivan ! le gronde maman en lui donnant une tape sur la main.

Il me tire la langue. Je l'ignore. Je rabats l'entrée de la tente et j'étale mon sac de couchage en plein milieu.

Le polyester ne fait pas barrage aux bruits de la forêt et il est hors de question que je dorme près d'une des parois fragiles si quelque chose doit nous attaquer. Rien ne nous attaquera probablement, néanmoins je refuse de prendre le moindre risque.

Je me glisse dans mon sac de couchage et maman passe la tête par la porte.

— Tu ne viens pas manger des chamallows grillés ?

— Non.

— Tu te sens bien ?

— Ouais.

Un silence.

— C'est à cause de ton téléphone ?

— Je suis fatiguée.

— On veut que tu passes plus de temps ici, dans le vrai monde. Ton père n'avait pas l'intention de te mettre en colère, mais nous...

Sa voix s'éteint quand je me détourne et que je rabats le sac de couchage sur ma tête. Elle soupire.

— Nous savons que tu n'as pas envie d'être là. Et peut-être... peut-être que nous ne comprenons pas bien. Tout. Les amis sur Internet, la bande dessinée en ligne, et même le dessin. On a essayé de comprendre. On le veut vraiment, on veut savoir pourquoi ça a autant d'importance pour toi. Ça nous effraie de voir que tu es aussi investie là-dedans alors que nous, on ne sait rien de tout ça. Et comme on n'arrive pas à te le faire expliquer, on est perdus et on fait ce qu'on peut.

Un silence. Elle attend que je dise quelque chose. Je ne le fais pas. Elle soupire de nouveau et se redresse.

J'entends le bruit de ses bottes s'éloigner vers le feu de camp.

Ils discutent et rient pendant une heure ou deux. Mon estomac gronde. Ils dînent aussi, ils ne se contentent pas de chamallows grillés. Maman finit par envoyer tout le monde se coucher. Je fais semblant de dormir quand Church et Sully pénètrent dans la tente et s'installent de chaque côté de moi.

— Comment se fait-il qu'elle dorme déjà ? murmure Sully. À la maison elle ne se couche pas avant 2 heures du matin.

— Elle était probablement crevée, chuchote Church en retour.

— Crevée de quoi ? D'avoir marché trois kilomètres ?

Church ne répond pas. Ils se glissent dans leurs sacs de couchage et discutent à voix basse pendant une demi-heure de la saison de football en extérieur sur le point de commencer. Je ne m'étais pas rendu compte que la saison indoor était terminée – les parents se contentent de me dire quand je dois les amener ou aller les chercher à l'entraînement. Je ne sais pas comment ils s'en sont tirés. Est-ce qu'il y a eu des tournois ? des trophées ?

Après un long moment de silence, Sully dit :

— Tu as vraiment passé l'audition pour intégrer la troupe de la comédie musicale ?

Church ne répond pas tout de suite.

— Oui. Pourquoi ?

— Je me demandais. Pourquoi tu ne m'as rien dit ?

— Parce que tu m'aurais pris la tête avec Macy Garrison.

— Ça n'a... ça n'a rien avoir avec elle ?

— Non.

— Oh. Et tu vas auditionner pour la chorale ?

— Peut-être.

— Pourquoi ?

J'entends une très légère moquerie dans la voix de Sully.

— Parce que j'aime ça, rétorque sèchement Church. On n'est pas obligés de faire toujours tout ensemble. Tu n'as qu'à postuler pour rentrer dans le club de maths. Tu adores les maths.

— Le club de maths c'est pour les nerds.

— Sully, j'ai quelque chose à te dire.

— Abstiens-toi.

— Tu *es* un nerd.

— Je ne suis pas un nerd. Contrairement à Eliza.

— Eliza n'est qu'une geek. J'ai vu ses notes : elle est nulle à l'école par rapport à nous.

— Seul un nerd saurait faire la différence.

— Je m'en fiche.

Sully ne répond pas, mais je devine qu'il fulmine dans l'obscurité. Je ne savais pas que Church pouvait l'énerver autant. Je ne savais pas que Sully aimait les maths. Je ne savais pas qu'ils étaient bons élèves. Je ne savais pas que Church savait déjà qu'il chantait bien… ni qu'il aimait les comédies musicales.

Je vis avec eux depuis qu'ils sont nés, mais jusqu'à présent, ils étaient comme deux étrangers pour moi.

J'ouvre brièvement les yeux. Je suis allongée face à Church ; son regard plonge dans le mien. Je ferme les yeux de nouveau. Je fais semblant de n'avoir rien vu. Je fais semblant de dormir.

Sully évoque de nouveau le football, mais Church ne répond pas. Sully finit par s'arrêter et par rouler sur le côté avec un grognement. La tente devient silencieuse. J'aimerais avoir des œufs durs sous la main. Mes doigts se languissent de mon téléphone, de mon ordinateur, de mon crayon, de ce qui est à moi. Il n'y a rien ici. Rien sauf la poussière, l'odeur du feu de camp et des chamallows grillés. Rien que mes frères qui soudain ne m'apparaissent plus comme des jumeaux.

Cette nuit-là, je dors très mal.

De toute évidence, mon téléphone aurait été complètement déchargé avant la fin du séjour. Mais ça ne rend pas la randonnée plus facile. Le premier jour, nous grimpons des collines assez impressionnantes – dans l'Indiana, il n'y a pas de montagne à proprement parler. Je manque m'étouffer dans mes propres poumons. Sully et Church se foutent de moi. Le matin du deuxième jour, nous visitons quelques grottes et papa et maman ne m'obligent pas à y entrer – il est hors de question que je pénètre dans un endroit si étroit, si sombre et si confiné. Ça m'est égal s'ils n'ont effectivement pas prévu de faire de spéléo, j'ai vu assez de films d'horreur pour savoir quel genre de légendes urbaines rampe dans les grottes.

Je les attends dehors en dessinant Amity et Damien dans la poussière avec un bâton. Aucun des deux n'a de parents pour leur dicter leur conduite. Un jour, quelqu'un m'a demandé pourquoi tant de mes personnages étaient orphelins. Amity a été enlevée à sa famille. Faren est un orphelin de l'île Nocturne. Les parents de Damien et de Rory sont morts quand ils étaient adolescents. Ce n'étaient pas tous des gens horribles, loin de là – ce n'est pas comme si j'agressais de manière inconsciente mes propres parents. Ils sont juste absents.

Je ne sais pas pourquoi. Peut-être que c'est bel et bien inconscient.

Bien sûr que oui, d'ailleurs. L'art est toujours inconscient.

J'enfonce si profondément le bout du bâton dans la poussière qu'il se casse. Je le balance dans la clairière et en ramasse un autre.

Je me demande ce que raconte la fanbase. Et ce que font Max et Emmy. Emmy est certainement en train de se prendre la tête avec son prof d'algèbre et Max doit essayer de récupérer sa petite amie. Ou peut-être que pas du tout – peut-être qu'Emmy mange des bonbons en regardant des rediffs de *Dog Days* et que Max a tourné la page de sa petite amie et qu'il est passé à quelque chose de plus excitant, comme ranger sa collection de figurines Power Rangers. Je découvrirai tout ça demain, quand mes parents me rendront mon putain de téléphone.

Amity et Damien regardent dans la même direction, face à un ennemi inconnu : je dessine une Réveilleuse de Crépuscule, rugissante, mâchoire ouverte et crocs en avant. La perspective est ratée. J'efface tout avec la semelle de ma chaussure et je me lève pour pouvoir dessiner le monstre marin à la bonne échelle.

Wallace me manque. Max et Emmy et la fanbase aussi, mais Wallace me manquerait même si j'avais mon téléphone et que je pouvais lui parler. Être assise à côté de lui chez Murphy, coincée contre le mur par son corps puissant me manque. La façon dont il trempe les deux côtés de ses sushis dans la sauce soja au restaurant japonais me manque. La manière dont il repousse ses cheveux sur son front du bout de son stylo quand il écrit me manque. Il n'a pas coupé ses cheveux depuis le mois d'octobre.

Je l'ai vu il y a quatre jours. C'est ridicule. Quand je me couche, je pense à lui ; quand je me réveille, je pense à lui. J'ai envie de le dessiner mais je n'ai pas encore osé. Jadis, je ne ressentais ça que pour *La Mer infernale*. Mais il ne m'a pas volé ça – j'adore toujours ma BD. Elle m'obsède toujours. Et c'est logique, pas vrai ? Parce que c'est ma création. Qui n'est pas obsédé par les choses qu'il crée, qu'il aime ? Les idées sont des reproductions asexuées de l'esprit. On n'a pas besoin de les partager avec les autres.

Mais Wallace… je partage Wallace avec beaucoup de monde. Wallace ne m'appartient pas plus que je ne lui appartiens, mais je le veux. Je veux le prendre dans mes bras, je veux être à côté de lui, je veux me glisser dans son esprit et y vivre jusqu'à ce que je comprenne comment il raisonne. Je veux qu'il soit heureux.

Je me demande ce qu'il penserait du dessin que je viens de tracer dans la poussière. Il dirait probablement qu'il est bon mais que j'ai oublié les cornes de la Réveilleuse de Crépuscule.

Je lui ajoute des cornes.

Ma famille sort de la grotte. Church et Sully courent vers les arbres en hurlant quelque chose à propos du lac. Papa se précipite à leur suite en leur criant de ne pas courir dans les bois. Maman sort en dernier et son regard se pose sur mon dessin avant que j'aie le temps de l'effacer du pied. Il faut que je fasse un grand geste. Ce monstre marin est beaucoup trop grand.

— Tu nous en veux toujours de t'avoir pris ton téléphone ? demande-t-elle doucement comme si elle craignait que je lui arrache le visage.

Je hausse les épaules. Je n'ai pas le droit de lui désobéir et je n'ai pas envie de lui mentir pour qu'elle se sente mieux.

— On ne fait pas ça pour te punir, tu sais.

J'ai déjà pivoté en direction des arbres pour suivre papa.

— Eliza, j'essaie de te parler.

Je m'arrête pour la dévisager. Elle pose les mains sur ses hanches.

— Ne me regarde pas comme ça, fait-elle.

— Comme quoi ?

— Comme si je te faisais perdre ton temps. Je t'ai mise au monde, la moindre des choses que tu puisses faire c'est m'écouter deux minutes.

— Vas-y, je t'écoute.

Elle enfouit son visage dans ses mains. Puis elle lisse ses cheveux. De la poussière macule sa tempe gauche.

— Parfois…

Elle soupire. Quand elle fait ça, ça veut dire qu'elle veut entamer ce qu'elle pense être une longue conversation à cœur ouvert à la fin de laquelle, si je ne suis pas d'accord avec elle, je serai une enfant ingrate.

— Parfois, reprend-elle, on ne sait pas quoi faire de toi. Tes frères sont faciles. Ils veulent faire du sport, jouer aux jeux vidéo et manger tout le temps. Ils nous racontent ce qui se passe au collège et ils nous parlent de leurs amis. Ils ressemblent à ton père et à moi quand nous étions plus jeunes. Au lycée, on n'avait pas Internet. On n'avait pas de smartphone. Et même si on avait eu tout ça, je ne pense pas qu'on les aurait utilisés comme toi. Oh – pardon, ce n'est pas sympa de ma part. Tu passes tellement de temps sur Internet qu'on ne sait jamais si tu vas bien ou pas. On ne sait pas ce qui te passe par la tête. Tu es très taciturne et tu passes beaucoup de temps toute seule – quand Wallace a commencé à venir à la maison, on a été soulagés. Ce que j'essaie de te dire c'est qu'on a l'impression qu'on ne te connaît plus. On ne sait pas ce que tu veux.

Elle s'arrête, me dévisage et attend.

Comme rien d'autre ne me vient, je réponds :

— *La Mer infernale.*

Elle acquiesce.

— Et on est très fiers de toi. Mais… est-ce que c'est tout ?

Je hausse les épaules.

— La vie, c'est plus que des histoires, Eliza.

Elle dit ça comme si c'était simple. Elle dit ça comme si j'avais le choix.

Je ressens de nouveau une frustration intense, et elle est accompagnée de sa meilleure amie, la colère. Je serre les poings, mon estomac fait des nœuds et je serre les dents si fort que mes molaires grincent. Maman fait un pas en arrière, puis un pas en avant. J'ai peur qu'elle veuille me prendre dans ses bras. Je ne veux pas qu'elle me touche.

— Je vais au lac, j'annonce en pivotant.

Cette fois, elle ne me retient pas.

Sully, Church et papa sont déjà au bord du lac avec le matériel de pêche. Il fait trop froid pour pêcher mais ils le font quand même. Maman les rejoint.

Je m'assieds sur un rocher proéminent qui domine le lac et je m'efforce d'être en colère, sans y parvenir bien longtemps... J'ai besoin de volcans en éruption, d'ouragans, de tremblements de terre massifs. Si je pouvais dessiner en ce moment, les monstres d'Orcus se déverseraient hors de la page à la recherche de chair. J'ai besoin d'une justification. Je n'ai pas besoin des oiseaux qui gazouillent sur une vaste étendue d'eau, ni de la brise légère qui agite mes cheveux.

La nature défie ma colère. La nature brave toutes mes émotions. Je ne peux pas me plaindre auprès d'elle ni l'interpeller ou lui en vouloir.

La nature n'en a rien à fiche de moi.

***Message privé via le forum de* La Mer infernale**

18 h 43   21 mars 2017

MirkerLurker : J'ai fini par trouver la sortie de l'enfer.

rainmaker : Ha ha, allez, le camping c'est pas si atroce. De la poussière ! De l'air frais ! Des feux de camp !

MirkerLurker : Je suis persuadée que quelque chose cloche chez toi. Personne ne peut aimer autant les feux de camp.

rainmaker : Les feux de camp, c'est du bonheur qui crépite. C'était comment ?

MirkerLurker : Mes parents ont découvert que j'avais pris mon téléphone et me l'ont confisqué. Ils ont refusé que j'emporte mon carnet. Franchement où est le problème que je dessine ?

MirkerLurker : Pardon. Je sais que je ne devrais pas me plaindre. Ça n'a duré que quelques jours. Mais ils font ça tout le temps et je ne comprends pas pourquoi ils ne me foutent pas la paix.

rainmaker : Je pense qu'ils veulent passer du temps avec toi. Tu as tendance à devenir très lointaine quand tu travailles.

MirkerLurker : Et ? Tu es pareil.

rainmaker : Quand je dis « lointaine » je veux dire par là qu'il faut te faire tomber de ton siège pour attirer ton attention. Ce n'est pas vraiment normal. Je comprends pourquoi ils agissent comme ça – tu m'as bien dit que tu avais failli rater Noël parce que tu bossais sur quelque chose ?

MirkerLurker : Oui c'est vrai, mais j'avais un truc à finir. C'était très important.

rainmaker : Ils n'ont peut-être pas tort. Ce n'est pas bien de s'investir autant et aussi souvent. Tu devrais peut-être aller consulter.

MirkerLurker : C'est mignon, venant de ta part.

rainmaker : Sympa, Eliza. J'essaie juste de t'aider.

MirkerLurker : Je t'ai rien demandé.

rainmaker : Tu n'as pas besoin de demander.

18 h 55   21 mars 2017

rainmaker : Tu as l'intention de m'ignorer ?

19 h 03   21 mars 2017

rainmaker : Comme tu voudras.

CHAPITRE 30

Lundi matin, debout devant mon casier, j'imagine que le sol tremble tandis que Wallace remonte le couloir dans ma direction au milieu d'une mer d'élèves qui s'écarte pour le laisser passer. Il n'a pas l'air en colère. Il n'a jamais l'air en colère au lycée. Juste impassible. Son eau de Cologne me chatouille les narines quand il s'arrête à cinquante centimètres de moi et me balance une feuille de papier sous le nez. Elle comporte une seule ligne de son écriture nette.

Tu as fini ?

— Oui, j'ai fini, je réponds.

Il acquiesce, range le papier dans sa poche et s'adosse au casier à côté du mien. Son regard se pose sur quelque chose de l'autre côté du couloir. Je sais qu'il a raison et que je suis souvent trop investie dans mon travail. Je sais aussi que je n'avais pas tort même si je n'ai pas été très aimable avec lui quand j'ai sous-entendu qu'il devrait voir quelqu'un. Je pense que je devrais m'excuser mais d'un autre côté, si je dis que je suis désolée, ça signifie que je pense que tout va bien et qu'il a raison de ne parler à personne.

À la fin de l'heure d'étude dirigée on dirait qu'il m'a pardonné, au moins un peu, parce qu'il m'envoie par texto un lien vers la fanfic du cinquième volume des *Enfants d'Hypnos,* la meilleure qu'il ait jamais lue. Pendant le déjeuner, il me tend un nouveau chapitre de sa *Mer infernale.* Il dit qu'il a presque fini le premier volume de la série et qu'il aurait déjà terminé s'il n'avait pas eu autant de boulot.

Je dévore ce chapitre. J'ai l'impression de n'avoir jamais assez de ce qu'il écrit, et je ne sais pas si c'est parce qu'il se sert de mon matériau ou si c'est parce qu'il est très bon. Je préfère pencher pour la seconde option. Il ne m'a jamais proposé de me faire lire ses œuvres originales et je ne le lui ai jamais demandé. Je ne sais pas ce que je lui dirais si ça ne me plaisait pas.

Il n'a jamais demandé non plus à voir mes œuvres originales. Parfois, je pense que c'est pour la même raison que moi, mais il m'arrive de me demander si en fait ça l'intéresse. Peut-être que comme la plupart des fans de *La Mer infernale,* il se fiche de ce que je pourrais produire d'autre.

Je suis à fond dans ma BD. Je dessine cinq planches par semaine minimum, un chapitre entier si je suis en forme. Quand il est en ligne, Max est accaparé par le nombre incalculable de trolls qu'il doit gérer en tant que Forges_of_Risht. Emmy, elle, passe tous ses vendredis soir à s'occuper de la maintenance du site pour s'assurer qu'il ne crashe pas. Les lundis et mercredis à 15 heures restent réservés à nos discussions bihebdomadaires pendant lesquelles nous ne parlons pas du tout de *La Mer infernale* mais plutôt de la façon dont Emmy a géré sa première année de fac (« Je ne suis pas encore morte ») et ce que pense Max de son nouveau patron (« Un démon tout droit sorti de l'enfer »).

Je réserve mes week-ends à Wallace. Nous passons le samedi avec Cole et Megan quand elle peut nous rejoindre et avec Leece et Chandra sur l'ordinateur si elles sont disponibles. Nous n'allons pas toujours chez Murphy. Nous nous retrouvons parfois pour jouer au bowling. Un jour, nous allons dans le parc derrière le lycée, où Wallace et Cole m'apprennent à lancer le ballon de football américain puis font la course avec Hazel sur leurs épaules à tour de rôle, tandis que je montre à Megan comment dessiner un paysage en utilisant les arbres au loin comme horizon. Au bout d'un moment, je lui tends une feuille de papier et un crayon, et je lui donne des conseils pendant qu'elle se lance.

— Tu es très bonne pour ça, constate-t-elle en ramenant une mèche de cheveux derrière son oreille tout en regardant les arbres au loin. Pour enseigner, je veux dire.

— Tu le penses vraiment ? J'ai essayé d'apprendre à dessiner à mes frères il y a quelques années et ils ont dit que j'étais méchante.

— Non, tu n'es pas méchante, répond Megan en éclatant de rire. Tu es juste franche. Mais c'est bien.

Hazel couine. Wallace la fait tourner au-dessus de sa tête comme un avion et Cole fait semblant d'être le jet ennemi qu'elle doit abattre.

Je ne les appelle plus « les amis de Wallace ». Ce sont nos amis. C'étaient d'abord les siens, et ils le sont plus que les miens, mais ils m'appartiennent quand même un peu à présent. Je discute avec eux sur les forums sous mon compte MirkerLurker même quand Wallace n'est pas là. Ça ne signifie pas grand-chose pour la plupart des gens, mais pour moi si.

Quand je ne suis pas avec eux, que je ne discute pas avec Emmy et Max ou que je ne passe pas du temps avec Wallace, je me surveille. J'essaie de ne pas être trop concentrée sur mon travail. Mais avec cinq planches par semaine, c'est plus facile à dire qu'à faire. D'autant que la bande dessinée tire à sa fin. Si je programme bien tout, elle sera terminée à la fin de l'année. Je pense que je zapperai peut-être la cérémonie de remise des diplômes. Je resterai assise devant mon ordinateur et posterai la dernière planche de *La Mer infernale* moi-même, sans la programmer.

Je sais comment se termine l'histoire. Et j'imagine déjà les réactions des fans.

Ça va être fabuleux.

Et puis mai arrive et avec lui le numéro du *Westcliff Star* consacré à la remise des diplômes.

Chaque année, le journal se concentre sur les deux mêmes histoires. La première, c'est le mémorial du virage mortel. La deuxième, c'est la remise des diplômes aux terminales du lycée de Westcliff. Dans ce numéro, tous les parents écrivent de petits textes de louanges sur leurs enfants qui sont en terminale et le journal les imprime, accompagnés des photos les plus moches qu'ils puissent trouver, et au lycée tout le monde les lit et rigole en découvrant les choses humiliantes que leurs parents ont écrites.

Mes parents sont super impatients que je lise ce qu'ils ont rédigé sur moi depuis que nous sommes rentrés de camping. Ils prétendent que je vais adorer. Positivement adorer.

Ce matin-là, quand nous entrons dans la salle de classe de Mme Grier, j'aperçois un tas énorme de journaux et tout le monde est en train de les lire. J'en attrape un, morte de trouille, en nage. Voyons voir le truc traumatisant que mes parents ont raconté sur moi et que tout le monde pourra lire sur Eliza la Glauque. Je me dirige vers mon siège.

Le regard de Mme Grier me suit à travers la pièce. Elle est assise, raide, derrière son bureau, les yeux écarquillés, le journal étalé devant elle. Elle ne me regarde jamais comme ça. Donc soit j'ai quelque chose sur le visage, soit mes parents ont écrit quelque chose qu'ils auraient mieux fait de garder pour eux. Mon Dieu, ils ont dû mettre une photo de moi bébé. Ou alors ils ont raconté la fois où j'ai essayé de taper dans le ballon de foot et où je me suis étalée.

Je me dépêche de gagner mon bureau, je m'assieds sans enlever mon sac à dos et j'ouvre le journal brusquement. D'une main tremblante, je fais défiler les photos, les paragraphes qui racontent des enfances, des bras cassés, des matchs de base-ball, des jeux d'écoliers et des anniversaires. C'est classé par ordre alphabétique. Je vais tellement vite que je saute mon nom et dois revenir en arrière. La voilà, une photo affreuse de moi en cinquième avec les cheveux gras, un appareil dentaire et un pull à col roulé, un putain de pull à col roulé tout droit sorti des années 1960. Mes parents n'ont jamais été de grands littérateurs, mais cette fois-ci ils ont réussi à pondre un paragraphe entier.

Eliza Mirk

Nous sommes si fiers de notre Eliza. C'est notre premier enfant, et elle est aussi entêtée et passionnée aujourd'hui que jadis. Ces dix-huit années forment une longue route, pleine de virages et de détours, mais elle nous a appris à être parents – et à être humains, tout simplement. Elle aime les œufs durs, les chaussettes en pilou, écouter la musique peut-être un peu trop fort (comme tout adolescent). Et, cerise sur le gâteau, c'est une artiste ; ce qu'elle aime par-dessus tout c'est sa bande dessinée qu'elle poste en ligne, *La Mer infernale*. Elle a passé énormément de temps à travailler sur cette histoire dans laquelle elle a mis tellement d'elle et qu'elle a construite à partir de rien. Nous savons que quoi qu'elle fasse après ça, elle réussira. Eliza, nous t'aimons.

Peter et Anna Mirk

Je lève les yeux et la pièce est silencieuse. Non pas parce que les autres auraient cessé de parler, mais parce que mes oreilles bourdonnent tellement que je n'entends plus rien. La pièce devient de plus en plus grande et moi je rétrécis, les murs explosent loin de moi, la lumière se tamise. Mon cœur bégaie dans ma poitrine.

Mme Grier s'approche de moi, le journal à la main. Elle s'agenouille près de mon bureau. Sa voix est trop lente.

— Eliza. Est-ce que c'est vrai ? (Elle brandit le journal. Il est ouvert sur mon paragraphe et mon visage débile.) Est-ce que c'est toi… c'est toi qui dessines *La Mer infernale* ?

Mon estomac se soulève violemment. Je me plaque une main sur la bouche.

— Parce que je – eh bien, je ne devrais probablement pas te montrer ça, mais…

Mme Grier relève sa manche. Elle porte toujours des manches longues, des gilets sur ses robes d'été, des pulls même quand il fait chaud et maintenant je comprends pourquoi : sur son bras est tatoué en gras « Il y a des monstres dans la mer ».

Ma citation la plus célèbre est tatouée sur le bras de ma prof d'étude dirigée.

Derrière elle, je vois Wallace pénétrer dans la salle. Wallace, avec sa haute taille et son pas lourd. En règle générale, il bouge lentement, mais aujourd'hui dans son monde au ralenti il se déplace beaucoup trop vite. Il atteint la table où sont empilés les journaux. Il en prend un. Il l'ouvre. Je sais qu'il cherchera mon nom avant le sien parce que je le précède dans l'ordre alphabétique. Il va le voir. Il lit lentement mais pas tant que ça.

Je me lève brusquement, bouscule Mme Grier et atteins Wallace juste à temps pour lui arracher le journal des mains.

— Ne le lis pas !

Je serre le journal contre ma poitrine, le souffle court, incapable de respirer. Tout le monde me regarde. Les yeux se lèvent des journaux. Wallace me dévisage. Je vois de la perplexité et peut-être de la peur se peindre sur ses traits.

— Ne… ne le lis pas, je répète.

Plusieurs personnes sont déjà en train de feuilleter le journal à la recherche de mon nom. Wallace les regarde, reporte son attention sur moi, puis sur le journal. Et il en attrape un autre. J'essaie de l'en empêcher, mais sa grande main s'empare d'un de mes poignets, puis de l'autre, et il m'écarte comme si j'étais une enfant. Il étale le journal sur la table et l'ouvre.

— Non… Wallace, ne le lis pas… s'il te plaît, s'il te plaît, ne le lis pas…

Je me presse contre son bras et tente de le repousser loin de la table et loin des journaux, mais il est tellement solide. Je murmure à présent. Je ne veux pas que les autres m'entendent supplier comme ça. Wallace fronce les sourcils, trouve ma photo et mon paragraphe et commence à lire. L'effroi m'oppresse comme une deuxième main, plus grande. Je sais qu'il a fini de parcourir le texte parce que toute couleur déserte son visage comme si quelqu'un l'avait décapité en le laissant se vider de son sang. Il me regarde. Il tapote le journal assez fort pour froisser la page. Il recommence. Il désigne l'article. *Est-ce que c'est vrai ? Est-ce que c'est vrai ? Est-ce que c'est vrai ?*

— Je voulais te le dire. (Je ne sais même pas si le son franchit mes lèvres.) Je voulais te le dire, je te le jure, mais je ne savais pas comment…

Il lâche mes poignets comme s'ils étaient vénéneux, fait un pas en arrière, puis pivote et quitte la pièce. Je tente de le suivre, mais les mains de Mme Grier se posent sur mes épaules. Elle dit quelque chose. Je me dégage de son étreinte. Quelqu'un au fond de la pièce s'exclame :

— Bordel de merde, c'est toi qui dessines *La Mer infernale* ?

Je me précipite dans le couloir. Wallace a disparu. Le sol tangue et l'obscurité gagne les bords de ma vision.

Au bout d'un instant ça va mieux.

Du moins, j'ai l'impression que c'est au bout d'un instant. Peut-être quelques minutes. Peut-être une demi-heure, parce que quand je sors de cet état, la sonnerie retentit et les élèves se déversent dans le couloir.

Je vais en cours sans mon sac à dos.

◆◆◆

Plus la journée avance, plus on me dévisage. Les gens parlent, mais je n'entends pas ce qu'ils disent. Je ne vois plus Wallace, ce qui au vu de sa taille est un exploit. Mon corps est une tasse et tous les organes ont été compactés à l'intérieur. Ça doit être mes allergies. Après tout c'est le printemps.

Wallace sera bien obligé de me parler pendant le déjeuner. Il ne va pas déjeuner tout seul.

Je reste en marge de la foule d'élèves qui se précipitent vers la cafète avant de me laisser happer à travers les portes. Une fois de l'autre côté, je m'éloigne d'eux comme une feuille entraînée par le courant. Je cherche à me repérer un instant, incertaine de la géographie des lieux, puis je me dirige vers la queue. Si je peux prendre à manger et trouver Wallace, tout ira bien.

Quelqu'un se met devant moi. Quelqu'un de grand. Deshawn Johnson. Il tient quelque chose à la main. Une feuille de papier plié. Je tends la main pour m'en saisir comme si j'étais dans un rêve et que mon corps réagissait sans que je lui donne la permission. Je déplie la feuille.

C'est mon dessin. Celui que Travis m'a volé en octobre.

— ... Vraiment désolé, dit-il. Travis s'est comporté comme un con... je voulais te le rendre avant, mais j'en ai pas eu l'occasion... c'est super cool que tu dessines *La Mer infernale*... c'est mon frère qui me l'a fait découvrir...

Si je reste là plus longtemps je vais vomir sur ses chaussures. Je le bouscule et je m'éloigne. Wallace doit bien être quelque part. À notre table. C'est sûr. Près de la fenêtre. Je le cherche des yeux. Il n'est pas là.

Je me mets dans la queue et je contemple le sac à main de la fille devant moi. Je ne sais même pas ce que j'ai mis sur mon plateau jusqu'à ce que j'arrive au bout de la file et que la dame de la cantine enregistre sur sa caisse deux bols de soupe à la tomate, un plat végétarien, plusieurs sachets de moutarde et un cône glacé. Le cône est pour Wallace. Il adore ça.

Je m'éloigne de la queue et jette de nouveau un coup d'œil vers la table. Il ne s'y est pas matérialisé. Je regarde autour de moi dans la cafétéria. Il ne fait la queue nulle part. Il n'est pas non plus installé aux tables près de la porte, ni près du mur. Est-ce qu'il est dans la cour ? Il fait trop froid pour ça aujourd'hui.

Les têtes se tournent. Les yeux se posent sur moi. Il y en a tant. Je me dirige vers notre table. Le monde bascule de nouveau. J'ai l'impression d'être un sachet de moutarde qu'une main de bébé est en train de presser pour la faire sortir. Mon cœur, mes poumons, mes yeux sont oppressés et ma vision se rétrécit à un tout petit point face à moi. Mes cheveux s'accrochent à mon visage. Un des bols de soupe à la tomate tombe de mon plateau et éclabousse le carrelage blanc.

Quelqu'un m'appelle. Je crois.

Je me demande si on ne m'a pas appelée LadyConstellation.

Je marche dans la flaque de soupe. Où est-il ? Il devrait être là.

Est-ce que j'ai terminé les planches de la semaine ? Je ne m'en souviens pas. Je dois l'avoir fait. Je suis très en avance.

Mes parents n'auraient vraiment pas dû écrire ça dans le journal.

Il fait tellement *chaud* ici. Pourquoi fait-il si chaud ?

Je vais mourir si mes poumons ne parviennent pas à sortir de cette tasse.

Où est Wallace ?

Je vais mourir, j'en suis sûre à cent pour cent.

Il est censé être là pour que je puisse lui donner ce putain de cône glacé.

Mon Dieu, je meurs.

Mon plateau heurte le rebord de la table. Mon estomac ne fait qu'un tour. Le plateau me tombe des mains. Mes jambes flageolent.

L'obscurité s'abat sur moi.

Masterminds :: Submind :: Webcomic

RÉVÉLATION DE L'IDENTITÉ DE LADYCONSTELLATION

posté à 11 h 03 le 5 juin 2017 par ***BlessedJester***

> Mesdames et messieurs, en ce jour incroyable je vous dévoile l'information que nous attendions tous depuis longtemps. La véritable identité de LadyConstellation, l'artiste célèbre pour avoir gardé l'anonymat, a été révélée par un journal local. Cliquez sur la photo et émerveillez-vous.
>
> *ElizaMirk.jpg*

+90/-21 | 43 commentaires | réponses | épingles

***Message privé via le forum de* La Mer infernale**

13 h 15 (emmersmacks a rejoint la conversation)

emmersmacks : E ???

emmersmacks : Qu'est-ce qui s'est passé ?!?!

13 h 16 (Apocalypse_Cow a rejoint la conversation)

Apocalypse_Cow : elle est pas là, pas vrai ?

emmersmacks : Non

emmersmacks : Elle est au lycée

emmersmacks : Tu crois qu'elle sait ??

Apocalypse_Cow : aucune idée

Apocalypse_Cow : eliza, on limite les dégâts. du mieux qu'on le peut du moins. mais je pense que c'est une cause perdue... masterminds a mis la main sur l'info

Apocalypse_Cow : et quand ils mettent la main sur quelque chose, ils ne lâchent jamais l'affaire.

CHAPITRE 31

Mes parents m'ont fait prendre des cours de natation quand j'étais plus jeune. Trente gamins obligés de faire la planche dans une piscine bondée. Je me faisais des autocroche-pieds au foot et j'étais systématiquement bousculée au basket ; je suppose donc qu'ils espéraient que je serais moins maladroite en natation.

À cette époque-là, je voulais encore leur faire plaisir. Je voulais vraiment être bonne en quelque chose ; c'est juste que je ne l'étais pas. Je n'aimais pas particulièrement nager, mais si j'avais été douée pour ça, je l'aurais fait.

Seulement voilà : je n'étais pas douée. Quand le moniteur a essayé de nous apprendre à flotter comme un noyé – un geste que tout le monde fait d'instinct –, j'ai avalé de l'eau par le nez et me suis débattue jusqu'à ce qu'il dise que je pouvais arrêter. Mais j'ai continué à essayer.

Le dernier jour, un des garçons m'a mise au défi de plonger dans la partie la plus profonde du bassin. Je l'ai fait. Du moins j'ai essayé. Mes doigts ont touché le fond et j'ai commencé à remonter, mais j'étais à court d'air. Aux trois quarts du trajet, le manque d'oxygène m'a ôté la vue et j'ai commencé à agiter les bras et les jambes. Quand je suis enfin parvenue à la surface, le soulagement de pouvoir respirer a été gâché par l'intensité de ma prise d'air et par la souffrance de l'air froid dans les poumons. La migraine me martelait le crâne.

Quand je me réveille après la cafétéria, j'éprouve la même sensation que si je refaisais surface depuis le fond de l'eau. Ma tête pulse, l'air est froid. Les contours d'une petite chambre d'hôpital se dessinent autour de moi. Je ferme les yeux, aveuglée par la luminosité.

— Annie, baisse la lumière.

La lumière se fait moins forte.

— Eh, Crâne d'œuf. Tu m'entends ?

Je rouvre les yeux. Papa est assis à côté du lit. Maman, qui vient de trafiquer quelque chose avec l'interrupteur, le rejoint. Je déglutis. J'ai l'impression d'avoir du papier de verre dans la bouche.

— Ouais.

Ils sourient tous les deux. Maman se passe la main sur le visage.

— Qu'est-ce qui est arrivé ? je demande.

— Tu as trébuché à la cafétéria et tu t'es cogné la tête contre la table, répond papa en désignant mon front. (Pas besoin de lever la main pour savoir que j'ai la tête bandée.) Tu as beaucoup saigné. Comment tu te sens ?

— J'ai mal à la tête. Évidemment.

— Tu te sentais bien quand tu es partie ce matin ? demande maman. Tu as pris ton petit déjeuner ?

Je ne dis rien, parce que la raison pour laquelle je suis tombée dans les pommes finit par me revenir, de même que cette main énorme qui s'était emparée de moi. Elle me menace. Mes poumons se crispent sous l'effet de l'anticipation.

Ils ont dit à tout le monde que j'étais LadyConstellation. Tout mon lycée est au courant. Toute la ville est au courant.

Wallace est au courant.

— Ça fait combien de temps ? je demande.

— Que tu t'es évanouie ? fait papa en regardant sa montre. Peut-être une heure et demie. Ils n'ont pas voulu prendre de risques avec une blessure à la tête, alors ils ont appelé une ambulance, qui t'a conduite ici. Le médecin va revenir t'examiner.

— Vous leur avez dit. Vous l'avez écrit dans le journal.

Des larmes obscurcissent ma vision. La pièce tourne alors que je suis toujours allongée.

— Comment ça, on leur a dit… tu parles du journal ? (Maman me regarde, puis reporte son attention sur papa.) Ce n'est que le journal local, Eliza, personne ne le lit. On s'est dit que ça n'avait pas d'importance si on en parlait. Et tu l'aimes tellement – et nous sommes tellement fiers de toi. On pensait que…

— Des millions de gens la lisent ! La bande dessinée ! (Je lutte pour m'asseoir en espérant que, du coup, la tête me tournera moins. Ce n'est pas le cas.) Des millions de gens ! Dont certains vivent ici !

Ils vont me trouver. Ils sauront qui je suis, ils vont me trouver.

— Crâne d'œuf.

Papa pose une main sur mon épaule pour me forcer à me recoucher, inquiet. Je pense qu'il n'a pas écouté ce que je viens de dire.

— Wallace habite ici, poursuis-je en repoussant sa main. Où est-il ? Il n'est pas ici, pas vrai ?

Je ne veux pas qu'il me voie comme ça.

Maman fronce les sourcils.

— Il n'était pas au courant ? Je pensais que tu le lui avais dit.

— Bien sûr qu'il n'était pas au courant ! Personne n'était au courant !

Je bascule mes jambes par-dessus le rebord du lit et ça me donne le tournis, comme si j'étais sur le point de tomber dans les pommes.

La porte s'ouvre et le médecin entre. Son nom est brodé sur sa blouse, HARRIS. Quand il me voit, il laisse tomber son dossier sur le bureau et se précipite vers moi.

— Eliza, est-ce que tu te sens bien ?

Il me repousse gentiment sur le lit.

— Je ne peux plus respirer. J'ai la tête qui tourne.

— Tu peux respirer. Inspire profondément. Par le ventre.

Il s'empare de mes jambes et me fait pencher la tête entre elles. Je respire selon ses conseils et, après une minute, l'étourdissement s'atténue et la terre cesse de tourner.

— Tu es en sécurité ici. Il y a juste toi, moi et tes parents. D'accord ?

— Oui.

La machine à bruit blanc bourdonne doucement dans le coin. L'étreinte qui me broie les entrailles se relâche.

— Tu t'es salement amoché le front, explique le docteur Harris et je crains que tu gardes une cicatrice. Est-ce que tu ressens la même chose qu'à la cafétéria avant de tomber ?

— Oui. Mais ce midi, c'était pire.

— Est-ce que ça t'est déjà arrivé avant aujourd'hui ?

— Non.

— Est-ce que tu peux me dire exactement ce qui s'est passé ?

— Je, hum... je ne pouvais plus respirer. J'avais la tête qui tournait. Ma vision s'est rétrécie et j'avais l'impression d'être pressée dans un tube. J'ai cru que j'étais en train de mourir. J'ai pensé que j'allais mourir devant tout le monde.

— Elle a dit... Eh bien, nous avons écrit quelque chose dans le journal, ce que nous n'aurions pas dû, et ça lui a causé des problèmes au lycée, explique ma mère en me regardant. Ça a sans doute un rapport, non ?

Le docteur Harris pose la main sur mon dos.

— C'est possible. Je pense que tu as fait une crise de panique. Ces crises peuvent être déclenchées par des circonstances stressantes. Des changements dans la vie, la mort de quelqu'un, ce genre de chose.

J'enfonce la tête plus profondément entre mes genoux. Mon front pulse.

— Je peux vous recommander une psy géniale qui aide beaucoup d'adolescents atteints de crises de panique et d'angoisse, déclare le docteur Harris. Quand ça arrive une seule fois, ce n'est pas grave, mais si tu en as d'autres, alors il faut traiter. On ne veut pas que ça se reproduise.

Des crises de panique ? Je n'ai pas de crise de panique. J'ai étudié ça en cours de psychologie en option l'année dernière. Même que j'ai lu un demi-paragraphe dessus.

Le docteur Harris dit à mes parents que je peux rentrer à la maison, mais qu'il faut me dispenser de lycée pour la journée – même s'il ne reste pas beaucoup d'heures de cours – et que si je ne me sens pas bien, je devrai rester chez moi demain aussi. Puis nous regagnons la voiture tous les trois. Je m'installe sur la banquette arrière à côté de mon sac à dos que quelqu'un a récupéré et j'essaie de ne pas penser à *La Mer infernale.*

Est-ce que la fanbase est au courant ? Est-ce que quelqu'un le leur a dit ? Est-ce qu'ils y croient, ou est-ce qu'ils pensent que c'est encore une rumeur ?

Au fil des ans, LadyConstellation a été « dévoilée » à de nombreuses reprises. En règle générale par quelqu'un qui essayait d'avoir son quart d'heure de gloire avant d'être détrompé et de retourner à son anonymat. Mais cette fois, c'est vrai, et la vérité a une façon toute particulière de tenir bon dans la tempête. La vérité est le pire des monstres, parce qu'on ne peut pas la combattre.

La maison est vide à notre arrivée. Il n'y a que Davy qui vient lentement se frotter contre mes jambes. Church et Sully sont toujours au collège. Mes parents tâchent de me convaincre de m'allonger sur le canapé du salon, mais j'insiste pour gagner mon lit. Ils m'aident à grimper l'escalier et redescendent me préparer un bouillon de poule et un soda.

Je laisse Davy entrer dans ma chambre et ferme la porte derrière lui. Je m'installe devant mon ordinateur et secoue la souris pour le réveiller. Le bureau est tellement serein et silencieux. J'ouvre le navigateur pour me connecter aux forums.

C'est le chaos.

Pour un œil non exercé, un forum en ligne ressemble à un tas de messages aléatoires agglutinés les uns aux autres. Pour qui sait naviguer, il raconte une histoire. L'histoire qu'il raconte aujourd'hui c'est : « Eliza Mirk : hoax ou réalité ? » Sans avoir besoin de cliquer sur les sous-forums ni sur aucune conversation, je sais que le consensus dit : « réalité ». Ils ont trouvé l'article dans le *Westcliff Star*. Ils ont trouvé mon compte MirkerLurker et les dessins que Wallace m'a supplié de mettre en ligne. Ils m'ont trouvée, moi.

Je suis connectée sous le nom de LadyConstellation, et j'ai tellement de messages que la page n'affiche plus de nombre sur l'icône de réception. Juste une ellipse. Trente secondes après que je me suis connectée, les messages surgissent sur la partie droite de mon écran. De gens que je connais, de gens que je ne connais pas. Des amis et des trolls. Au compte-gouttes au départ, puis, quand les gens se rendent compte que je suis en ligne, en un flot ininterrompu. Il y en a tellement que la page ne parvient plus à s'actualiser. Ils arrivent si vite que je n'ai pas le temps de les lire.

Je me déconnecte et je me reconnecte sous mon compte MirkerLurker.

C'est pire. Il y a aussi une ellipse à côté de l'icône de réception, mais quand je commence à recevoir les messages, j'ai le temps de les lire. Au moins l'un d'entre eux.

> JE VIENS DE VOIR QUE TU ÉTAIS LOGUÉE SOUS LE NOM DE LADYCONSTELLATION
> TU T'ES DÉLOGUÉE POUR TE LOGUER SOUS CE COMPTE-LÀ
> C'ÉTAIT TROP RAPIDE POUR ÊTRE UNE COÏNCIDENCE
> C'EST VRAIMENT TOI ?

Une photo apparaît dans la fenêtre de message. C'est celle qui figure sur l'album du lycée de l'année en cours. Pas celle, affreuse, de cinquième qui était dans l'article. Comment cette personne a-t-elle mis la main sur mon album de terminale ?

Je me déconnecte de nouveau et ferme le navigateur, l'estomac en vrac.

Je repousse ma chaise de bureau et enfouis la tête entre mes jambes. Je n'ai pas de vertige ni le souffle court comme un peu plus tôt, mais je me sens quand même mieux dans cette position. Ça rétrécit l'espace et me rappelle que je suis toute seule dans la pièce.

J'attrape mon téléphone et ouvre la messagerie du forum. Tous les messages MirkerLurker sont là, heureusement l'application me permet de ne pas les regarder et de n'avoir accès qu'à mon fil de discussion avec Emmy et Max.

Limitation des dégâts. Ils ont essayé de limiter les dégâts, disent-ils. Un petit rire hystérique m'échappe. Comment limiter les dégâts ? On y est. La fanbase a gagné. J'ai perdu. Eliza Mirk a été avalée par les vagues de leurs marées.

J'ouvre ma conversation avec Wallace. Rien de nouveau depuis la dernière fois que nous avons utilisé la messagerie. Il ne m'a pas non plus envoyé de mails. Ni de SMS. Il n'a pas essayé de m'appeler.

Pourquoi le ferait-il ? Je lui ai menti pendant des mois. Depuis que je le connais. Je pourrais prétendre que je n'ai pas vraiment menti, que je me suis contentée d'omettre des détails, mais ce serait un mensonge aussi. Si j'étais lui, je me haïrais.

J'entends des pas dans l'escalier. Je pose mon téléphone sur le bureau, écran caché, j'éteins l'ordinateur et me roule en boule sur le lit à côté de Davy, qui reste immobile et me laisse l'utiliser comme un oreiller. J'ai les jambes qui tremblent. Maman frappe doucement à la porte – je sais que c'est elle parce que mon père ne frappe jamais doucement – et elle entre avec un plateau garni d'un bol de soupe, de crackers et d'un soda.

— Tu te sens mieux ?

— Un peu.

Elle me sourit et repousse des cheveux qui tombent sur mon front en faisant attention de ne pas toucher le bandage.

— Bien. Essaie de dormir.

Je ne peux pas. Je contemple mon ordinateur de l'autre côté de la pièce, silencieux et immobile, et me demande quel ouragan est en train de se déchaîner sur Internet.

C'était juste une question de temps. Depuis le jour où j'ai rencontré Wallace. Depuis que j'ai commencé à fréquenter ses amis. Depuis que je me suis décidée à essayer.

J'avais juste oublié qu'il n'y a pas d'air dans les profondeurs.

CHAPITRE 32

Il faut moins de vingt-quatre heures pour qu'Internet s'empare de l'histoire et la diffuse. Le lendemain matin, même des gens qui n'ont jamais lu *La Mer infernale* savent qui je suis et où j'habite. Ils savent que je suis lycéenne. Que j'ai un chien et deux petits frères. Je ne sais pas s'ils ont mon adresse et mon numéro de téléphone, mais si ce n'est pas le cas, ça ne saurait tarder.

L'anonymat que j'ai gardé pendant si longtemps devient le combustible qui alimente le brasier. Mon anonymat était comme un jeu, une charade à déchiffrer. Sur Internet, l'anonymat ne dure jamais et tous le savaient.

LadyConstellation était une jolie piñata qu'ils ont abattue avec des bâtons et je suis le prix qui en a jailli.

Je lis les messages. Tous. Je sais que je ne le devrais pas, mais je ne peux pas m'en empêcher et je n'ai aucune envie de dessiner, ni de lire, ni même de regarder *Dog Days,* du coup les heures sont longues. La plupart des messages sont courts. Je pourrais m'en servir pour fabriquer une chronologie – ils commencent par des questions, certains veulent savoir si la rumeur est vraie, d'autres posent la question directement. Puis ils acceptent mon nom et mettent en question les détails. Ils sont stupéfaits par le fait que je sois une fille, et une ado. Le côté ado, ça je peux comprendre – mais pourquoi ils sont surpris que je sois une fille, ça, en revanche, ça m'échappe. LadyConstellation était un pseudo féminin. Je n'ai donc pas changé de sexe.

Et puis il y a les fans. Certains disent que je les ai inspirés. D'autres prétendent qu'on se ressemble et qu'on devrait être amis. D'autres encore veulent juste me remercier. Ils sont contents de pouvoir mettre un visage sur un nom. Ils sont contents de pouvoir mettre un nom sur un nom. Ils sont ravis que je sois visible.

Évidemment, je reçois aussi des messages mal élevés. Cruels. Certains ont l'air d'avoir été écrits par des gens qui ne sont pas des êtres humains, mais des logiciels programmés pour exprimer des choses que personne ne devrait jamais dire à personne. Je les lis absolument tous. C'est comme des Pringles – c'est très mauvais pour la santé, mais une fois qu'on commence, on ne peut pas s'arrêter. C'est une montagne russe qui ne peut que se précipiter vers le sol. Vers la fin, j'ai l'impression d'être une coquille vide qui clique et qui déchiffre les mots avec des yeux douloureux.

— Eliza ? (La porte s'ouvre et une tête brune fait son apparition.) Maman te fait dire que le dîner est prêt. J'ai crié d'en bas mais elle croit que tu n'as pas entendu.

— Ouais, je réponds sans tourner la tête.

— Qu'est-ce que tu regardes ?

Des pas lourds se font entendre derrière moi. L'odeur d'un garçon qui ne s'est pas douché remplit l'air. Sully est une petite fouine rapide – je n'ai pas le temps de faire disparaître les messages et la myriade de nouvelles histoires que j'ai ouvertes dans d'autres onglets avant que sa main s'abatte sur la souris et qu'il ferme tout pour moi.

— Ne lis pas ces conneries, fait-il sur un ton furieux. Les gens sont débiles et tu n'as pas besoin de lire tout ça. Viens, le dîner est prêt.

C'est trop tard, mais il ne le sait pas. J'ai déjà tout lu, même les nouveaux messages au fur et à mesure qu'ils apparaissaient. À la fois sur le compte de LadyConstellation et sur celui de MirkerLurker. J'ai lu aussi les commentaires sur les nouveaux articles. Les réponses sur le site Masterminds et sur les forums de *La Mer infernale.* J'ai lu ce qui était bon, ce qui était mauvais, ce qui était affreux.

Je me lève et descends l'escalier derrière mon frère.

Le lendemain, vendredi, je prétexte être trop malade pour aller au lycée. Les planches de *La Mer infernale* sont déjà programmées. J'ai à peine le courage de toucher à mon clavier, encore moins d'aller sur le site pour mettre des pages en ligne. Je ne peux pas non plus m'approcher de ma tablette graphique. Ni d'un crayon ou d'une feuille de papier. Je ne peux même pas penser à dessiner.

Je ne peux même pas penser à *La Mer infernale.*

Une aile de corbeau, un aileron de monstre marin, une longue écharpe, de larges étendues d'eau, un sabre, des horloges, des planètes, des étoiles. Tout ça me rend malade. J'ai perdu tout intérêt pour la construction de l'intrigue et la mise en pages des planches. Je me fiche complètement de l'évolution des personnages. La fin de l'histoire, si proche, a échappé à mon étreinte lâche et s'est envolée.

Je ne peux pas le faire. La force qui me poussait en avant s'est évanouie.

J'arrache les affiches de *La Mer infernale* des murs. Je balance les romans graphiques sous mon lit. Je jette tous les fan art, tout ce que j'ai reçu en cadeau, même les petites peluches, les autocollants et surtout le costume de Kite Waters. Même Monsieur Supercorps et ses yeux manquants. Tout ce que je peux mettre à la poubelle, je le balance.

Quand ma mère vient voir comment je me porte un peu plus tard, elle me trouve allongée sur le lit, Davy dans les bras. Elle remarque les murs nus et le sac-poubelle débordant et me demande si je vais bien. Je lui mens. Elle quitte la pièce.

Dans l'après-midi, une journaliste du *Westcliff Star* appelle et demande si elle peut m'interviewer. Sully, qui décroche le téléphone, lui dit d'aller se faire foutre.

Papa le gronde mollement. C'est la première fois. Quand le téléphone se remet à sonner – personne ne me dit qui appelle –, papa cesse de le gronder et commence à dire à ceux qui sont à l'autre bout du fil d'oublier notre numéro de téléphone.

Mes parents se déplacent autour de moi comme si j'étais chargée d'électricité. Ils parlent peu. Ils gardent leurs distances, sauf pour vérifier les agrafes sous mon bandage. J'aimerais bien croire qu'ils se sentent coupables, mais je ne suis pas certaine qu'ils comprennent l'étendue de ce qu'ils ont fait.

Church et Sully pénètrent dans ma chambre ce soir-là – coïncidence, c'est l'heure exacte où les planches de *La Mer infernale* sont censées être mises en ligne – et ils s'asseyent à côté de moi sur le lit pour regarder des rediffusions de *Dog Days*. Ça au moins, je m'y suis remise. Avoir l'esprit perpétuellement anesthésié, ce n'est pas si mal. Ils ont apporté avec eux comme offrande un saladier plus grand que la tête de Church et rempli d'œufs durs. On mange. Ils se moquent des personnages débiles. Je suis d'accord avec eux, les personnages sont débiles.

— Tu as parlé à Wallace ? demande Church à la fin du troisième épisode.

— Non, je réponds en écalant un œuf.

— On a vu sa sœur au collège aujourd'hui, fait Sully. Lucy.

— OK.

Je fais tomber la coquille dans le bol qu'ils ont apporté et je mords avec précaution dans l'œuf en essayant de ne pas perforer le jaune.

— Qu'est-ce qu'elle a dit ?

— Qu'il était très contrarié.

— Et qu'il fallait qu'on te demande de lui parler, ajoute Church.

J'ai envie de répondre que ce n'est pas mon boulot de le rendre heureux, mais je lui dois une meilleure excuse que celle que j'ai marmonnée dans la salle de classe de Mme Grier. Cependant, chaque fois que je pense au fait de lui envoyer un texto – juste un SMS avec deux mots –, je l'imagine qui m'ignore, me crache au visage et brûle tous les dessins que j'ai faits pour lui.

— Je vais y songer.

Je vais y songer. Si j'arrive à me forcer à revenir au lycée lundi matin.

CHAPITRE 33

Le lundi matin, je ne retourne pas au lycée. Je me gare sur le parking du supermarché le plus proche du bahut, et je fais la sieste sur la banquette arrière jusqu'à ce qu'il se mette à faire trop chaud dans la voiture et qu'il me faille baisser les vitres. À la fin des cours, je rentre chez moi. Je fais la même chose le jour suivant.

Quand je rentre à la maison ce soir-là, ma mère me dit :

— Le lycée a téléphoné. Ils prétendent que tu as été absente deux jours d'affilée sans mot d'excuse.

J'hésite un peu au bas de l'escalier.

— Oh. Ouais. C'est juste… j'y suis allée, et je me suis sentie mal.

— Si tu as besoin d'un peu plus de temps, je te ferai un mot.

Elle tord un vieux short dans ses mains. Un tas de vêtements de sport qu'elle va donner à une œuvre de charité est posé dans le salon derrière elle.

— D'accord, dis-je en posant le pied sur la première marche d'escalier.

— Eliza, attends, fait-elle en se rapprochant de moi. Si je te fais un mot d'excuse, est-ce que tu iras voir la psy que le docteur Harris nous a recommandée ? Pas demain, mais peut-être la semaine prochaine ? Nous lui avons déjà parlé et elle dit qu'elle a un créneau pour toi.

— Pourquoi ? je demande, mais mes mots sont vides.

— Parce que tu n'es pas toi-même et que ton père et moi nous nous faisons du souci.

— J'ai pas envie.

— S'il te plaît ? Tu iras ? Pour nous ?

Je hausse les épaules. Cette réponse a l'air de lui suffire puisqu'elle me laisse monter dans ma chambre.

Après une semaine à manquer le lycée, à rester allongée sur mon lit toute la journée à regarder *Dog Days* jusqu'à ce que j'oublie pourquoi j'ai eu un jour l'idée de créer quelque chose, tout me paraît horrible. Mon estomac, ma tête, mon dos. J'ai mal au cou et les cheveux gras. C'est la seule chose qui me force à me lever pour prendre une douche : quand je sens le gras couler sur mon crâne. Je suis fatiguée d'être sale. Je suis fatiguée d'avoir l'impression que mon corps est ce truc lourd que je dois transporter avec moi toute la journée. Une fois douchée, je repars m'effondrer sur mon lit. Les murs nus de ma chambre lui confèrent l'aspect d'une cellule, mais je n'ai pas l'énergie d'y afficher autre chose.

Il n'y aura pas de planches de *La Mer infernale* en ligne à la fin de cette semaine. Je ne suis pas allée voir ce que la fanbase avait pensé des dernières. Je n'ai plus aucune volonté. Ni pour dessiner, ni pour parler, ni pour faire quoi que ce soit. *La Mer infernale* était jadis enroulée autour de mon cœur et ce dernier est en miettes.

C'est peut-être normal. Les choses auxquelles on tient le plus sont celles qui laissent les plus grands trous.

Il y avait quelque chose de distinctement non orcien chez le général White, mais Amity n'arrivait pas à mettre le doigt dessus. Tout en lui était tranchant, comme des éclats de métal qui auraient pris la forme d'un homme, vêtu de l'uniforme militaire de l'Alliance orcienne.

— Si vous tuez Faust, dit-il, on vous considérera comme une héroïne. Peut-être même une légende. Cela ne mettra pas fin aux attaques de nos ennemis, mais cela équilibrera les forces en présence, et ça nous procurera un plus grand avantage que tout ce que nous pouvions espérer depuis de longues décennies.

— Équilibrer les forces en présence..., répéta Faren en perdant un peu son phrasé guindé. Si elle tue Faust, et si elle reste en vie, est-ce que vous ne prendriez pas complètement l'avantage ? Si on considère que vous êtes en train de perdre ?

— J'ai peur de ne pas comprendre, répliqua White.

— Qu'est-ce qui se passe après ? demanda Faren en regardant White de haut. Que se passera-t-il quand elle aura vaincu Faust ? Je suppose que vous ne serez pas capable d'extraire le Gardien qui a pris place dans son corps. Elle sera toujours là, elle aura toujours l'impression qu'elle doit sauver les innocents. Après quels ennemis l'enverrez-vous alors ? Les Rishtiens ? Les Anges ? C'est de ces ennemis-là que vous parlez, pas vrai ? Les rois horloges et les démons d'Orcus ?

Sa voix était montée d'une octave sur le dernier mot. Amity sentit sa peau se mettre à picoter ; elle n'avait jamais envisagé combattre les Anges d'Orcus. White, imperturbable, toisa Faren.

— Personne n'a parlé d'ennemis futurs, monsieur Nox.

— Nox-eys, le corrigea Faren froidement.

Il n'avait jamais exigé – ni même demandé – qu'on s'adresse à lui en utilisant les titres honorifiques nocturniens, et sa remarque, plus que son attitude envers le général, fit réfléchir Amity. Le faux-semblant de son pauvre Colaarin disparut totalement.

— Je ne crois pas un seul instant que vous la laisserez revenir ici une fois Faust mort. Vous avez passé six mois à faire d'elle une arme et, avant ça, des années à l'étudier. Vous savez de quoi elle est capable. Vous avez réussi à la convaincre que Faust était sa responsabilité – où cela s'arrêtera-t-il ?

CHAPITRE 34

— C'est débile.

Sully se tient debout dans l'encadrement de ma porte, les bras croisés. Allongée sur le lit, je regarde l'écran de la télé sans ciller.

— Pas du tout, je rétorque. C'est mon épisode préféré.

— Je ne parle pas de *Dog Days.*

Je tourne la tête pour le regarder.

— Je parle du fait que tu es allongée là et que tu n'as pas pris la peine d'expliquer aux parents exactement ce qu'ils ont fait.

— Ils savent très bien ce qu'ils ont fait.

Sully lève les yeux au ciel.

— Foutaises. Ils pensent qu'ils savent mais ce n'est pas vrai, parce que tu ne le leur as pas expliqué.

Je reporte mon attention sur la télé.

— Ça n'a aucune importance. Ce qui est fait est fait.

Il gronde.

— Si tu ne veux pas le leur dire, c'est moi qui vais m'en charger.

Il s'éloigne, furieux. Je ne lui prête aucune attention jusqu'à ce que j'entende la porte du bureau des parents s'ouvrir à la volée et Sully demander en criant s'il peut utiliser leur ordinateur portable.

Je jaillis de mon lit et dévale l'escalier quatre à quatre. Les devoirs de Church et de Sully sont étalés sur la table de la cuisine, mais ils sont tous les deux face à papa et maman de l'autre côté de l'îlot central, penchés sur un ordinateur portable.

Le post sur le site Masterminds. Celui que j'avais l'habitude de regarder tous les jours.

— Qu'est-ce que c'est que ça ? demande maman en refermant son magazine de fitness.

Ni elle ni papa n'ont remarqué que j'étais dans la pièce.

— C'est le post qui a rendu populaire *La Mer infernale*, explique Sully. Ce site, Masterminds, est un site de partage. Il y a énormément de gens dessus, et qu'un post soit encore en tête de liste et qu'il y reste aussi longtemps, c'est très difficile.

— Et regardez tous les commentaires dessous. Et les likes, renchérit Church. Ce sont de vraies personnes, et la plupart lisent et apprécient *La Mer infernale*.

— Mais ils ne représentent qu'une petite partie des lecteurs de cette bande dessinée. (Sully fait pivoter l'ordinateur et ouvre un nouveau lien avant de retourner l'écran vers les parents, c'est celui des forums de *La Mer infernale*.) Voici le site sur lequel se réunissent les fans. Vous seriez au courant si vous n'aviez pas arrêté de consulter le site d'Eliza il y a deux ans. Regardez les chiffres sous les posts. Regardez le nombre de gens qui sont en ligne en ce moment.

Ils attendent que les parents fassent défiler les messages, lisent les pseudos, les titres des posts, et voient le nombre de commentaires. Depuis la porte, je vois papa froncer les sourcils et maman poser la main sur sa bouche. Je serre les poings dans les poches de mon sweat-shirt et je pince les lèvres.

— Il y a des millions de lecteurs ! assène Sully. Beaucoup plus que ceux qui sont en ligne en ce moment. Ils lisent les planches qu'Eliza met en ligne toutes les semaines. Ils paient pour ça. Est-ce que vous savez combien d'argent elle a gagné avec ça ? Elle laisse son compte en banque ouvert sur son ordinateur et nous l'avons vu. La somme est hallucinante.

— Je confirme, fait Church.

— Vous n'arrêtez pas de la bassiner avec les bourses pour la fac, mais elle n'en a pas besoin. Vous vous étiez rendu compte que vous avez arrêté de vous intéresser à elle après lui avoir dit de se débrouiller toute seule avec le comptable ?

— Mais c'est… c'est juste un hobby, balbutie maman.

— Non, pas du tout. (Sully pose les deux mains à plat de chaque côté de l'ordinateur portable.) Je ne sais pas ce que je peux vous montrer pour vous faire comprendre. C'est un truc énorme. Eliza est célèbre. Pas comme une star de cinéma, c'est vrai, mais plein de gens voulaient savoir qui elle était. Maintenant, grâce à vous, ils le savent.

— Personne ne savait qui elle était ? demande papa à voix basse.

— Non, bien sûr que non, répond Church. Pourquoi croyez-vous qu'elle ne voulait le dire à personne ?

— Elle a toujours été secrète. On pensait qu'elle ne voulait pas attirer l'attention.

— Non, c'est clair, rétorque sèchement Sully mais pas pour… ah, vous y comprenez vraiment rien de rien ! Vous nous dites toujours de faire attention et de faire les bons choix, et après vous faites un truc pareil. (Il prend quelque chose dans les mains de Church – le numéro du *Westcliff Star* consacré à la remise des diplômes.) Ce n'était pas un bon choix. C'était un très très mauvais choix. Vous l'avez jetée en pâture à des millions de gens, et ils ne sont pas tous gentils. Elle ne retrouvera plus jamais la sécurité. Mais vous savez quoi ? Le… le plus…

— Le plus gonflant, propose Church.

— Ouais. Vous savez ce qui est le plus gonflant ? reprend Sully en écartant les bras. On aurait pu éviter tout ça si vous aviez pris dix secondes pour googler *La Mer infernale*. Vous voulez toujours tout savoir sur nous, mais vous ne vous êtes jamais intéressés à ça.

Je fais un pas en arrière, et le plancher craque sous mon pied. Ils se tournent tous les quatre vers moi. Maman pleure. Papa est pâle.

— Pourquoi est-ce que tu ne nous as rien dit ? demande maman. Nous pensions que c'était tout petit. Il n'y avait jamais beaucoup d'argent sur ton compte en banque… les impôts…

— Tu as dit au comptable que les impôts, c'était mon problème, et que tu voulais que je me débrouille toute seule, dis-je d'une voix tremblante.

Mon père déglutit.

— On n'aurait jamais dit tout ça dans le journal si on avait su. On pensait que c'était un truc que tu faisais pour t'amuser. On voulait te montrer qu'on était fiers de toi. Et le *Westcliff Star* – c'est un si petit journal, qui allait le lire ? On pensait que ce ne serait que pour nous. Que pour nous.

Je hausse les épaules. Ils attendent que je dise quelque chose, mais qu'est-ce que je suis censée dire ? Suis-je supposée être en colère ? leur pardonner ? Mes parents ne se sont jamais excusés comme ça. Mais ils n'ont jamais autant merdé. Une partie de moi pensait que ça n'arriverait jamais.

Ma mère commence à pleurer pour de bon. Elle se lève, franchit l'autre porte en direction de son bureau. Church la suit.

Un instant plus tard, je remonte dans ma chambre. Je me roule en boule sur mon lit, avec *Dog Days* sans le son sur la télé, et je me sens étrangement réveillée. Comme si tous les détails m'apparaissaient plus nets que d'habitude. Mais je n'ai pas la tête qui tourne.

Dix minutes plus tard, Sully frappe à la porte et passe la tête dans l'encadrement.

— Ça va ?

— Je ne savais pas que tu en savais autant sur *La Mer infernale.*

Il hausse les épaules.

— On voulait savoir ce que tu foutais tout le temps. T'es notre grande sœur, pas vrai ? Mais tu vis dans… un monde différent. C'est bizarre. (Il hausse de nouveau les épaules.) On a lu ta BD, Church et moi. Et tous nos potes aussi, mais on ne leur a jamais dit qui tu étais parce qu'on flippait justement qu'un truc dans ce genre-là finisse par arriver. C'est super cool. Je veux dire, pas ce qui est en train de se passer, mais que tu aies inventé tout ça. Et à la façon dont les parents agissaient avec toi, j'ai compris qu'ils ne savaient pas à quel point c'était important.

— Oh. (Et pendant tout ce temps, je croyais que les « jumeaux » me détestaient.) C'est juste que… merci. Je pense que je ne le leur aurais jamais dit.

Sully lève les yeux au ciel.

— Les parents sont trop vieux pour comprendre. Ils n'avaient même pas de téléphone portable quand ils avaient notre âge. Mais s'ils avaient eu l'idée d'aller checker sur Google, ça les aurait aidés. (Il se frotte le nez.) Quoi qu'il en soit, si tu as besoin de parler à quelqu'un, tu sais où nous trouver, Church et moi.

— Ce serait… ce serait super sympa.

Ma voix est toute petite, mais Sully s'illumine. Après un instant d'hésitation, il se faufile dans ma chambre, ferme la porte derrière lui et s'installe à côté de moi sur le lit.

— Merci, dis-je.

Sully m'adresse un sourire pour la première fois depuis toujours.

CHAPITRE 35

Très tôt le mardi matin, alors que mes parents et mes frères dorment encore, je prends la voiture et je roule jusqu'au virage mortel.

La route est déserte à cette heure matinale : je me gare donc sur la bande d'arrêt d'urgence. Je franchis le pont à pied et vais me pencher sur le ravin pour observer l'étendue d'herbe qui longe la rivière sombre. Le clair de lune illumine le monde. Au sommet de la colline se dressent des croix, des décorations et des jouets. Des fleurs, certaines fraîches, d'autres fanées, pour les victimes qui sont mortes là. Je me demande si viendra un jour où on n'en aura plus besoin, où le virage ne sera plus le virage mais juste une colline.

Wallace a écrit dans son mail qu'il n'était jamais revenu ici. Je suppose cependant que Vee a dû dédier quelque chose au père de Wallace dans cette pile d'offrandes, mais Wallace, lui, ne l'a jamais fait.

Je n'ai rien d'autre sur moi que mon pyjama et les clés de ma voiture. Je regarde autour de moi. J'aperçois un caillou lisse sur le bord de la route non loin. Je m'en empare, je le polis un peu avec ma manche et je le pose sur une boîte en métal vide qui contenait des cartes de base-ball, sous le bras d'un ours en peluche détrempé par la pluie.

— Considérez cela comme une reconnaissance de dette, dis-je. J'apporterai quelque chose de mieux plus tard.

Le virage est cerné par la forêt, c'est donc un endroit toujours silencieux, la rivière bloque les sons des routes alentour. Je m'assieds à côté des fleurs et des jouets et me laisse glisser sur les fesses avec précaution le long de la pente. Je me débrouillerai pour remonter. En bas, il y a une vaste clairière tapissée d'herbe. Combien de voitures ont quitté la route à cet endroit ? Pourquoi rien n'a été fait pour la rendre plus sûre ? Ont-ils peur de ne plus avoir d'histoires à raconter ? Craignent-ils que l'avenir soit moins intéressant s'il n'y a pas des morceaux de voiture incrustés de manière permanente dans le sol ?

Je m'allonge sur l'herbe fraîche et contemple le ciel. Les étoiles transpercent l'obscurité. Je connais toutes les constellations nocturniennes, mais dans la vraie vie, je ne me souviens que de la Petite et de la Grande Ourse. Oh, et le Grand Chien, évidemment – tiré par Sirius, l'étoile du chien, le héraut des jours caniculaires de l'été. On en parle si souvent dans *Dog Days* que c'est devenu la blague récurrente la plus longue de la série. Mais Sirius n'est nulle part en vue.

La petite Eliza de quatre ans serait très déçue par moi.

La petite Eliza de quatre ans serait déçue pour tout un tas de raisons. Parce que je me cache, parce que pendant toutes ces années de lycée j'ai déjeuné toute seule, parce que je m'y suis laissé couler. La petite Eliza de quatre ans essayait, elle au moins. Elle voulait être compétente. Elle faisait des choses parce qu'elle en avait envie, pas parce qu'on l'y obligeait. Elle n'avait pas de maître. Je pense qu'aucun enfant de quatre ans n'en a.

Mais je n'ai plus quatre ans. Je ne peux pas être elle. Je ne peux pas être l'enfant que j'étais à quatre ans, ni LadyConstellation, ni même la petite amie de Wallace. Maintenant, je peux seulement être Eliza Mirk, être humain.

Je glisse mes doigts dans l'herbe. Une chauve-souris vole au-dessus de moi, faisant clignoter les étoiles.

Le père de Wallace est mort ici. Ça me paraît trop calme pour qu'une voiture fonce vers le crash fatal. Je suis prête à parier que le virage mortel était serein quand c'est arrivé. Le virage mortel ne tue pas les gens ; le mauvais temps, les mauvaises décisions, les accidents malheureux : voilà ce qui tue les gens. Le virage mortel ne fait pas de publicité pour que les gens meurent ici ; ça c'est le *Westcliff Star* qui s'en charge. Parce que le virage mortel, cette petite clairière, c'est la nature, et la nature, elle n'en a rien à battre. La nature se moque qu'on se jette contre elle et qu'on se casse quelques os. La nature se fiche que parfois on se sente si lourd qu'on a l'impression qu'on va couler dans le sol et qu'on ne pourra plus jamais se relever.

La nature se moque de qui je suis, sur Internet ou dans la vraie vie, et ça lui est complètement égal si j'ai besoin de rester allongée là pendant un moment.

CHAPITRE 36

Mercredi, deux semaines après l'incident malheureux à la cafétéria, je suis allongée sur le sol de ma chambre, les yeux rivés sur le plafond, les cheveux encore humides en train de mouiller le tapis, lorsque la sonnette de la porte d'entrée retentit.

J'entends les pas de mon père résonner dans le couloir. Le craquement atténué de la porte qui s'ouvre. Sa voix assourdie qui dit bonjour, suivie de paroles que je ne discerne pas.

J'entends ensuite des pas dans l'escalier. Ceux de mon père. Mon rythme cardiaque s'accélère. Pourquoi monte-t-il ? Je suis toute seule en haut en ce moment.

Un petit coup sur ma porte.

— Crâne d'œuf ? Wallace est là.

Wallace est là.

Pourquoi est-ce que Wallace est là ?

— Je ne veux pas lui parler.

Ma réponse est immédiate et assurée. Je n'ai aucun doute. Je ne peux pas parler à Wallace. Je ne peux pas le voir.

— Tu es sûre ?

Mon père n'ouvre toujours pas la porte.

— Oui.

— D'accord, alors.

Il redescend l'escalier, et regagne la porte d'entrée. Sa voix assourdie dit quelque chose qui m'a l'air plein de regrets. Je n'entends pas de réponse, mais si Wallace parle, c'est sur un ton trop bas pour que je distingue quoi que ce soit.

La porte se referme.

Je me précipite maladroitement vers la fenêtre. Elle donne sur le jardin de devant et sur l'allée où la voiture de Wallace est garée.

Wallace s'éloigne d'un pas lourd. Depuis mon point de vue, il n'est qu'une masse de cheveux sombres et un maillot de football américain aux couleurs des Colts. Je presse le front contre la fenêtre. Comment peut-il ne pas sentir ma présence ? Comment peut-il ne pas sentir à quel point je voudrais qu'il ne me haïsse pas, à quel point je suis désolée ? Si je ne vois plus jamais *La Mer infernale*, je m'en fiche complètement, mais je ne peux pas me fiche de ne plus voir Wallace. Pas du tout.

Il manipule maladroitement ses clés, puis s'immobilise, comme s'il se souvenait de quelque chose. Il se dirige vers le bout de l'allée et se retourne, les yeux levés vers la maison.

Il m'aperçoit tout de suite. Je m'éloigne immédiatement de la fenêtre, le souffle court. Bien sûr qu'il savait que j'étais là – c'est obligé. Je jette de nouveau un coup d'œil par la fenêtre. Il fait les cent pas. Chaque fois qu'il revient vers moi, il lève les yeux vers ma fenêtre. Une fois, deux fois, trois fois.

Il est en train de se motiver.

De se motiver ? Mais pourquoi ? Est-ce qu'il envisage de prendre d'assaut la porte d'entrée ?

Il finit par sortir son téléphone de sa poche. Il tape quelque chose puis lève de nouveau les yeux vers ma fenêtre.

Je m'empare de mon smartphone qui prend la poussière sur mon bureau. Je l'allume et une rafale de messages fait son apparition, mais le SMS de Wallace est tout en haut.

Il faut qu'on parle.

Il n'attend pas ma réponse avant de se remettre à taper.

Il faut vraiment qu'on parle et je ne veux pas t'envoyer des SMS depuis ton jardin.

Et :

Si tu ne me laisses pas entrer aujourd'hui, je reviendrai demain.

Mon ventre se noue. Il veut entrer pour me crier dessus. Pour me dire que j'ai tout fait de travers, que je l'ai traité d'une manière affreuse, épouvantable. Peut-être que du coup je pourrais crier que je le sais, que je le sens au plus profond de mes os, comme si on m'avait injecté de la culpabilité jusque dans la moelle.

Je m'assieds et me recroqueville sur moi-même pendant un instant, les bras autour des jambes, le front sur les genoux. Puis je me force à me lever, à sortir de ma chambre et à descendre l'escalier une marche à la fois. J'ouvre la porte d'entrée à la volée et je remonte en courant dans ma chambre – dont je laisse la porte ouverte aussi – et je me roule en boule sur le lit, le dos tourné vers le coin et mon oreiller entre les bras comme un bouclier.

La porte d'entrée se referme. Je lâche l'oreiller. Je le balance à travers la pièce.

Des pas lourds montent l'escalier. Je me lève et je me mets dos à la fenêtre. Je ferme les yeux, je presse mon téléphone contre mon ventre jusqu'à ce que je sente son regard posé sur moi, j'ouvre les yeux et je l'aperçois dans l'encadrement de la porte.

Il est en colère. Il est tellement en colère. Je ne l'ai jamais vu comme ça, pas même les fois où il était fou furieux quand Tim lui disait qu'il ne pouvait pas écrire si ça ne rapportait pas d'argent. Il éprouve plus que de la colère : un mélange de fureur et d'incompréhension, avec un sentiment de trahison.

— Comment as-tu pu ne… ? (Sa mâchoire tressaille et il regarde le plafond.) Comment as-tu pu ne pas… ? (Il serre les dents.) Comment as-tu pu ne pas me dire… ?

Sa voix devient un murmure. Il gronde et serre les poings. Les larmes me montent aux yeux. Il est tellement furieux.

Il dégaine de nouveau son téléphone, en expirant profondément par le nez, comme un taureau enragé. Je m'essuie les yeux pour pouvoir distinguer mon écran. Ses SMS se succèdent à toute allure.

Comment as-tu pu ne rien me dire ? Pendant tout ce temps ?

Est-ce que tu te moquais de moi ?

J'étais un cobaye ou un truc du genre ?

Tu t'ennuyais ?

Je t'ai fait lire ce que j'ai écrit ! Je t'ai fait tout lire !

Je t'ai invitée chez moi !

Tu as rencontré ma famille !

Comment as-tu pu ne pas me dire qui tu étais ?

Tu ne voulais pas ?

Est-ce que tu y avais pensé, au moins ?

Je pleure tellement que je n'y vois plus rien. Wallace fait un pas en avant. Je bouge les pouces sur l'écran de mon téléphone mais je n'arrive pas à taper. Je renifle trop bruyamment de toute façon. Je hoquette. Je hoquette à travers mes sanglots.

Je tiens mon téléphone serré dans une main, l'autre accrochée à mon T-shirt, alors qu'en réalité ce que je veux faire, c'est me cacher le visage. Mais je ne peux pas me cacher de lui, pas maintenant. Aucun mot ne peut lui faire comprendre à quel point je suis désolée, et mes larmes redoublent.

Son poids fait craquer mon lit. Quand je me force à regarder, il est assis là, les coudes sur les genoux et la tête dans les mains. Comme il ne me regarde plus, je peux lui répondre.

Non, je tape. *Je ne me suis pas moquée de toi.*

Au début je ne voulais rien te dire.

Je baisse le téléphone et je dis à haute voix :

— Et puis j'ai compris à quel point *La Mer infernale* avait de l'importance pour toi et je ne pouvais pas te le dire.

On reste assis en silence pendant de longues minutes jusqu'à ce qu'il dise à voix basse :

— Je pensais que c'était quelque chose dans ce goût-là. Je l'espérais.

Je lève la tête.

— J'ai pensé : *Si c'était moi, qu'est-ce que j'aurais fait ?* poursuit-il. Je pense que je te l'aurais dit, mais qui sait ? Peut-être pas. Peut-être que j'aurais réagi comme toi.

Il fait courir les mains dans ses cheveux, qui se dressent, hérissés.

— Je ne comprends pas. Comment peux-tu être *elle* ? Comment est-il possible que je n'aie rien remarqué ?

Il s'interrompt comme s'il voulait que je réponde, mais je ne sais pas quoi dire alors je garde le silence.

Il lève de nouveau les yeux. Son regard parcourt mon bureau, mon ordinateur, la tablette graphique qui n'était pas là la dernière fois, et les murs nus.

— Qu'est-ce qui est arrivé à ta chambre ?

— Je ne pouvais plus voir tout ça.

Il fronce les sourcils.

— Et au lycée ?

Je lui explique tout. Je ne sais pas s'il comprend, mais il écoute.

— Je ne veux pas revenir. Je sais que ça va se reproduire. Même quand je suis seule, je ne me sens pas seule, parce que j'ai l'impression que les gens sur Internet me regardent. Au lycée, c'est encore pire, parce que je peux les voir.

— Ils ne te détestent pas, tu sais. La plupart sont des fans, en fait. Ou des gens qui pensent que c'est cool que tu sois célèbre.

— C'est pareil. J'ai lu tous les messages. C'est comme si je ne pouvais pas retenir tout en moi en même temps. Le bon et le mauvais.

— Tu es allée sur les forums ?

— Pas depuis la semaine dernière. Je ne peux pas m'approcher de mon ordinateur.

— Ouais. Je ferais pareil.

Ça confirme ce que je pense donc. Les choses ont encore empiré depuis que j'ai arrêté de lire ce qui se passe. Les grandes nouvelles ont tendance à s'étioler d'elles-mêmes sur Internet ; on ne parle que de ça pendant deux ou trois jours, puis on passe à autre chose. Si la révélation de l'identité de LadyConstellation fait toujours la une après une semaine, c'est parti pour durer longtemps.

— D'après toi, qu'est-ce qu'ils vont faire quand ils verront que je n'ai pas posté de planche cette semaine ? ou la semaine prochaine ?

— Tu ne veux plus poster ?

Je secoue la tête.

— J'ai quelques planches en réserve, mais je n'ai rien dessiné depuis la semaine dernière. Je ne veux plus. Je ne veux même plus tenir un crayon.

— Tu vas finir par les poster ?

— Peut-être. Je ne sais pas.

Son souffle se fait un peu plus court. Il me regarde, puis baisse les yeux sur ses mains, avant de les relever vers moi. Il y a quelque chose d'étrange dans son immobilité. Une nervosité, une incertitude.

— Il y a quelque chose que je dois te dire. (Sa voix est plus puissante que d'habitude, comme s'il forçait les mots à sortir.) La veille du jour où tout est arrivé, j'ai reçu un mail d'un éditeur. Il est tombé sur ma transposition en ligne. Il est très excité par la célébrité de *La Mer infernale* et il veut publier sa forme romancée.

— Un éditeur veut publier ton roman ?

Il acquiesce. Je m'essuie les yeux avec la manche.

— C'est génial. C'est extraordinaire. C'est un contrat d'édition.

— Mais il a besoin d'une permission pour le publier. La permission de la créatrice.

— Bien sûr, dis-je. (C'est la moindre des choses que je puisse faire pour lui après toute cette histoire. Je me fiche maintenant que mon nom soit public.) Bien sûr que je te donne la permission. Toujours. Dis-moi juste où je dois signer.

Mais il n'a pas l'air heureux. Il me regarde comme si je n'avais pas tout compris.

— Il refuse de me signer tant qu'il ne sait pas comment ça se termine.

— Eh bien, écris la fin.

— Il ne veut pas ma fin, Eliza. Il veut la tienne. Si ce n'est pas la tienne, ça ne peut pas être bien.

— Je peux te dire comment ça se termine et tu pourrais…

— Il. Veut. La. Fin.

— Si la bande dessinée n'est pas terminée, on ne te signera pas ?

Il continue à me dévisager. Je me glace.

— C'est ridicule. C'est quand même une bonne histoire… les gens achèteront…

— Tu dois terminer.

Il y a une dureté dans sa voix que je n'ai jamais entendue auparavant.

— Je ne peux pas.

— Tu dois terminer, Eliza.

— Je ne peux même pas toucher un crayon. Ça t'est déjà arrivé, n'est-ce pas ? de ne pas pouvoir écrire parce qu'il n'y a rien qui vient, rien qui sort, comme si ta tête était vide…

— Tu dois terminer. (Son ton est dur. Je regrette d'avoir abandonné l'oreiller qui me servait de bouclier.) Une chance comme ça ne se représentera jamais. Si les choses ne se font pas, je vais devoir passer encore quatre ans de ma vie à faire ce que les autres me disent de faire. Peut-être plus longtemps. Je ne peux pas. S'il te plaît, Eliza. Il ne reste que quelques chapitres. Finis.

Il ne comprend pas. Ou il ne veut pas comprendre.

— Je ne peux pas, je murmure.

— Pourquoi ?

— Il y a… il n'y a rien là.

— Pourquoi ? Il n'y a pas besoin qu'il y ait quoi que ce soit. Les artistes créent sur commande tout le temps. Si je pouvais le faire pour toi, je le ferais… je tuerais pour écrire quelque chose sur commande si ça voulait dire que je peux faire ce que je veux après.

Je n'ai jamais eu ce problème. Personne ne m'a jamais forcée à faire quoi que ce soit. Je ne comprends pas comment ça marche.

— Je ne peux pas.

Il se lève du lit. Se passe la main dans les cheveux avant de serrer les poings le long de son corps. Un muscle de sa mâchoire tressaille. Il regarde autour de lui : les murs nus, le bureau vide, l'ordinateur éteint.

— Tu as une vie parfaite et tu n'es pas fichue de dessiner deux chapitres.

— Ma vie n'est pas parfaite.

— Tu as créé ce truc hallucinant que des millions de gens aiment et ils t'adorent pour ça. Tout le monde sait ce que tu as fait. On reconnaît ton talent. Tu n'as pas besoin de te soucier de l'argent que vont coûter tes études, ni de décrocher un vrai job, ni de comprendre ce que tu es censée faire de ta vie. Personne ne te dit ce que tu dois faire, ni comment tu dois être. Tu n'as qu'à dessiner quelques pages de plus. C'est tout. Ça va te prendre quoi, une semaine ou deux ? S'il te plaît, Eliza, dessine ces planches.

Je ne trouve pas les mots, alors je secoue la tête.

Wallace pivote et quitte la pièce. Ses pas lourds s'éloignent dans l'escalier. La porte d'entrée se ferme doucement avec un tout petit appel d'air.

J'aurais préféré qu'il la claque derrière lui.

CHAPITRE 37

Je m'assieds à mon bureau devant une feuille de papier vierge et un crayon. Le crayon est posé à côté de la feuille, aligné parallèlement au bas du feuillet. Je le contemple. Il me contemple.

Quelques chapitres. La fin. Je n'ai pas tous les détails, mais une idée assez précise de ce qui va se produire. Ça ne peut pas être si compliqué que ça.

Une page blanche est comme une invitation. Voire un défi. Voilà ta toile – à quel point peux-tu te montrer créative ? Quelles limites es-tu prête à franchir pour faire vivre la créature qui est née dans ton esprit ? Un morceau de papier blanc présente d'infinies possibilités.

Mais maintenant, quand je regarde la feuille devant moi, tout ce que je vois, c'est un abîme. Là où jadis jaillissaient des idées et de l'enthousiasme, il y a un bloc de granit – énorme, inamovible et si froid que mes membres en sont anesthésiés. Quand je regarde cette feuille, ça me rappelle juste que je ne suis pas assez forte pour le soulever.

Je dois essayer. Je dois essayer pour Wallace.

Je tends la main vers le crayon. Ma main s'immobilise, mes doigts se crispent et mon poignet retombe sur le bureau. Ça n'ira pas. Les personnages. Les décors.

Les gens sauront. Les gens verront que ça ne va pas. Je dois absolument poster les pages parce que l'éditeur n'acceptera pas le roman de Wallace tant que l'histoire n'est pas complète, mais tous les lecteurs qui fréquentent les forums depuis tout ce temps sauront que mes planches ne sont pas aussi bonnes que d'habitude, que mon histoire n'est pas aussi bonne que d'habitude.

Et quand ils verront ça, ils sauront où et comment me trouver et ils me questionneront directement. Certains d'entre eux probablement au lycée.

Et s'ils m'écrivent ?

Et s'ils viennent sonner chez moi ?

Et s'ils commencent à parler de moi de la même manière qu'ils parlent d'Olivia Kane ? Eliza l'ermite s'est réfugiée dans une grotte au cœur de la montagne et elle menace les gens qui s'approchent trop près avec un fusil de chasse.

Elle a posé des pièges pour ses propres fans. Elle a dessiné tellement de monstres qu'elle en est devenue un elle-même.

Je me rends compte que j'agrippe si fort le rebord du bureau que mes ongles ont laissé de petites éraflures dans le bois, et je lâche prise. Je me force à respirer et à repousser toutes les autres pensées dans le tréfonds de mon esprit et à me focaliser sur Wallace. Wallace aura son contrat d'édition. Wallace pourra utiliser cet argent pour payer ses études et il pourra faire ce qu'il voudra.

Il n'aura pas à se soucier d'apaiser Tim ni à prendre un job pour lequel il se détestera.

Je dois essayer coûte que coûte.

Je tends de nouveau la main vers le crayon. Je m'en saisis. Une onde de choc remonte le long de mon bras, hérisse les cheveux sur ma tête et une vague de dégoût se propage dans mes muscles. J'agrippe le crayon plus fermement pour être sûre de ne pas le balancer loin de moi. La première ligne que je trace est de travers. Je ne sais même pas ce qu'elle était censée être. Le cadre d'une case ? Un avion dans le visage d'un personnage ?

Et d'ailleurs, où en suis-je dans l'histoire ? Impossible de m'en souvenir.

Je presse les mains sur mon front. Ma poitrine se contracte et se contracte et se contracte encore. C'était tellement facile pour moi, avant. *La Mer infernale* ne m'avait jamais posé la moindre difficulté. Même quand je ne savais pas vraiment où allait l'histoire, il suffisait que je me mette à dessiner et elle finissait par sortir. Je ne ressens rien d'autre à présent qu'une panique douloureuse. Je suis paniquée parce que je suis face au vide. Parce que même si je sais que c'est débile de penser comme ça, même si je sais que tout le monde me trouverait ridicule, j'ai l'impression que quelque chose de terrible arrivera à Wallace si je ne termine pas.

Je ne sais pas exactement quoi, ni comment. Tout ce que je sais c'est que l'angoisse monte dans ma gorge.

Je fais une nouvelle tentative. N'importe quoi. Des visages. Des yeux. Des vêtements. Rien ne sort correctement. C'est trop sombre, puis trop clair, puis trop penché vers la gauche. Les proportions ne sont pas bonnes. Les traits sont tremblants. Le poids n'est pas bien réparti.

Le crayon finit brisé en deux, une moitié derrière mon écran, l'autre balancée quelque part entre le bureau et le mur. Je roule jusqu'à l'autre bout de mon bureau, allume mon ordinateur et tape dans la barre de recherche de Google : « disparition d'Olivia Kane ». Les résultats sont des spéculations issues de journaux en ligne, de forums de fans et de médias sociaux. La théorie de Cole concernant la grotte et le fusil de chasse est tout en haut. D'autres personnes pensent qu'Olivia Kane est devenue une folle universelle, quoi que cela veuille dire. D'autres prétendent qu'elle a tenté de se suicider. Beaucoup de gens, en fait. Cette théorie est partout. Ne l'avais-je vraiment jamais vue ou ai-je plutôt préféré l'ignorer ? Est-ce que je me suis montrée naïve au point de penser qu'elle s'était simplement cachée quelque part ?

Les gens bousillés ne se cachent pas de leurs démons. Les gens bousillés se laissent dévorer.

Je me roule en boule sur mon siège, la tête entre les genoux et les bras autour de moi comme une barricade. Je ne parviens plus à pleurer. J'en ai pourtant envie : je me sentirais peut-être mieux après. Mais mes parents m'entendraient, ou mes frères, ou quelqu'un dans l'Internet omniscient, alors on me retrouverait et on me déchirerait en morceaux. Je ne peux pas pleurer, je ne peux pas dessiner, je ne peux pas me connecter et je ne peux parler à personne, alors à quoi suis-je bonne ?

À quoi je sers ?

CHAPITRE 38

Le lycée est un monstre terrifiant.

Sept heures par jour passées dans son ventre immense, et à la fin de la journée il se fait tout petit afin de pouvoir rentrer à la maison avec vous. Il se fraie un chemin dans votre oreille et vous y susurre toutes les mésaventures qui vont vous arriver le lendemain. Vos vêtements ne vous iront pas. Vous serez mal coiffée. Vous oublierez vos devoirs. Vous aurez encore plus de devoirs. Vous devrez vous battre pour obtenir une table à la cafétéria.

Tout le monde tout le monde tout le monde vous jugera.

Il ne reste plus que deux semaines avant la remise des diplômes. Je n'ai pas le choix.

Ce que je veux : rester à la maison. Plus spécifiquement dans ma chambre, les stores tirés et la télévision allumée avec le volume si bas que je peux somnoler en écoutant les murmures anesthésiants de *Dog Days*. Je veux câliner Davy et je ne veux parler à personne, je ne veux plus voir personne. Ni dans la vraie vie ni sur Internet. Surtout pas sur Internet. Je ne veux pas penser aux planches que je n'ai pas terminées, ni au visage de Wallace, gravé au fer rouge dans ma mémoire quand je lui ai dit que je n'y arriverais pas.

Ce qui se produira si j'obtiens ce que je veux : je resterai à la maison pendant les deux dernières semaines de mon année de terminale et mes parents s'assureront que je rends bien visite à cette psychologue jusqu'à ce que mon cerveau soit parfaitement nettoyé et qu'elle me renvoie sur une assiette toute propre comme sortie d'un lave-vaisselle. Ça pourrait prendre des mois. Voire, et ce serait affreux, des années. Je ne veux pas être comme ça pendant des années. Je ne veux pas ressentir ça pendant des années. Même la fac n'arrangera rien, parce que là-bas aussi il y aura des gens qui me connaissent. Je ne peux plus fuir.

Alors je retourne au lycée.

Le printemps est trop chaud pour mettre un sweatshirt. J'ai mis au point une technique pour devenir transparente, technique que j'ai perfectionnée voici des années quand j'en ai eu ras le bol d'être choisie pour faire des activités pendant les colos sportives. Ne jamais croiser le regard. Porter des couleurs ternes. Se déplacer au même pas que le reste de la foule. Disparaître est une forme d'art et j'en suis la reine. Du moins, je l'étais.

Dès que je franchis le portail, mes genoux se bloquent et une bouffée de chaleur me monte à la tête. Je contrôle ma respiration. Quand je suis certaine que je peux bouger sans trébucher, je le fais. Un pied devant l'autre.

Je ne trébucherai pas et je ne m'assommerai pas.
Je ne trébucherai pas et je ne m'assommerai pas.
Je ne trébucherai pas et je ne m'assommerai pas.

J'atteins mon casier. J'ai oublié la combinaison. Je dois sortir mon téléphone – pour la première fois depuis que Wallace est venu me voir – afin de la récupérer dans mes notes.

La porte s'ouvre à la volée et un tas de papiers pliés se déverse à mes pieds. Il y en a d'autres perchés en équilibre précaire sur l'étagère du casier. J'attrape une feuille et la déplie.

Salut Eliza,

Tu ne me connais pas, mais je suis une super fan de La Mer infernale. *Certainement la plus grande fan. Ça ne fait que six mois que je lis ta BD, mais c'est la chose que je préfère au monde. J'adore ton art, et j'aimerais bien savoir dessiner comme toi un jour. Rétablis-toi bien !*

Listria_Dreams

PS : Je sais que tu aimes demander qui sont nos personnages préférés – le mien c'est Rory !

Cette fille a glissé un message dans mon putain de casier.

Je lâche la feuille et je me penche pour tout remettre à l'intérieur avant que les autres puissent les voir. Les papiers me brûlent la peau comme s'ils étaient en feu et m'échappent des mains. Il y en a trop.

Quelqu'un me tapote l'épaule. Je sursaute pour m'éloigner et je me cogne la tête et l'épaule contre la porte du casier.

C'est Wallace.

Il se penche et commence à ramasser les petits mots avec sa grande main. Il ne fait pas mine de les remettre dans le casier ; au lieu de ça, il les fourre dans son sac à dos.

Je remballe mes questions, ma panique et mes larmes et remplis mon objectif premier, c'est-à-dire récupérer mes manuels pour la matinée. Wallace fait glisser la lanière de son sac à dos sur ses épaules et s'éloigne vers la salle d'étude dirigée.

Je ne lui ai pas parlé depuis qu'il est venu me voir la semaine dernière. Qu'est-ce que je pourrais lui dire ? « J'ai essayé, je ne peux vraiment pas terminer la BD et je suis désolée de gâcher ta vie » ?

Je ne sais pas quelle conséquence la révélation de mon identité a eue sur son implication dans la fanbase, mais elle en a forcément eu une. Les gens sur les forums savaient que rainmaker avait le béguin pour MirkerLurker, même s'il n'a jamais rien dit. Quand on a su que LadyConstellation et MirkerLurker étaient une seule et même personne, a-t-il réussi à les convaincre qu'il n'avait aucune idée de ma véritable identité ? Quelqu'un a-t-il fait le lien entre rainmaker et Wallace, d'ailleurs ? Que j'aie perdu mon anonymat est suffisamment épouvantable – si je dois aussi avoir la perte de celui de Wallace sur la conscience, je ne sais pas ce que je ferai…

Je ne peux même pas penser à Cole, Leece, Chandra et Megan. Je ne suis pas allée au rendez-vous chez Murphy le week-end dernier. Je n'étais pas capable de les affronter. Je leur ai menti comme j'ai menti à Wallace, et ce sont en premier lieu les amis de Wallace. Ils seront aussi en colère que lui, peut-être même davantage.

Quand je pénètre dans la salle de classe, l'expression de Wallace semble gravée dans la pierre. Il ne me regarde pas.

Quelques têtes se tournent vers moi, mais la plupart des élèves restent concentrés sur leurs propres affaires. Wallace sort une feuille de papier et commence à écrire. Mme Grier, assise derrière son bureau, garde la tête baissée et les yeux rivés sur le livre ouvert entre ses mains. Le haut d'un tatouage dépasse de sa manche droite. Si je n'avais pas su qu'il était là, je ne l'aurais pas remarqué.

J'avais espéré que ce soit un cauchemar. Ce tatouage. Une vision que j'aurais eue parce que, ce jour-là, tout était bizarre.

Mais non, ce n'est pas le cas. Ma prof d'étude dirigée s'est fait tatouer la citation la plus populaire de *La Mer infernale* sur le bras en lettres majuscules, comme un cri de guerre. IL Y A DES MONSTRES DANS LA MER. Oui, madame Grier. Oui, il y en a. Vous êtes l'un d'entre eux. Vous êtes l'un des monstres qui devaient rester sous la surface, mais vous ne l'avez pas fait. Vous êtes sortie et maintenant je ne peux plus jamais oublier que je vous ai vue. Je ne peux plus oublier votre existence.

Je reporte mon attention sur mon bureau et je mets les mains en coupe sur ma nuque. Les artistes ne devraient pas ressentir ça pour leurs fans. Je ne devrais pas souhaiter leur disparition. Ils sont la raison pour laquelle j'ai… la raison pour laquelle j'ai tout. C'est grâce à eux que je peux payer mes études, que j'ai pu acheter une tablette graphique, que je peux passer autant de temps à faire ce que j'aime.

J'espère qu'Olivia Kane ne ressentira jamais ça à mon égard.

Olivia Kane.

J'ai beau ne pas savoir exactement ce qui lui est arrivé, je sais que je veux me l'éviter à tout prix.

J'attrape un carnet dans mon sac à dos et l'ouvre à une page vierge. Avant que tout cela arrive, je n'aurais jamais tenté de contacter Olivia Kane. Mon cœur aurait explosé sous l'effort et j'aurais eu trop peur de la réponse qu'elle aurait pu me faire.

Mais quand l'époque est désespérée…

Madame Kane,

Je m'appelle Eliza Mirk. Je ne vous écris pas pour parler des Enfants d'Hypnos, *même si je suis une fan absolue. Je suis la créatrice de la bande dessinée numérique* La Mer infernale, *et récemment mon identité a été révélée à mes fans. Le jour où c'est arrivé, j'ai fait une crise de panique, j'ai trébuché et je me suis assommée sur une table de la cafétéria.*

Je suis pitoyable, je sais.

Depuis ce jour, j'ai été harcelée par tous les moyens possibles, incluant des messages par Internet, des mails, et même des notes fourrées dans mon casier au lycée. Certains de ces messages sont très sympas, d'autres pas du tout. J'ai l'impression que les gens me surveillent en permanence et sont toujours conscients de moi – même si je suis assise toute seule dans ma chambre. Je ne mange plus beaucoup et je ne dors plus bien et je ne sais pas quoi faire de moi-même.

Après deux semaines passées confinée chez moi, j'ai décidé de retourner au lycée, mais la peau me picote et j'ai l'impression d'être au bord d'un étourdissement permanent, comme si la panique pouvait s'abattre sur moi à n'importe quel moment. Je veux rentrer chez moi. Je ne veux plus jamais quitter ma chambre.

Je sais que votre situation n'est pas exactement la même, mais le pire dans tout ça c'est que je suis incapable de terminer La Mer infernale. *Je suis très proche de la fin, mais j'ai perdu toute motivation. Je suis comme un puits à sec. Je ne sais pas comment le remplir, je ne suis même pas sûre d'en avoir envie, pourtant il le faut. Il y a tellement de raisons pour lesquelles je dois terminer. Je ne devrais pas ressentir ça, n'est-ce pas ? Je ne devrais pas me sentir si attaquée. Quand on est un personnage public, on doit gérer ça. J'ai peur qu'il y ait quelque chose qui cloche chez moi et je ne sais pas comment le réparer. J'ai peur d'être comme ça pour toujours. J'ai tellement peur, tout le temps.*

Je ne sais pas si vous pouvez m'aider, ou si vous comprenez de quoi je parle, mais je me suis dit que vous étiez peut-être la seule à pouvoir me comprendre.

Merci d'avoir pris le temps de me lire.

Eliza Mirk

PS : Pardon, je sais que j'avais dit que je ne vous parlerais pas des Enfants d'Hypnos. *Vous n'êtes pas obligée de répondre à cette question, et je suis sûre qu'on vous la pose tout le temps ; si ça vous gêne, n'y répondez pas. Est-ce que vous savez comment la série se termine ? Je n'ai pas besoin de détails ; je me demandais juste si vous le saviez et que vous étiez incapable de finir, comme moi, ou si en réalité il n'y avait pas de fin.*

CHAPITRE 39

Je passe le reste de la journée avec la lettre pour Olivia Kane soigneusement pliée en trois dans ma main. Pendant le déjeuner dans la cour, Wallace me tend la feuille de papier sur laquelle nous conversons par-dessus son plateau chargé de nourriture. Il y a au moins un de nous deux dont l'appétit n'a pas été affecté par les événements.

Qu'est-ce que c'est que ça ?

Ce sont les premiers mots qu'il m'adresse, écrits ou parlés, depuis qu'il s'est pointé dans ma chambre. Même après avoir observé son visage et son langage corporel, je n'arrive pas deviner sur quel ton il le dit. Est-il contrarié ? curieux ? Il ne peut pas être inquiet, pas vrai ? Je ne comprends même pas pourquoi il s'est assis à côté de moi. Par habitude, probablement.

Une lettre pour Olivia Kane, j'écris en retour. Il y a d'autres élèves dans la cour aujourd'hui, et je n'ai pas envie de parler à haute voix.

Wallace fronce les sourcils. *Je peux la lire ?*

Je caresse la lettre pliée du bout des doigts. Elle n'est pas destinée à Wallace. Il n'attend pas la main tendue ni rien. Ça ne peut pas faire de mal s'il la lit. Peut-être même qu'il pourrait comprendre ce que j'ai essayé de lui expliquer la semaine dernière. Il pourrait même me dire qu'il peut m'aider – c'est un écrivain, après tout.

Non, ce n'est que pour elle.

Il lit ma réponse et ne répond pas.

Une fois rentrée chez moi, je déniche une enveloppe et un timbre dans le bureau de mes parents et je vais poster ma lettre. Quelques années plus tôt, l'adresse de l'éditeur d'Olivia Kane a circulé sur les forums : c'est là qu'on pouvait lui adresser son courrier. Je ne sais pas si c'est toujours le cas, ni si l'éditeur continue à lui transmettre quoi que ce soit. La probabilité qu'elle lise ma lettre est faible, voire nulle, et la probabilité qu'elle y réponde encore plus. Mais ça m'est égal si elle menace les gens avec un fusil de chasse en hurlant comme une possédée.

Il faut au moins que je tente ma chance.

CHAPITRE 40

— Eliza, pourquoi ne vas-tu pas t'installer tout de suite sur le canapé ? Mets-toi à ton aise.

— D'accord.

— Tu veux boire quelque chose ?

— Hum. De l'eau peut-être.

— Va pour de l'eau. Je suis contente que tu aies décidé de venir me parler.

— Je n'en avais pas l'intention. Je veux dire – mes parents voulaient que je vienne. Je n'aime pas vraiment parler. Je voudrais juste tourner la page.

— Bien sûr. J'ai lu le questionnaire que tu as rempli pour moi et je l'ai comparé à ce que tes parents m'ont dit – j'ai l'impression que tu as eu une année difficile.

— Je suppose.

— Pourquoi ?

— Tout a empiré. Enfin, pas vraiment… Je ne sais pas, « empirer » n'est pas le bon mot. Disons que tout a été plus… intense ?

— Intense est un bon mot pour définir ce qui s'est passé. D'après toi à partir de quand tout a-t-il dérapé ?

— Avant que ça dérape, ça avait commencé à s'améliorer. Quand ? Je ne sais pas. Peut-être en octobre.

— Qu'est-ce qui s'est passé en octobre ?

— Hum. C'est là que j'ai rencontré Wallace.

— Wallace est ton petit ami, c'est ça ?

— Oui. Ou du moins il l'était. Aujourd'hui, je ne sais plus.

— D'accord, donc tu as rencontré Wallace. Comment est-ce que les choses ont changé pour toi à ce moment-là ?

— On a commencé à passer du temps ensemble. Je ne fréquentais personne au lycée... ni en dehors du lycée. Wallace est un fan de *La Mer infernale*, et c'était la première fois que j'en rencontrais un dans la vraie vie. J'ai aussi rencontré ses amis.

— Est-ce que tu t'es bien entendue avec eux ?

— Oui.

— Est-ce que Wallace a rencontré tes amis ?

— Techniquement, oui. Max et Emmy sont tous les deux présents sur les forums de *La Mer infernale*, donc ils se sont déjà croisés.

— Tu n'as jamais rencontré Max et Emmy en vrai ?

— Je les connais en vrai. Ce n'est pas comme s'ils faisaient semblant d'être quelqu'un d'autre juste parce qu'ils sont sur Internet.

— Je veux dire en chair et en os, de manière à pouvoir les toucher.

— Non. L'un vit au Canada et l'autre est à la fac en Californie.

— Tu as donc l'habitude d'interagir avec des gens surtout sur Internet.

— Je suppose. Avant de rencontrer Wallace j'interagissais surtout avec ma famille. C'est mal ?

— Pas nécessairement. La plupart des gens, surtout les adolescents de ton âge, rencontrent leurs amis les plus proches et leurs communautés en ligne. Je suis désolée d'avoir employé le terme « en vrai » – je ne voulais pas dire du tout que c'étaient des relations sans valeur.

— Pas de problème. Vous vous y prenez mieux que mes parents.

— Qu'est-ce qu'ils disent ?

— Un tas de choses. Au début, ils affirmaient approuver ce que je faisais sur Internet, mais je pense qu'ils mentaient. Ils ont été contents quand Wallace a débarqué. Je pense qu'ils ont cru que je sortais de ma coquille ou un truc du genre.

— Et c'était le cas ?

— Peut-être. J'en sais rien. J'ai commencé à faire plus de choses en dehors de chez moi, mais ce n'était quand même pas la même chose que sur Internet.

— Comment tu te sentais sur Internet ?

— Comme la créatrice de la bande dessinée numérique la plus populaire du monde. J'étais invincible. C'est tellement plus facile de gérer les gens quand on sait qu'ils ne peuvent pas vous toucher.

— C'est normal d'expérimenter ces différences de pouvoir. Est-ce que tu te sentais comme ça avec Wallace tout le temps ?

— Non. Parfois, mais pas tout le temps. Je faisais semblant d'être une fan moi aussi. Wallace est le plus populaire de tous les auteurs de fanfiction de *La Mer infernale.*

— Et si on parlait un peu plus de *La Mer infernale* ?

— Comment ça ?

— Pourquoi tu ne me raconterais pas de quoi ça parle ?

— Vous ne l'avez pas lue ? Ah – pardon, ce n'est pas ce que je voulais dire. Je voulais juste dire que comme toute cette histoire tourne autour de *La Mer infernale*, je pensais que vous seriez allée la lire en ligne… Désolée, je ne suis pas prétentieuse, je le jure.

— Pas de problème. Je l'ai lue, mais je veux t'entendre la décrire.

— C'est… difficile à expliquer. C'est l'histoire d'un garçon et d'une fille et… Vous avez lu *Faust* ? ou vu une adaptation ? Vous connaissez la légende de Faust, pas vrai ?

— Oui.

— D'accord, alors le garçon et la fille ont vendu leur âme en échange d'un pouvoir fabuleux. En quelque sorte. C'est bizarre. Ils vivent sur cette énorme planète très lointaine qui s'appelle Orcus et qui est composée presque uniquement d'océans. Le garçon et la fille sont les deux seuls à pouvoir se tuer l'un l'autre, et ils appartiennent chacun à deux camps différents qui se font la guerre – je n'explique pas super bien, je crois.

— Tu t'en tires très bien.

— La fille découvre que son propre camp l'a manipulée et le garçon essaie de l'influencer pour l'attirer de son côté, mais il s'avère qu'il est bien le monstre que tout le monde prétend – pas de la manière dont on l'a présenté, mais un monstre tout de même…

— Depuis combien de temps tu travailles là-dessus ?

— Longtemps.

— Est-ce que tu y penses souvent ?

— Tous les jours. Parfois je n'arrive à penser qu'à ça. Mais je ne suis plus capable de travailler dessus depuis… quelques semaines.

— Depuis qu'on a su que c'était toi qui avais créé cette bande dessinée.

— Oui.

— Pourquoi ?

— J'ai perdu toute motivation. Ça faisait partie de moi, c'était quelque chose que je faisais tout le temps. Je ne sais même pas si ça me manque ou pas.

— Tu travailles sur autre chose à l'heure actuelle ?

— Non. J'ai essayé, mais je me suis sentie coupable de ne pas travailler sur *La Mer infernale.*

— Pourquoi ?

— En partie à cause des fans, je pense. Ça fait tellement longtemps qu'ils la lisent et la fin est tellement proche que j'ai l'impression de les laisser tomber. Je les laisse tomber. Mais c'est aussi en partie à cause de l'histoire elle-même… Oubliez. C'est stupide.

— Rien n'est stupide, Eliza. Comment ça, à cause de l'histoire ?

— J'ai l'impression de laisser tomber l'histoire. Comme si je ne la méritais pas parce que je suis incapable de la terminer.

— Et ça t'ennuie beaucoup ?

— J'ai fait quelques cauchemars à ce sujet.

— Des cauchemars ?

— Oui… des cauchemars du genre : « Je suis dévorée par les monstres marins. » C'est normal, non ?

— C'est normal de faire des cauchemars quand on est stressé, oui. J'ai rencontré des artistes qui en souffraient – ils ne se sentaient plus à la hauteur de leurs propres œuvres, ils ressentaient de la culpabilité devant leur travail inachevé, de l'anxiété face aux attentes de leurs fans. C'est normal, mais ça ne veut pas dire que c'est sain. Eliza, ta valeur en tant que personne ne dépend pas de l'art que tu crées, ni de ce que les gens en pensent.

— Mais alors… elle dépend de quoi ? Qu'est-ce qu'il y a en dehors de ce que nous créons et que nous laissons derrière nous ?

— Penses-tu que les gens qui ont le plus de mérite sont ceux qui ne produisent qu'un travail excellent ?

— Eh bien…

— Laisse-moi reformuler : tes frères sont des sportifs, non ?

— Oui.

— S'ils perdent un match, ne risquent-ils pas aussi de perdre des supporters ?

— Je suppose.

— Est-ce que du coup leurs vies valent moins que celles de deux garçons qui gagnent tout le temps ?

— Bien sûr que non. Ce serait ridicule. Ce n'est qu'un match.

— On pourrait dire la même chose de *La Mer infernale*. Ce n'est qu'une bande dessinée.

— C'est différent.

— Je pense que tu serais surprise de voir à quel point la frontière entre l'art et le sport est ténue – certains artistes considèrent leur art comme un sport, et certains athlètes considèrent leur sport comme un art. Ce que je veux dire, c'est que nous attribuons de la valeur aux choses qui sont les plus importantes pour nous, et que parfois nous ne prenons pas le temps d'observer le tableau dans son ensemble. Tu es capable de voir qui sont tes frères, ce qui n'a pas de rapport avec ce qu'ils font ou ce qu'ils accomplissent, mais tu es incapable de faire la même chose pour toi.

— Je... peut-être...

— La valeur d'une personne n'est pas fondée sur quelque chose de tangible. Il n'existe pas de test pour ça, ni d'échelle. Tout le monde a sa propre idée de ce que c'est. Mais je peux t'assurer que *La Mer infernale* n'est pas la mesure de ta valeur dans la vie, Eliza. Et que tu la finisses ou pas ne déterminera en aucun cas si tu as le droit de vivre ou de mourir.

— Mais... Wallace. On lui a proposé un contrat d'édition pour la novélisation de l'histoire, et ça changerait complètement sa vie, mais l'éditeur ne veut pas le signer tant que l'histoire n'est pas terminée. Si je ne finis pas, il va tout perdre.

— Est-ce que c'est une situation de vie ou de mort ?

— Non.

— Est-il en danger et est-ce que seule la fin de *La Mer infernale* pourrait le sauver ?

— Je... non. Mais ça lui faciliterait les choses...

— Ça a l'air vraiment difficile.

— Qu'est-ce que je suis censée faire ? C'est pour ça que je suis là, c'est pour ça que je tente de résoudre mes problèmes et de recommencer à dessiner. Si ce n'était pas pour lui, je ne repenserais plus jamais à cette bande dessinée. Je veux terminer pour lui, mais j'en suis incapable. Et s'il n'est pas publié, ce sera ma faute.

— Je ne pense pas que la chose importante ici soit que tu termines la bande dessinée. C'est que tu comprennes que tu n'es pas responsable de la vie de Wallace, ni de la vie de tes fans. L'humeur de ta fanbase ne devrait pas dicter ta valeur intrinsèque.

— Mais c'est ma faute. Je devrais être capable de terminer même si je n'en ai pas envie.

— Je comprends que tu souhaites agir autrement, et ce n'est peut-être pas sympa pour tes fans, mais qu'est-ce qui est le plus important : que tu travailles en dépit du blocage, ou que tu prennes le temps de te reposer ?

— Ce n'est pas à vous de me donner la réponse ?

— Je pense que dans ce cas, il est plus important que tu décides pour toi-même. Ce problème – ton anxiété – ne sera pas facile à régler. Je peux te donner des médicaments, mais il est vital que tu apprennes à l'identifier quand tu as l'impression d'être submergée, et que tu comprennes quand tu peux surmonter l'angoisse et quand tu as besoin de faire un pas de côté.

— Oh.

— Explorons autre chose. Est-ce que tu as pensé à ce que tu ferais une fois *La Mer infernale* achevée ?

— Je… je pense que je m'effondrerai. Vous voyez, comme une marionnette dont on aurait coupé les ficelles.

— Tu n'as pas d'autres pistes que tu voulais explorer ?

— Non.

— La vie ne s'achève pas avec l'histoire. Peut-être que tu ne termineras jamais *La Mer infernale*. Peut-être que si.

Peut-être que tu ne dessineras rien d'autre après. Peut-être que si. Les fans aimeront toujours. Tes détracteurs, eux, trouveront toujours quelque chose à te reprocher. La vie va poursuivre son cours, et toi aussi.

— Mais… combien de temps est-ce que ça va prendre ? Je suis fatiguée de ressentir ça tout le temps.

— C'est difficile à déterminer.

— Je dois entrer à la fac à l'automne. Je ne peux pas… je ne veux pas gérer à la fois ça et un nouvel endroit.

— Est-ce que tu as pensé à prendre du temps pour toi ? une année sabbatique ? Tu n'es pas obligée d'aller à la fac tout de suite.

— Mais qu'est-ce que je vais faire ? Je ne peux pas rester dans ma chambre toute la journée, pas vrai ? Même si j'en ai très envie.

— Si tu continues à venir me voir, on peut parler de tout ça, mais je pense que ce serait une bonne occasion de faire le point sur ta vie. Pour te recentrer. Et ça nous donnera aussi le temps de traiter ton angoisse.

— Ça… ça me plaît.

— Est-ce que tu veux un peu plus d'eau ? Tes glaçons ont fondu – elle doit être tiède.

— Oh, oui, merci.

CHAPITRE 41

La remise des diplômes n'arrive pas assez vite à mon goût.

Mes notes ont chuté ces dernières semaines, mais la fin du semestre est tellement proche que ça n'a pas d'importance. L'université ne peut pas revenir sur sa lettre d'acceptation. J'ai été prise dans une fac locale à qui j'ai presque immédiatement écrit pour expliquer pourquoi je voulais différer mon admission d'une année.

En septembre dernier, mes parents n'auraient pas du tout apprécié l'idée que je prenne une année sabbatique. Après tout ça, ils trouvent que c'est pour le mieux. Je pense que leur réaction est en partie due à l'intervention impromptue de mes frères en ma faveur. Après leur conversation, papa a commencé à intercepter tous les appels et toutes les lettres qui m'étaient destinés, et maman a fait la liste des activités qui me permettraient de sortir davantage de la maison – la plupart impliquent uniquement de balader Davy, Dieu merci – et elle a accroché un petit panneau sur le réfrigérateur avec une rangée de smileys afin que je puisse dire comment je me sens tous les jours. J'aurais trouvé ça stupide avant, mais certains jours, c'est plus facile que de parler.

— Comment ça, tu ne vas pas à l'école l'année prochaine ? rugit Sully pendant le dîner quand les parents annoncent mon plan. *Nous* devons aller à l'école l'année prochaine ! C'est tellement injuste !

Church enfourne les petits pois dans sa bouche en silence.

— Sully ! siffle maman.

Aucun de mes frères n'a l'autorisation de se plaindre des conséquences de mes « dépressions », comme les appelle Sully en plaisantant, mais je suis contente de la réaction de mon frère. Grâce à ça, mes histoires ressemblent à un problème rigolo dans un film. Il sera résolu avec une petite pirouette après une heure et demie de comédie familiale.

Sully se recroqueville sur son siège, maussade.

Quelque chose vibre. Church sort son téléphone de sa poche.

— Oh, hé, regarde.

Il me tend son portable. Il a reçu un message de Lucy Warland.

— Comment se fait-il que tu aies le numéro de téléphone de Lucy Warland ? je demande.

— Parce qu'elle est cool. Et parce que Sully ne voulait pas lui demander son numéro lui-même.

Le visage de Sully devient écarlate.

— Elle m'avait dit qu'elle enverrait des photos de la cérémonie de remise des diplômes, poursuit Church.

Ah, la remise des diplômes. Ce diplôme que j'ai décroché et que j'ai refusé d'aller chercher. Savoir que je ne mettrai plus jamais les pieds dans ce lycée me permet de mieux respirer. J'affiche la photo en plein écran et je vois une cérémonie à moitié pleine de mes camarades de classe, tous alignés dans leurs robes en soie sur l'estrade pour recevoir leur diplôme des mains du proviseur.

Lucy a pris la photo au moment où Wallace est monté sur l'estrade. Je la contemple comme si c'était une vidéo : Wallace qui monte les marches et traverse la tribune de son pas délibéré. Son visage est stoïque, comme d'habitude, parce qu'il y a beaucoup trop de monde dans la pièce et que plus il est entouré de gens, moins il est expressif. Il est plus grand et plus massif que le proviseur. Sa main engloutit celle de l'adulte. Il prend le diplôme et quitte la scène d'un pas lourd et la plupart des gens présents pensent qu'il est stupide ou muet ou tout simplement personne.

Je sais qui il est. Je sais ce dont il est capable.

— Je peux récupérer mon téléphone maintenant ?

Je rends le portable à Church. Sully me dévisage.

— Qu'est-ce qui ne va pas ? demande-t-il. On dirait que tu as avalé un pneu.

— Je peux sortir de table ?

— Bien sûr, fait ma mère surprise. Pourquoi ?

— Il faut que je monte me changer. J'étais censée retrouver Wallace chez lui après la cérémonie.

Mes parents échangent un regard.

— On n'était pas au courant, constate papa.

— Je suis désolée, j'ai oublié de vous prévenir.

Je me précipite à l'étage pour chercher quelque chose de joli dans ma commode. Quelque chose d'un peu élégant, comme l'une des tenues que les parents m'ont offertes pour Noël. J'arrange mes cheveux. J'essaie de me maquiller, je n'y parviens pas, je recommence. Warland est tout à la fin de l'alphabet – la cérémonie doit être terminée à présent.

Papa et maman me laissent partir sans protester. Je pense qu'ils sont sidérés de me voir aussi bien habillée et maquillée.

La maison des Keeler est vide. Je me gare le long du trottoir et je m'installe sur la véranda. Cette soirée de fin mai est tiède ; le soleil disparaît à moitié derrière la ligne d'horizon. Cela fait trop longtemps que je ne suis pas venue. Wallace et moi n'avons pas vraiment parlé depuis la lettre que j'ai envoyée à Olivia Kane, même si nous déjeunons ensemble tous les jours au lycée. Casser la routine est trop difficile. Je ne sais pas si l'offre de l'éditeur tient toujours et je ne sais pas s'il s'attend à me voir sur son perron un jour – ce que je suis en train de faire maintenant – avec les derniers chapitres en main.

Je sais que ce n'est pas pour ça que je suis là. Je suis là parce que je veux qu'il comprenne que la culpabilité me dévore.

Au bout d'un quart d'heure, une voiture fait son apparition dans la rue et emprunte l'allée.

Les Keeler en descendent. Tim, Bren et Lucy en premier. Suivis de Vee. Wallace sort le dernier, par la portière arrière, ce qui veut dire qu'il a fait le trajet pris en sandwich entre ses sœurs. Comment ont-ils pu tenir tous les trois sur la banquette arrière ? C'est un mystère.

— Oh, Eliza ! On ne s'attendait pas à te voir ici, ma puce !

Vee se précipite vers moi et me prend dans ses bras.

Lucy la suit de près, comme si la gentillesse faisait partie de son ADN. Ses millions de petites tresses ont été remplacées par des boucles.

— Tu as vu les photos que j'ai envoyées à Church ? Je n'en ai pas pris beaucoup, mais il a dit qu'il en voulait quelques-unes, alors...

— Oui, je les ai vues.

Bren et Tim surgissent à leur tour. Ils ne sont pas très tactiles, ce qui me va très bien. Bren pose une main sur mon épaule. Ses cheveux sont retenus en arrière par un large bandeau orange.

— Comment ça va ?

— Pas si mal.

Elle sourit.

— On était tristes de ne pas te voir à la cérémonie ce soir, fait Tim en me souriant lui aussi. (Je n'étais pas certaine de ce qu'il pensait de moi avant, mais maintenant qu'il sait que *La Mer infernale* c'est moi, je suppose que j'ai progressé dans son estime. Certainement.) Tu resteras bien un peu ?

— Oh... je ne sais pas. Je voulais juste parler à Wallace.

Tim jette un coup d'œil par-dessus son épaule en direction de Wallace qui est toujours près de la voiture.

— Très bien, on va vous laisser.

Il pousse le reste de la famille dans la maison, et je me retrouve seule avec Wallace dans le silence de la rue.

— Salut, dis-je.

— Salut.

Sa voix basse franchit à peine la distance entre nous. Il tient son chapeau et son costume de cérémonie pliés sous un bras ; il porte un costume dessous, mais sans la veste.

— La cravate te va bien.

— J'ai l'impression qu'on est en train de m'étrangler. Tu t'es maquillée ?

— Un peu. Est-ce que c'est stupide ?

— Non.

Je rabats une mèche de cheveux derrière mon oreille. Je me force à respirer de manière régulière et mes pensées ralentissent. *Mon corps n'est pas une chose dégoûtante que je dois traîner avec moi. Je ne suis pas pressée dans un tube étroit. Je suis là. Je peux le faire.*

Je me répète ces phrases à plusieurs reprises, mais je ne les crois pas. Pas encore.

— Lucy nous a envoyé une photo de toi. Ça m'a rendue… ça m'a rendue très heureuse.

— D'accord.

Je fais un pas vers lui.

— Je n'ai pas fini les pages. Si ça avait été le cas, je te l'aurais dit. J'ai… j'ai vraiment essayé. (Il ne bouge pas.) Je veux vraiment terminer. Je déteste ne pas en être capable. Je déteste être celle qui te retient. Et tu avais raison. J'ai tout ce dont j'aurai jamais besoin. Je ne pense pas que ma vie soit parfaite, mais elle est assez géniale comparée aux autres, et je ne devrais pas me plaindre autant que je le fais.

Il garde le silence.

— Je suis désolée. De t'avoir menti sur toute la ligne, et de ne pas être capable de finir.

Toujours rien.

— Tu me manques, finis-je par dire tout à trac.

— Je te manque.

Son expression est indéchiffrable.

— Je sais que les choses sont bizarres maintenant pour tout un tas de raisons. Et je ne t'en veux pas si tu... si tu me détestes. (Mes jambes commencent à trembler et je serre les genoux.) Je voulais que tu saches que tu me manques, et que je ne veux pas que les choses soient comme ça. Si tu veux qu'on soit juste amis – ou si tu ne veux même pas ça – d'accord, mais à la fin de l'été, on ne vivra plus au même endroit.

Après un moment de silence insupportable, il répond :

— Je ne sais pas si tu comprends à quel point je suis en colère.

Mon estomac fait des nœuds.

— Quoi ?

— Tu m'as menti pendant tellement longtemps, même après mon mail, et ensuite... l'histoire des derniers chapitres. (Il hausse ses épaules massives.) Je ne sais pas comment je vais payer mes études. Je vais devoir trouver plein de petits boulots, je suppose. Je vais déjà travailler tout l'été, je ne pourrai donc pas passer de temps avec toi.

— Oh.

— Juste... Voilà, tu sais.

— Ouais.

Je me concentre sur le capot de la voiture.

Il me contourne pour rentrer chez lui. Il ne me dit pas au revoir. Ni à plus tard. Il disparaît dans la maison et je me retrouve toute seule. J'ai l'impression que le sol est en train d'avaler mes pieds. Remonter son allée c'est comme marcher dans la boue, et quand j'en atteins l'extrémité, je ne peux pas bouger davantage. Je m'agenouille, les mains en coupe sur ma nuque, les épaules entre les genoux, le souffle saccadé et douloureux.

Wallace ne me pardonnera pas. Ce que je peux me raconter n'a aucune importance. Je peux m'excuser ou m'expliquer un nombre incalculable de fois. Dans mes pires cauchemars, je n'ai jamais imaginé qu'il ne voudrait plus me parler du tout. Mais dans mes pires cauchemars, la chose la plus terrible qui se produisait était qu'il découvrait ma véritable identité.

Wallace ne me pardonnera pas.

Comment les autres pourraient-ils le faire ?

***Message privé via le forum de* La Mer infernale**

22 h 05 (MirkerLurker a rejoint la conversation)

MirkerLurker : Vous êtes là ?

22 h 08

MirkerLurker : J'ai juste

MirkerLurker : des tas de problèmes

MirkerLurker : avec tout

22 h 10

MirkerLurker : OK

22 h 21

MirkerLurker : Faut que j'y aille.

CHAPITRE 42

Assise dans ma voiture de l'autre côté du pont, je contemple le virage mortel. Les mots de Wallace résonnent dans ma tête. Ils font revenir à la surface tous les posts du forum, tous les mails, tous les messages des gens qui veulent savoir qui je suis et ce que je suis, et quand je vais terminer ma BD. Je suis toute seule au milieu de la route, mais je n'ai pas l'impression de l'être.

Les rubans délavés accrochés à la croix au sommet du virage sont immobiles. Le ciel est un rideau de velours noir transpercé par les étoiles.

J'entends un bruit de pneus au loin. Je me fige. Des éclairs crépitent dans mes veines et la peur fait des nœuds dans ma poitrine. Quiconque verrait un véhicule arrêté près du virage mortel devinerait ce que je fais là.

Une minute s'écoule. La nuit redevient silencieuse.

Mon corps se calme et la crainte s'éloigne, ne laissant plus que cette tension douloureuse dans mon estomac qui n'a jamais complètement disparu depuis que mon identité a été révélée. Je ne vais pas bien. Je sais que je ne vais pas bien et qu'il existe des moyens de me soigner, mais je ne peux pas attendre aussi longtemps. Ça ne vaudra pas le coup d'aller bien de nouveau, parce que les gens me haïront toujours. Je serai toujours une laissée-pour-compte bizarre, la méchante fille de seconde zone qui vit dans les égouts.

Tout s'arrangera quand j'aurai disparu, de toute façon ; je ne serai plus là pour bousiller la convivialité de ma famille, pour embêter Max et Emmy avec mes problèmes ou pour rappeler à Wallace tout ce qu'il aurait pu avoir.

Je suis tellement fatiguée. Je suis fatiguée de l'angoisse qui vrille mon estomac si fort que je ne peux pas bouger le reste de mon corps. Je suis fatiguée de ma vigilance constante. Je suis fatiguée de vouloir faire quelque chose de moi-même, mais de toujours choisir la fuite.

Je pensais que je tenais la solution. Je contemple le virage mortel et le virage mortel m'ignore comme il ignore tout le monde. Quand je suis passée devant une heure plus tôt, il m'a semblé tellement pratique. Providentiel même. Je l'ai contemplé tellement de fois en pensant que ce devait être super sympa de voler. Et voilà qu'il est là, juste quand j'ai besoin de lui. Une heure plus tôt, quand je me suis arrêtée, j'ai pensé que ce serait une décision facile d'appuyer sur l'accélérateur et de tenir fermement le volant. Mais rien que d'y penser – la vitesse, la course, la chute –, non, ça n'a rien de facile. Quiconque pense que c'est une issue aisée n'a pas eu à l'affronter.

Ça va aller, je me dis à moi-même avant d'éclater d'un rire hystérique.

Je suis en train d'envisager de me suicider. Bien sûr que ça ne va pas aller.

J'enfouis la tête dans mes bras. Je ne suis plus certaine. Je ne sais pas, je ne sais pas, mon Dieu, je suis tellement fatiguée. Davy me manque, ainsi que ma chambre tranquille où personne ne peut me faire de mal et le bourdonnement perpétuel de mon ordinateur. Je voudrais être là-bas.

Je devrais peut-être y aller. Cette idée arrondit les angles de ma panique. Je pourrais rentrer chez moi. Juste pour ce soir. Je suis plus stressée assise ici que je ne le serais chez moi, de toute façon, et ce n'est pas la peine de me précipiter. Je pourrais dormir, et pendant quelques heures je n'aurais plus à penser à rien.

Oui. C'est ce que je vais faire.

Je baisse les jambes et je tâtonne à la recherche du levier de vitesse. Je ne quitte pas le virage mortel des yeux, comme si c'était un dragon endormi qui pouvait se réveiller pour m'attaquer. Pas aujourd'hui, je pense à son adresse, à lui et au joli mémorial. Tu ne m'auras pas aujourd'hui.

Ces paroles font courir un frisson le long de mes bras. Pas aujourd'hui.

Soudain, des pneus dérapent sur l'asphalte. Des phares surgissent devant moi, de l'autre côté du virage. Ils m'aveuglent tandis que je tente de boucler ma ceinture tout en cherchant mes clés.

L'autre véhicule s'arrête au milieu du tournant, près du mémorial. La porte du conducteur s'ouvre immédiatement et une silhouette sombre et baraquée en sort si vite qu'elle trébuche et se rattrape in extremis. Elle court à travers la lumière de mes phares – c'est Wallace, qui se déplace plus vite que je ne l'ai jamais vu se déplacer avant –, il s'arrête en dérapant et manque arracher mon rétroviseur extérieur.

Il jette un coup d'œil à l'intérieur de ma voiture. Nos regards se croisent. Il frappe sur la vitre.

— Sors de la voiture !

Il n'attend pas ma réponse. Il ouvre la portière à toute volée, écarte la ceinture que je n'ai pas eu le temps d'attacher, et me soulève comme si j'étais aussi légère qu'un sac de feuilles. Il me dépose sur mes pieds tout de suite et me relâche.

— Tu aurais dû être rentrée chez toi à présent. Tu n'as pas décroché. (Sa voix est rauque et son souffle court. Il a les yeux écarquillés et le visage écarlate.) Pourquoi est-ce que tu n'as pas décroché ?

— J'ai éteint mon téléphone. Je vais rentrer chez moi maintenant.

Je n'ai pas besoin de lui raconter la vérité. Il a déjà tout compris. Je le vois dans ses yeux qui se remplissent de larmes.

Puis il me prend dans ses bras et me serre violemment contre lui. Il a oublié à quel point il est grand et fort ; je suis obligée de me plier en deux pour m'adapter à la courbe de son torse, j'ai le souffle coupé, et des picotements du sommet du crâne jusqu'à mes voûtes plantaires tellement c'est bon d'être dans ses bras.

Je ne bouge pas. Je ne peux pas, pas tout de suite.

— Tu étais en colère.

Ma voix dépasse à peine le murmure.

— Non, Eliza, non, bon sang.

Il ne recule pas pour répondre ; au contraire son étreinte se fait plus ferme. Il se met à parler à toute allure, comme une mitraillette. Il tremble de tout son corps.

— Non, je m'en fous de tout ça. Est-ce que tu es venue ici à cause de moi ? Je me suis comporté comme un vrai connard. J'aurais dû voir – j'ai compris ce qui se passait, mais je n'ai pas… je n'ai même pas essayé de t'aider, je me suis montré tellement idiot et égoïste. (Il renifle fort, la voix brisée et aiguë.) S'il te plaît, ne le fais pas. S'il te plaît. Je ne peux pas perdre quelqu'un d'autre dans ce virage de merde.

Et soudain je comprends ce que je m'apprêtais à faire, et ce que ça aurait fait à Wallace, et je me mets à pleurer à mon tour.

Si j'avais fait ce à quoi j'ai pensé, ça aurait été terrible. Et c'est terrible qu'il m'ait trouvée ici en train de penser à ça.

— Je suis désolée. (Les mots sortent en hoquet de ma bouche.) Je ne voulais pas… je ne voulais pas… je n'ai pas réfléchi. Je n'ai pas réussi du tout. Je n'aurais pas dû… pas ici.

— Non, non. (Il agrippe ma nuque. Ses doigts sont durs et rassurants, ils m'empêchent de mettre de la distance entre nous.) Je suis juste content que tu sois en vie. C'est tout. Tu n'es pas une mauvaise personne. Ne pense pas ça, s'il te plaît.

— Mais je t'ai menti. Et le roman est important. (Je fais glisser mes mains le long de ses flancs, derrière son dos, vers ses épaules.) L'écriture, et l'université, et faire ce que tu aimes. C'est important.

Il me serre très fort contre lui. Nous heurtons la voiture et nous nous laissons tomber sur le sol.

— Tout ça n'est pas aussi important que ta vie. (Il renifle de nouveau, fort, puis se redresse et me lâche. Je m'incline dans sa direction, puis je me force à me redresser aussi. Wallace utilise le col de sa chemise pour s'essuyer le visage.) Bon sang, je tremble tellement fort que je vais me crever les yeux.

Je ris, juste un peu, parce que même si j'ai l'impression d'être une personne merdique et une amie encore plus merdique, je tremble moi aussi. Je suis agitée par un frisson constant qui irradie de la base de mon crâne dans tout le reste de mon corps – je suis trop tendue depuis trop longtemps.

— Tu allais vraiment rentrer chez toi ? demande-t-il.

— Ouais.

— S'il te plaît, ne reviens pas ici.

J'acquiesce. Je ne veux pas. Je ne reviendrai pas.

Wallace s'empare de ma main et la retient avec les siennes contre son ventre. Il ferme les yeux. Ses paumes sont rugueuses à cause de sa chute sur le macadam.

— J'ai eu tellement peur.

— Je sais. Je suis désolée.

— Je suis désolé moi aussi.

Quand il est assis comme ça, la tête penchée, Wallace est imposant et ses mains engloutissent les miennes. Il a les mains épaisses, les poignets épais, les bras épais. Tout son corps frissonne de culpabilité, et le mien aussi. Il n'y a plus de tort ni de raison entre nous. Du moins je l'espère.

— Wallace.

Il lève les yeux vers moi.

— Je veux être heureuse.

— Moi aussi.

Nous restons assis en silence pendant de longues minutes jusqu'à ce que nous cessions enfin de trembler. Je me lève et je l'entraîne avec moi, mais il est tellement lourd qu'on dirait plutôt que je bataille à contre-courant et il finit par se lever tout seul. Il m'étreint de nouveau, plus doucement cette fois.

Il me regarde monter dans ma voiture et rentrer chez moi.

◆◆◆

Sully me réveille en me balançant une enveloppe au visage.

Les rayons du soleil traversent la fenêtre de ma chambre. Davy est étendu à mes pieds. Sully quitte la pièce en laissant la porte ouverte, et j'entends mes parents et Church s'agiter au rez-de-chaussée. Au recto de l'enveloppe, je lis mon adresse et une adresse d'expéditeur qui n'est qu'une boîte postale sans nom. Mon adresse est écrite à la main avec une encre épaisse. J'ouvre le rabat et en sors une lettre rédigée sur un épais parchemin.

Je sais quelle signature je vais trouver à la fin avant que mes yeux y parviennent, mais ça n'en rend pas le message moins incroyable.

Chère Eliza,

Merci beaucoup pour ta lettre. Je n'écris pas beaucoup, et ça fait bien longtemps que je n'ai pas correspondu avec quelqu'un qui habite à plus de huit kilomètres de chez moi ; pardonne-moi donc si tu trouves ça étrange.

Je devrais commencer par dire que tu n'es pas pitoyable. Je ne te connais pas, mais je suis certaine que tu n'es pas pitoyable. La plupart des gens ne le sont pas mais pensent l'être. T'être assommée sur la table de la cafétéria ne te rend pas pitoyable. (Même si je suis sûre que sur le coup tu ne t'es pas sentie bien.)

Être exposée au public est difficile, et d'autant plus au lycée. Tu es une adolescente, pas moins. Moi aussi j'ai été ado au lycée jadis, et je n'en garde pas de bons souvenirs. Ma sœur, elle, avait adoré le lycée. Je n'avais pas son talent pour me frayer un chemin entre les devoirs, les activités extrascolaires et les cercles sociaux, souvent tout à la fois. Je ne l'ai jamais enviée, cela dit, parce que j'étais capable de m'échapper dans l'écriture.

J'ai l'impression que ça n'a pas été le cas pour toi. Ma popularité est survenue plus tard dans ma vie, quand j'étais bien établie et que je ne pensais plus à ma scolarité depuis bien longtemps. La tienne t'accompagne depuis tout ce temps ; de ce que j'ai lu dans les quelques articles de journaux que j'ai demandés qu'on me fasse parvenir, tu travailles sur ton histoire depuis la seconde. Je ne peux pas imaginer ce que ça a dû être de garder un secret pareil tout en partageant cette partie de ton cœur avec tant de monde.

L'art est une tâche solitaire, et c'est pourquoi nous autres introvertis nous en repaissons, mais quand des fans s'approchent trop de nous, notre solitude change. On devient des animaux en cage admirés par les visiteurs du zoo qui s'attendent à ce que nous nous livrions à une performance. Si on ne le fait pas, la foule va s'ennuyer ou nous en vouloir. Ce n'est pas toujours une mauvaise chose. Parfois on s'en tire bien et la cage devient un piédestal.

J'espère que je ne t'ai pas effrayée avec ma métaphore du zoo. Je ne m'attendais pas à ce qu'elle sorte de manière aussi amère. C'est en partie pour ça que je n'ai jamais terminé Les Enfants d'Hypnos *– à cette époque j'avais l'impression que mon écriture était en train d'évoluer et j'avais peur que le cinquième et dernier tome soit différent des autres. Je craignais que les fans s'en rendent compte et le détestent. J'avais peur qu'ils n'achètent plus jamais aucun de mes livres. Et c'est ce qui a fini par m'empêcher de continuer : la peur. La peur a fait fuir ma motivation et l'amour que je ressentais pour cette histoire.*

Je pense que la vraie question que tu dois te poser, si tu veux vraiment terminer ce que tu as commencé, c'est pourquoi tu as arrêté ? As-tu eu peur ? Est-ce par pure apathie ? ou autre chose ? Je crains de ne pouvoir répondre à cette question à ta place, mais ce que je peux te dire, c'est que si c'est à cause de quelque chose qui est en toi, s'il n'y a personne dans le monde physique qui te mette un couteau sous la gorge et te menace de mort si tu continues à écrire, alors tu peux le surmonter. Quoi que ce soit, ça passera. Ma crainte des réactions concernant le cinquième livre des Enfants d'Hypnos *a disparu depuis plusieurs années maintenant, et régulièrement mon intérêt pour cette série se rallume. La petite flamme dans ma poitrine vacille pendant quelques heures et elle attend que je l'alimente. Si je le fais, mon intérêt continue. Si je l'affame, mon intérêt s'évanouit.*

Si tu veux que ta motivation revienne, tu dois la nourrir. Tu dois la nourrir avec tout. Des livres. La télévision, des films, des tableaux, des pièces de théâtre, l'expérience de la vraie vie. Parfois, nourrir la flamme signifie seulement se mettre au travail – travailler même si la motivation a disparu, travailler même quand tu détestes ça.

Nous voulons être des artistes pour bien des raisons – la richesse, la célébrité, l'amour, l'admiration… Pour ma part, je pense que ce qui produit les meilleurs résultats, c'est le désir. Quand tu veux la chose que tu crées, sa beauté irradie, même si les détails ne sont pas tous dans le bon ordre. Le désir est le combustible des créateurs et, quand nous l'avons, la motivation suit.

J'ai perdu le désir de créer Les Enfants d'Hypnos. *Je pourrais toujours le faire, cela dit ; je pourrais écrire le dernier livre. Mais il ne serait pas aussi bon qu'avant, mes fans ne l'aimeraient pas, et j'aurais l'impression de les avoir laissés tomber et de m'être laissée tomber aussi. Je préfère qu'ils spéculent à l'infini sur la fin plutôt que de leur donner une mauvaise fin qu'ils ne méritent pas. Plus important encore, une mauvaise fin que je ne mérite pas – le moi plus jeune qui a créé cette histoire au départ, qui l'aime et que je suis juste en train de retrouver.*

J'espère que tu ne perdras pas ton désir de créer La Mer infernale. *J'ai l'impression que c'est une histoire merveilleuse.*

Tout mon espoir,

Olivia Kane

PS : À vrai dire, répondre à ta question ne me dérange pas. Les Enfants d'Hypnos *n'ont peut-être pas une fin que les fans peuvent lire, mais j'en avais une en tête en l'écrivant. Je pense que nous l'avons toujours, quelque part dans nos esprits, même si on ne la considère pas sérieusement. Comme la vie, ce qui donne son sens à une histoire c'est le fait qu'elle se termine. Nos histoires ont des vies qui leur sont propres – il ne tient qu'à nous qu'elles signifient quelque chose.*

***Message privé via le forum de* La Mer infernale**

10 h 51 (MirkerLurker a rejoint la conversation)

MirkerLurker : Alors...

MirkerLurker : Il y a quelqu'un ?

10 h 58 (Apocalypse_Cow a rejoint la conversation)

Apocalypse_Cow : le retour de la fille prodigue. désolé on n'était pas là hier – tout allait bien ? on commençait à s'inquiéter.

Apocalypse_Cow : je veux dire – avec qui emmy allait-elle regarder Dog Days ?

MirkerLurker : Ha !

MirkerLurker : Non, je vais bien. Je me suis efforcée de rester éloignée d'Internet.

MirkerLurker : Je voulais m'excuser d'avoir disparu pendant si longtemps.

MirkerLurker : Et je voulais vous remercier pour tout ce que vous avez fait quand la nouvelle a fuité.

Apocalypse_Cow : pas la peine de t'excuser. j'aurais fait la même chose. personne n'a besoin d'autant d'attention, surtout après avoir été anonyme pendant si longtemps.

Apocalypse_Cow : et de rien – je mérite des louanges pour mes actions honorables dans l'opération gestion du scandale d'Eliza Mirk. peut-être même une promotion comme suzerain suprême des forums, et une statue de moi-même en or massif.

10 h 59 (emmersmacks a rejoint la conversation)

emmersmacks : E !!!!!

emmersmacks : Tu es de retour !!!!!!

MirkerLurker : Salut, Em.

emmersmacks : Qu'est-ce qui s'est passé???

emmersmacks : Comment tu vas ???

MirkerLurker : Pas mal. J'essaie de rester éloignée d'Internet.

emmersmacks : Les gens ont adoré les planches de La Mer infernale

emmersmacks : Ils disent que tu ne vas pas terminer

Apocalypse_Cow : sérieux, em. tais-toi.

Apocalypse_Cow : tu n'es pas obligée de terminer si tu ne veux pas, e. tu n'as pas à faire quoi que ce soit juste parce que ces abrutis sur les forums te disent de le faire.

MirkerLurker : Ce ne sont pas des abrutis, ce sont des fans. C'est grâce à eux que tout ça existe. Il faut que j'essaie de finir pour eux, pas vrai ?

Apocalypse_Cow : non.

emmersmacks : Moi je voudrais bien lire la fin

emmersmacks : Mais si ça doit te rendre triste alors je ne veux pas que tu le fasses

MirkerLurker : Bref, je ne suis pas venue là pour parler de La Mer infernale. Qu'est-ce que vous avez fait de beau ? Et Max, ne dis pas un truc nul genre j'ai mangé des bonbons. Je ne t'en ai pas envoyé récemment et je sais que tu ne manges que les miens.

MirkerLurker : Em, tu as terminé l'année ?

emmersmacks : Oui !!

emmersmacks : J'ai eu 92/100 en algèbre

emmersmacks : Va te faire foutre professeur Teller

Apocalypse_Cow : elle lui a dit ça en vrai aussi.

MirkerLurker : Non ?

MirkerLurker : Dis-moi que si.

emmersmacks : C'est possible

emmersmacks : Ce qu'on ne te dit pas sur la fac c'est à quel point ça fait du bien de dire ce qu'on pense à ces connards de profs

Apocalypse_Cow : je te mets un A + juste pour ça.

emmersmacks : Merci

emmersmacks : Ooh oooh !!!

emmersmacks : Max s'est remis avec Heather !!!

MirkerLurker : Ah, vraiment ?

Apocalypse_Cow : ouais, c'est bizarre. je ne sais pas si vous le saviez les filles, mais les gens avec qui on vit apprécient qu'on passe du temps avec eux en vrai. c'est ce nouveau concept que je teste depuis un mois ou deux.

Apocalypse_Cow : ça marche assez bien, à vrai dire.

Apocalypse_Cow : mais elle joue aussi avec moi à world of warcraft trois soirs par semaine, donc déduisez-en ce que vous voulez.

MirkerLurker : Ah, ça me rend heureuse ! Je suis contente que vous vous soyez rabibochés.

Apocalypse_Cow : qu'en est-il de toi et de monsieur wallace ?

Apocalypse_Cow : comment il a réagi quand il a découvert qui tu étais ?

MirkerLurker : Je ne veux pas parler de lui, si ça ne vous ennuie pas.

MirkerLurker : Je voulais juste vous dire à quel point je vous aime tous les deux. Vous faites tellement pour moi. Je ne vous le dis pas assez.

Apocalypse_Cow : c'est pas la peine de devenir sentimentale, e.

emmersmacks : Tu n'as pas besoin de le dire

MirkerLurker : Si. Je ne vous ai pas parlé pendant des semaines et vous me laissez revenir. Vous avez toujours le temps de m'entendre exposer mes problèmes mais je n'ai jamais de temps pour les vôtres. Je ne savais même pas que ça n'allait plus entre Max et Heather, et je n'étais pas là quand Emmy a remis son prof en place.

MirkerLurker : Je suis vraiment désolée.

Apocalypse_Cow : arrête tout de suite ou je vais pleurer.

Apocalypse_Cow : et si je pleure, que va faire la pauvre emmy ?

Apocalypse_Cow : elle n'a que 12 ans, bon sang.

emmersmacks : JE N'AI PAS 12 ANS

emmersmacks : J'AI 15 ANS

Le jour de leur séparation, Faren resta éveillé avec elle. Aucun des deux ne prononça un mot. Quand les corbeaux se mirent à croasser dehors – c'était le signal que les petites heures de l'aube approchaient, puisqu'on était en hiver et que le soleil ne poindrait pas avant quelque temps –, ils se levèrent tous les deux et s'habillèrent. Ils étaient en train de petit-déjeuner de flocons d'avoine trop liquide lorsque l'alarme qu'on avait donnée à Amity se mit à vibrer contre la table pour la prévenir que Sato ne tarderait pas à arriver. Ils la contemplèrent tous les deux. Amity reposa sa cuillère. Son estomac était soudain totalement creux.

Elle ne voulait pas que Sato entre chez eux. Elle ne voulait pas avoir à l'inviter, ou à rester plus longtemps que nécessaire ; elle sortit donc dans la cour et s'assit sur l'un des bancs bas qui s'y dressait, environné par les acacias. De là où elle se trouvait, elle avait une vue dégagée sur le sentier à flanc de falaise. Un nombre incalculable de corbeaux avaient envahi les arbres autour d'elle, obscurcissant les environs.

Faren disparut brièvement dans la maison puis revint avec un de ses dessins. C'était l'un des plus petits, une feuille brune froissée par le temps ; une fois pliée, elle n'était pas plus grande que la paume de sa main. Il s'assit à côté d'elle et lui prit la main pour presser le papier épais dedans.

— Je sais que White dirait que tu n'as besoin de rien, mais je pense que ça pourrait t'aider.

Elle déplia la feuille. Une constellation qu'elle ne connaissait pas y était dessinée.

— C'est toi qui l'as dessinée ?

Il secoua la tête.

— C'est l'une des constellations Sans Nom.

Elle fit pivoter la feuille pour l'étudier sous différents angles. Elle n'avait pas de forme particulière ; rien ne lui sauta aux yeux. Les Nocturniens divisaient les constellations en deux catégories : les leurs, et celles des autres. Les leurs portaient des noms comme Faren et Gyurhei ; les autres étaient baptisées les Sans-Nom, parce que les Nocturniens ne pouvaient pas en revendiquer la possession. Amity n'avait jamais bien compris – ne fallait-il pas savoir ce qu'était une constellation avant de la baptiser ainsi ? C'était une constellation qui appartenait à une autre culture, or comment le savait-on sans leur avoir parlé ? Mais les Nocturniens le savaient.

— Pourquoi as-tu décidé de me donner celle-là ? demanda-t-elle.

— Parce que c'est la tienne.

Il s'empara de la feuille et la redressa dans ses mains. Il n'y a pas de sens correct pour les constellations, mais en bas de la feuille était écrit AMITY.

— Je l'ai découverte il y a quelques années. Avant le Gardien. Amity n'est pas son vrai nom, évidemment. Je ne le connais pas. J'aimerais pouvoir te le dire. Mais j'ai pensé… que pour celle-ci, on pouvait faire une exception.

Elle regarda de nouveau le dessin.

— C'est… tu as trouvé mon nom dans une constellation ?

C'était facile à faire pour les Nocturniens, parce qu'ils étaient nommés d'après les étoiles. Mais pour elle, être liée à une des constellations Sans-Nom… est-ce que ça voulait dire qu'elle était issue de cette autre culture à laquelle cette constellation appartenait ? Si elle découvrait sa signification et son origine, apprendrait-elle aussi d'où elle venait ?

Il l'avait trouvée dans une constellation.

Elle se jeta à son cou. La pression dans sa poitrine fit taire tous les autres sentiments. Il l'étreignit, une main dans ses cheveux. Il posa les lèvres sur son cou.

— Je reviendrai, dit-elle. Je reviendrai. Je te le promets.

CHAPITRE 43

Je sors promener Davy tous les jours. Je m'assieds dans le parc et j'écoute les oiseaux chanter. Je regarde mes frères s'entraîner au foot. J'aide mes parents aux tâches ménagères, parce qu'il s'avère que le yoga que pratique ma mère en pliant le linge est très relaxant. Surtout quand je le combine avec mes nouveaux médicaments contre l'angoisse.

Ma psy dit que c'est l'été des découvertes, et la première chose que je découvre c'est que j'aime être dehors. Dans les parcs, dans les bois, près des lacs, dans la campagne à côté des champs de maïs. Wallace m'emmène là où son père jouait au football américain, un grand champ ouvert au milieu de nulle part et entouré d'arbres. Il n'y a pas de route ni d'autoroute aux alentours, ni de structures électriques. Le silence est tellement absolu qu'il en est surnaturel. J'en tombe instantanément amoureuse.

Deux mois s'écoulent et je pense au virage mortel peut-être un jour sur deux. L'idée est toujours là, plus ou moins intense.

J'y retourne un jour où l'idée reste assez vague, et en compagnie de Wallace. Nous restons plantés au sommet de la colline, à côté de la croix et des offrandes. Je déplace le caillou que j'ai déposé là il y a des mois ; en échange, Wallace laisse le maillot de football américain qui était jadis suspendu sur son mur. Warland 73 frissonne sur la croix dans la douce brise estivale.

Wallace a commencé des séances chez un autre psy. Il ne me raconte pas grand-chose de ces visites en dehors des exercices qu'il lui est conseillé de faire pour se forcer à parler devant des étrangers. Il doit parler à son psy de son père, et de tout ce qu'il m'a raconté dans son mail, mais nous n'en discutons pas entre nous, et je pense que c'est aussi bien comme ça. Au lieu de ça, nous discutons de la fac dans laquelle il ira à l'automne : il s'est inscrit en commerce, avec écriture en option. Nous parlons de comment nous allons faire pour nous voir quand il sera parti. Et des nouveaux chapitres d'une histoire originale à laquelle il pense depuis longtemps et qu'il me fait lire.

Nous rendons visite à ses amis. Il les a beaucoup fréquentés depuis que mon identité a fuité, mais pas moi. Megan, comme je le soupçonnais, se montre la plus compréhensive. Leece est juste très excitée de me voir. Il faut un peu de temps à Chandra pour se dégeler, puis elle se montre troublée que j'aie vu ses dessins. Cole est le plus atteint. Nous restons assis à notre table chez Murphy, et il passe la première heure à ne regarder que Wallace. Quand il s'aperçoit que Wallace ne me met pas dehors, il me regarde et dit :

— Donc. Ouais. Je suppose que c'est plutôt cool.

Je ne sais pas s'ils peuvent redevenir mes amis après tout ça, mais je l'espère.

Wallace a convaincu mes frères de jouer avec lui au football américain tous les après-midi. Mes parents se joignent à eux, parce que ce sont mes parents, et que pour eux toute forme d'exercice physique est une petite forme de bonheur. C'est bizarre, au départ, de les regarder jouer, et je comprends enfin qu'ils font ça pour s'amuser. Ce n'est pas une punition pour eux, ni une façon de passer le temps. Ça les rend heureux de la même manière que le dessin me rend heureuse.

C'est plus étrange avec Wallace, parce que c'est une chose de l'entendre dire qu'il adore jouer au football américain, mais c'en est une autre de le voir à l'œuvre. Et il est très bon, ce qui me paraît injuste. Comment une personne peut-elle être aussi bonne à deux choses aussi drastiquement différentes ? Comment peut-il éprouver suffisamment d'amour pour englober à la fois le football américain et l'écriture ? Avec lui, on dirait qu'il n'y a pas de limite, que ce n'est pas une question de choix, il ne trace pas de frontière entre le sport et l'art.

Parfois, ils entraînent dans leur match des gamins du voisinage, et ils finissent par instaurer un rituel hebdomadaire. Un jour, au mois d'août, je promène Davy devant le terrain sur lequel ils jouent et j'entends Wallace crier.

Au début, je ne pense même pas que ça peut être lui. Je n'ai jamais entendu sa voix résonner aussi fort dans un aussi grand espace. Mais il a posé une main en porte-voix à côté de sa bouche et de l'autre il indique des directions à certains joueurs – parmi lesquels Lucy, qui a convaincu les autres de la laisser jouer et qui court plus vite qu'eux tous.

Je m'arrête pour les regarder jouer. Lorsque Church me dépasse en courant, il m'aperçoit. Il rejoint Sully de l'autre côté, lui donne un coup dans les côtes, et fait un signe de tête dans ma direction. Je prétends poliment n'avoir rien vu. Puis Sully récupère le ballon et ils se font la passe tout le long du terrain d'une manière qui, même moi je le sais, n'est pas légale au football américain, en zigzaguant entre les autres joueurs jusqu'à ce qu'ils atteignent les poubelles qui forment des buts de fortune de l'autre côté du terrain. Wallace leur hurle quelque chose, avant de rigoler quand ils se mettent à danser de manière exagérée parce qu'ils ont marqué.

Il les remet en ligne. L'autre équipe a le ballon. Leur quarterback s'en empare, et cherche à faire une passe. Wallace rompt la ligne et le charge.

Je hurle :

— Plaque-le !

Wallace et le quarterback tournent la tête, sidérés, mais l'élan de Wallace l'entraîne : il percute l'autre garçon, et ils s'effondrent tous les deux sur le sol.

— Désolée ! je m'écrie.

Un temps mort est demandé. Wallace se relève, aide l'autre garçon à faire de même, et me rejoint en trottinant. Son T-shirt est collé à son torse à cause de la transpiration et il sourit quand je lui tends ma bouteille de limonade. Il en descend la moitié d'un coup. Davy donne des coups de truffe sur la jambe de Wallace jusqu'à ce qu'il daigne le caresser.

— On joue au flag football, tu sais, donc pas de plaquage. Je devrais t'exclure du terrain pour avoir interrompu le match.

— Non, ça serait moins drôle. (Je tire sur sa manche.) Tu pues.

— Tu devrais venir jouer avec nous.

Les quelques fois où je l'ai touché comme ça cette semaine, il n'a pas reculé, il s'est immobilisé d'une manière qui montre qu'il sait ce qui est en train de se produire. Il n'a rien fait lui-même. Il pourrait y avoir beaucoup de raisons à ça, je suppose, mais pour l'instant je le laisse les garder pour lui.

— Je ne pense pas que ça marcherait. (Si j'essayais de jouer, je me ferais piétiner. C'est bon de savoir où sont ses limites, dit ma psy. C'est la mienne.) Lucy leur met la pâtée, dis donc.

— Absolument.

— Et tu hurles.

— Aussi.

Lucy fait son apparition sur le bord du terrain.

— Hé, débile ! On est prêt !

— J'arrive !

Il me rend la bouteille de limonade. Il reste juste un peu de dépôt au fond. Je devrais probablement rentrer chez moi et me préparer à ce que Wallace et le reste de ma famille rentrent vider le réfrigérateur.

Wallace contemple le terrain pendant une longue seconde, puis il pivote et, avant que je puisse réagir, il se penche pour m'embrasser. Il a un goût de sueur et de limonade. C'est rapide. Facile. Il recule, les yeux baissés, la voix basse.

— Surprise, fait-il.

Je suis submergée par le soulagement. Je plisse le nez et j'éclate de rire.

— Tu pues vraiment.

— Arrête, tu sais que tu adores ça.

Il agite son T-shirt trempé dans ma direction avant de pivoter et de repartir en courant.

— Je t'aime, dis-je, mais il est trop loin pour l'entendre.

Ce n'est pas grave. Il le sait.

Je finis de promener Davy et le libère de sa laisse une fois à la maison. Il grimpe dans ma chambre derrière moi et se laisse tomber sur mon lit pour faire la sieste. Mon couvre-lit est recouvert de fourrure blanche depuis des semaines, alors un peu plus ou un peu moins... j'ouvre la fenêtre et j'allume le ventilateur tournant pour qu'un peu d'air circule dans la pièce, puis je repousse ma chaise de bureau et passe dix minutes à m'étirer. Les étirements me permettent d'avoir moins mal. Dans le cou, le dos, les jambes. Tout ce qui devient raide quand je reste assise à mon bureau pendant trop longtemps.

Mes parents ont cherché des chaises de bureau ergonomiques. Maman veut m'acheter un ballon d'exercice pour que je m'asseye dessus. Je n'arrête pas de leur dire que j'utiliserai ce qu'ils trouveront, quoi que ce soit, parce qu'ils essaient si fort de m'aider. Ils savent qu'ils ont fait une connerie, je le devine à leur expression chaque fois qu'ils s'adressent à moi. Je ne veux pas qu'ils se sentent mal. Ça risque de prendre un long moment avant d'en arriver là, mais ça vaut le coup.

Quand j'ai fini de m'étirer et que j'ai l'impression que mon esprit respire, je m'installe sur ma chaise et allume l'ordinateur.

Pendant la dernière semaine environ, ça a été un rituel quotidien. M'asseoir. Regarder l'ordinateur. L'allumer. Tous les jours, j'essaie d'aller un peu plus loin, mais pas suffisamment pour que ça devienne une cause de détresse. Une fois que je l'ai allumé, je contemple le bureau pendant quelques minutes, ou je joue un peu. L'autre jour j'ai utilisé Google pour trouver un meilleur harnais pour Davy. Je discute de nouveau avec Max et Emmy, mais avec personne d'autre. Avec personne des forums de *La Mer infernale.*

Je n'y suis pas retournée. Aujourd'hui, j'ouvre le navigateur et je laisse le curseur survoler le signet des forums, sans cliquer dessus. J'ai l'impression que si je le fais, je vais être bouleversée. Donc je laisse tomber cette idée.

Je veux aller ailleurs, cependant. Un ailleurs qui ne soit ni un moteur de recherche ni un site de référence. Mon attention erre loin de l'écran d'ordinateur, vers les livres qui sont rangés derrière. Les livres sont les seules choses sur le bureau en dehors de l'ordinateur lui-même. Je les ai rangés là quand j'en ai eu marre de voir mon bureau si vide. *Les Enfants d'Hypnos.*

Là. C'est là que je veux aller.

Mes doigts se souviennent de l'adresse comme si j'avais de nouveau treize ans et que je me rendais sur les forums des *Enfants d'Hypnos* tous les jours. La page apparaît tout de suite. Elle est toujours là, après tout ce temps. Toutes les conversations, tous les posts. Les fans sont peut-être partis, mais le cœur y est toujours, comme prisonnier d'une petite capsule temporelle.

Il me suffit d'un seul coup d'œil au message de bienvenue pour que toutes les vieilles émotions me reviennent. Pendant quelques années, c'était ma maison. J'étais une citoyenne de la ville de la fanbase des *Enfants d'Hypnos* et je me réveillais tous les matins tout excitée à l'idée de parler à mes camarades fans. Je fais défiler l'écran pour survoler quelques-unes des conversations concernant le jeu de rôle dans lequel j'incarnais jadis une chasseuse de cauchemars dans le monde des *Enfants d'Hypnos*, armée d'une hache de bataille surdimensionnée, comme celle de l'un de mes personnages préférés, Marcia. Je retrouve les discussions où les gens se sont disputés à propos du sens caché derrière les symboles du livre, et des passages de l'intrigue. Puis les conversations concernant les citations favorites des quatre tomes. Et enfin les spéculations sans fin à propos du cinquième tome fantôme et de ce qui est arrivé à Olivia Kane – ces spéculations qui ont déchiré la fanbase et tué ce forum pour de bon.

Je ne veux pas que la fanbase de *La Mer infernale* s'effondre de la même manière. Je ne veux pas que mes fans s'enfuient comme je l'ai fait. Ils n'auront pas tous la chance de pouvoir créer quelque chose pour s'ancrer comme moi dans la vie ; tous ne seront pas capables de se forger un espace où ils pourront être qui ils veulent et aimer ce qu'ils veulent sans crainte d'être jugés. Je ne veux pas qu'ils perdent cette histoire et cette communauté. Je ne sais pas qui ils sont, mais je sais qui j'étais, et je sais ce que ça aurait signifié pour moi.

Je sais aussi que ce n'est pas une raison suffisante pour me forcer à terminer ma bande dessinée. Si je n'ai pas la motivation pour le faire, elle ne sera pas bonne, et personne ne sera content.

Mais la motivation ne vient pas de nulle part. Comme n'importe quel bon monstre, il faut la nourrir.

Je m'empare du premier tome des *Enfants d'Hypnos* dans ma bibliothèque et fais courir mon index le long de la masse d'armes gravée sur la couverture. Aucun livre ne porte de titre ni le nom d'Olivia Kane imprimés dessus. Juste les armes. Mes doigts caressent le dos du livre et tombent sur le nom KANE et en plus gros CHASSEUR DE RÊVES.

J'ouvre le livre. Je lis le résumé imprimé sur la jaquette : « Les cauchemars d'Emery Ashworth essaient régulièrement de la tuer… », puis je commence le premier chapitre. Comme d'habitude, la première page m'incite à lire la suivante, puis la suivante, et encore la suivante, jusqu'à ce que la porte d'entrée s'ouvre à la volée et que mes frères et Wallace fassent irruption à l'intérieur. J'ai lu à toute allure jusqu'au dernier chapitre et je ne suis qu'à quelques pages de la fin quand Wallace passe la tête par l'entrebâillement de la porte.

— Hé. Je me suis dit que tu serais ici.

Je lève les yeux.

— Il est quelle heure ?

— 16 h 30. Tes parents préparent le dîner.

— Oh.

— Tu relis *Les Enfants d'Hypnos* ?

— Je… oui, je pense. (Je n'en avais pas l'intention, mais maintenant je veux vraiment relire le deuxième tome.) J'ai presque fini le premier.

Wallace s'assied au pied du lit sur le sol et caresse Davy tandis que je termine de lire.

Ce soir-là, après le dîner, je remonte, j'ouvre le deuxième tome et je lis. Puis le troisième. Je les ai relus tant de fois que je les parcours à toute allure, et à cinq heures le lendemain matin j'en suis à la moitié du quatrième volume. Quand mes parents se lèvent, j'ai terminé, et mes émotions sont essorées. Comme si quelqu'un m'avait ouverte, avait nettoyé mes entrailles avec une brosse puis m'avait recousue.

Mon cerveau est au taquet. Mon sang court à toute allure dans mes veines, mes doigts me démangent, et j'ai besoin de quelque chose. J'en ai besoin, j'en ai besoin, j'en ai besoin. J'en ai besoin maintenant, j'en ai davantage besoin que je n'ai jamais eu besoin de quoi que ce soit avant.

J'ai besoin de mon crayon.

CHAPITRE 44

La *Mer infernale* est à moi.

Je l'ai créée, et non l'inverse.

Ce n'est ni un parasite, ni une obligation, ni un destin.

C'est un monstre.

C'est le mien.

Et une hache de guerre l'attend.

FORUM DE LA MER INFERNALE

PROFIL UTILISATEUR

LadyConstellation **

Admin

ÂGE : 18

LIEU : Indiana

CENTRES D'INTÉRÊT : Dessiner. Promener mon chien. Les œufs. (Et toujours, chevaucher des monstres marins.)

Abonnés : 6 346 228 | Abonnements : 0 | Posts : 6 979

MISES À JOUR

Voir les mises à jour précédentes.

25 août 2017

> Suivez le lien. Lisez ça. Vous me remercierez plus tard.
> *lamerinfernale.com*

ÉPILOGUE

Je montre les planches à Max et à Emmy avant de les mettre en ligne, bien sûr. Je ne suis pas une si mauvaise amie. Max exige que je les poste tout de suite. Emmy est tellement bouleversée par la fin qu'elle ne me dit rien d'autre que : « Viens me rejoindre en Californie avec cinq litres de crème glacée et fais-moi un câlin. »

Je ne lis pas les commentaires. Je ne vais pas sur les forums. Je ne veux pas voir ce que les gens disent de moi ni de mon histoire. Je ne suis pas encore prête pour ça, mais je suis prête pour mettre le point final à cette histoire.

Max et Emmy surveillent les forums, et Wallace me fait des comptes-rendus de ce que disent les fans.

— Ils sont en train de devenir dingues, m'annonce-t-il le soir où je mets les pages en ligne.

J'ai ouvert le feed de sa webcam dans une fenêtre et le démineur dans une autre. Il jette un coup d'œil sur le côté pour cliquer sur les forums de *La Mer infernale.*

Derrière lui, j'aperçois un petit dortoir, un lit avec le bureau de son colocataire niché dessous et un écran de télévision perché en équilibre instable sur une commode qui disparaît sous les nouilles japonaises et les paquets de céréales ouverts. J'aimerais bien blâmer son colocataire pour le désordre, mais si c'est de la nourriture, c'est probablement la faute de Wallace.

— Il y a de plus en plus de gens qui la lisent tous les jours. Beaucoup plus qu'avant. Et tous ceux qui avaient écrit des articles sur ton identité au mois de mai – ils ne parlent que de ça à présent. Que la bande dessinée est de retour et qu'elle est terminée. C'est un *phénomène*, Eliza. Les gens lisent ta BD et pas juste ceux qui aiment les bandes dessinées mais… mais tout le monde. Elle est partout.

Je fais exploser une mine.

— Imagine leur réaction quand ils entendront parler de ton roman.

Wallace s'illumine.

— Mon éditrice dit qu'on devrait avoir des épreuves non corrigées du premier volume avant la convention. (Il clique sur son écran.) Voilà ce qu'elle m'a écrit : « Tes chapitres étant très bons, il y aura très peu de corrections éditoriales. » Et elle ne cesse de me demander si je pense que j'aurai le temps de faire les corrections rapidement malgré tous mes devoirs. (Son sourire s'élargit.) Comme si les profs pouvaient me donner suffisamment de devoirs pour m'empêcher de faire les corrections.

— Si c'était le cas, je connais des gens qui seraient ravis de t'aider.

— J'espère que tu n'es pas en train de me proposer de sous-traiter mes devoirs.

— Tu n'es pas au courant ? Je suis célèbre. Je peux faire tout ce que je veux.

Wallace éclate de rire.

— Qui est célèbre ?

Le colocataire de Wallace, Tyler, pénètre dans la chambre, un panier plein de linge à la main. Wallace lui explique rapidement la conversation ; quand il mentionne *La Mer infernale*, Tyler se penche pour être dans le champ de vision de la caméra.

— *La Mer infernale*, c'est toi ? (Il se tourne vers Wallace.) Ta petite amie dessine *La Mer infernale* ?

— Elle s'appelle Eliza.

— Tu te fous de ma gueule.

Tyler laisse tomber son panier de linge et se précipite hors de la pièce. Une minute plus tard, il revient avec une horde d'étudiants qui discutent de *La Mer infernale*.

Wallace les gère bien. Il commence par les empêcher d'approcher de son ordinateur, il les laisse lui poser quelques questions préliminaires puis il leur permet de me voir. Il me permet de les voir.

Ce ne sont pas des monstres. Ce sont des gens. On se salue, ils sont polis et ils veulent savoir ce que ça fait d'être moi.

— C'est beaucoup mieux qu'avant, je réponds.

Je pense que tout va bien se passer. Je pense que ça va être un peu étrange, et probablement effrayant, et que parfois j'aurai l'impression d'être la pire personne de la planète. Mais je pense qu'il m'arrivera aussi de m'aimer et d'aimer ce que j'ai fait, et je sais à présent, sans doute aucun, que ces deux choses sont bien distinctes.

Je suis Eliza Mirk, fille, sœur et amie.

Je suis Eliza Mirk, reine d'une fanbase.

Je suis Eliza Mirk.

C'EST TELLEMENT TRANQUILLE.
TRANQUILLE, HEIN ?
TU N'AS PAS ENTENDU ?

IL Y A DES MONSTRES DANS LA MER.

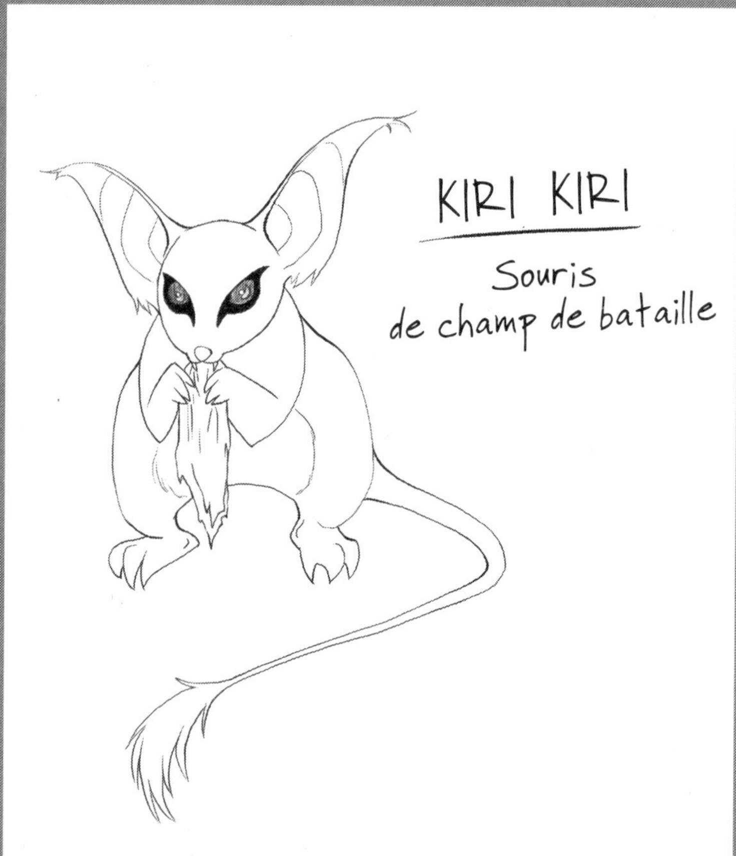

IL Y A DES MONSTRES DANS LA MER.

Composition et mise en pages
Nord Compo à Villeneuve-d'Ascq

Achevé d'imprimer en janvier 2018
dans les ateliers de Normandie Roto Impression s.a.s.
61250 Lonrai
N° d'édition : 56551/01
N° d'impression : 1705306

Imprimé en France